帕西提亚

Pasithea

时代出版传媒股份有限公司
安 徽 文 艺 出 版 社

我不愿是神祇，
只愿做你的良人。

帕西提亚

Paxitiya

诸绵绵 著

ARTIME 时代出版
时代出版传媒股份有限公司
安徽文艺出版社

图书在版编目(CIP)数据

帕西提亚/诸绵绵著. —合肥:安徽文艺出版社,2015.9
ISBN 978-7-5396-5383-9

Ⅰ. ①帕…　Ⅱ. ①诸…　Ⅲ. ①长篇小说-中国-当代
Ⅳ. ①I247.5

中国版本图书馆 CIP 数据核字(2015)第 075194 号

出 版 人: 朱寒冬
责任编辑: 周　康　　　　　　装帧设计: 褚　琦

出版发行: 时代出版传媒股份有限公司　www.press-mart.com
　　　　　安徽文艺出版社　www.awpub.com
地　　址: 合肥市翡翠路 1118 号　邮政编码: 230071
营 销 部: (0551) 63533889
印　　制: 合肥星光印务有限责任公司　(0551)64235059

开本: 700×1000　1/16　印张: 14　字数: 230 千字
版次: 2015 年 9 月第 1 版　2015 年 9 月第 1 次印刷
定价: 28.00 元

献给
刘璋欣

第一章

1

“中秋月圆夜，我们今晚赏月的同时还能观看到英仙座的流星雨哦。听众朋友们，大家和亲友们共享团圆饭后……”

“师傅，前面停。”落日熔金。武汉的傍晚，一股尚未消散的热浪扑向林雨凡的脸。她身穿用来修饰微胖身材的宽大T恤衫和牛仔裤，懒懒地进了高档别墅区的大门。

一头棕色的鬈发搭在肩膀上像是晒干的藤蔓，摇晃在米色双肩包上。

她沿着小区的人行道一直往左走，沿路都是红瓦白墙的欧式联排别墅。路的尽头，在一棵香樟树后露出一座独栋米白色两层别墅来。这座小别墅和其他的别墅间隔很远。周围种着一些树，树荫葱茏。古典的门廊前，四根科林斯柱连接着屋顶下宽长的上楣带。

林雨凡穿过门廊，开门进去。

“我回来了。”她边说边将鞋子放进玄关处的鞋柜内。

客厅里坐着一对中年夫妇，男子靠在沙发上读报纸，旁边坐着他的太太正看着电视剧。

沙发后面是一排巨型的落地窗，挂了一层薄薄的乳白色沙缦，淡咖啡色花纹的窗帘被拉开来堆在落地窗的两端。客厅正上方悬挂着的两米宽的圆形装饰水晶吊灯点缀得大厅里金碧辉煌。

林雨凡走到妈妈身旁坐下，依偎在她身边。

林妈妈一只手臂搂着林雨凡，但似乎还舍不得将视线移出电视。

“妈，我今晚和晓乐约好了，就不去……”

林妈妈转过头说：“啊？那怎么行呢？我酒席都订好了，今晚是中秋节呀。你表姐还带男朋友来呢。”

“可是我们早就说好了的。”林雨凡苦着一张脸，“晓乐一个人，我想陪她过节。”

这时，林爸爸放下手中的报纸，说：“哦，那你就去和她一起吧，反正我们家人聚会一年到头也有很多次的，不差这一次。”

“那你晚上早点回来啊。”林妈妈妥协道。

林雨凡爽快地答应：“知道了，妈。”便欢快地上了楼梯，迎面碰上一个大男孩正从楼梯口下来。这是这家的小儿子，林雨凡的弟弟林嘉俊，清秀的脸、修长的身材，阳光爽朗。

“姐，你不去我也不去。”林嘉俊说。

林雨凡拿眼瞪了瞪他。

林妈妈已经听到了：“你不能不去，我摆酒请客，你们都不去是怎么个意思？”

林嘉俊已经下了楼走到客厅：“我和女朋友有约会。”

林妈妈睁大眼睛转过身去，尖声道：“什么?! 小小年纪不准早恋！”

林嘉俊止不住地大笑，“开玩笑啦！真偏心，搞双重标准。整天鼓励姐姐找男朋友……”

林妈妈打断道：“你姐姐上大学了，你考上大学再说！”

林雨凡进屋关门，书包往地上一丢，把房间三面的窗户都打开，让新鲜空气穿流进来。然后她整个人都放松了，倒在她的粉色系的欧式床上。

床上方吊着个粉红色纱缦，床头柜上摆满了各种娃娃，左边的墙里是内嵌式衣柜，旁边是一张白色梳妆台，可上面没有瓶瓶罐罐的化妆品，只放了一个水晶相片框。

房间另一侧还有个小套间，摆着双人沙发，对面墙上挂着电视机。林妈妈还在把女儿当小女孩，把她的房间布置得充满童趣，跟眼前这个人实在不搭调。林雨凡从旁边包里摸出手机，拨给梁晓乐。

梁晓乐是林雨凡的高中同班、大学同系同学，从小在汉口的一座孤儿院长大。小时候有先天性心脏病，长大后做了手术，病是痊愈了，不过医生嘱咐她尽量避免受刺激或惊吓。

林雨凡与梁晓乐结下友谊源于高一时一次戏剧性的相遇。用林雨凡的话讲，她们简直是生死之友。

到大学后，梁晓乐出落地更加美艳动人，被誉为全校男生心目中独一无二的女神，却因性格孤傲遭到女生们的孤立。林雨凡顶着梁晓乐闺蜜的头衔顺道被拉进了女生交友黑名单。她觉得梁晓乐需要负这个责任。

电话通了，那头传来梁晓乐悦耳的声音："讲——"

林雨凡哀求道："今晚中秋节你和我过吧。"

"你也开始追求我啦?"

林雨凡急了："唉，今晚我妈又张罗着全家吃饭。我说和你有约在先，我怕她万一打电话来查岗。"

"有酒席吃你这吃货为什么不去呀?"

林雨凡咬了咬嘴唇："我那些亲戚，哎哟，每次聚会他们都嘲笑我胖。我表姐这次还带着男朋友来，这不是刺激我老妈的神经吗? 她都开始克扣我的口粮了。"

"那你也正好减减肥。"

林雨凡对着空气翻了个白眼，打岔道："我听说今晚有流星雨，想看吗?"

"我的约会行程可是排到圣诞节了。不过既然我的好闺蜜开口了，我怎么也得取消一切行程陪你呀。"

林雨凡连忙谄笑道："嘻嘻，我们6点半在万达门口见吧。你不能爽约哦。"

放下手机，林雨凡仰躺在床上渐渐有了困意，不知不觉睡着了。

一觉醒来，窗外的天已经黑了，她挣扎着爬起来，坐在床上打哈欠，一头自然卷挂在她的脸上。忽然她想到了什么，慌忙地在床上找手机，一看，十八个未接电话全是梁晓乐打来的。她回拨过去很久都无人接听，放下手机就收到梁晓乐的短信："你跑哪去了?! 手机也不接! 我已经在跟别人看电影了。"

真是个没人性的家伙，她看了短信愤愤地想，我哪天也试试放你鸽子放到手抽筋! 不过仔细一想，好像是自己先放的鸽子吧? 这就是校花的人生，临时都能找到人看电影，还是在中秋节的晚上!

她下了床对着梳妆镜扭了扭身子想，我如果瘦个二十斤是不是和梁晓乐一样美呢?

林雨凡烦闷地看了看墙上的钟，都7点半了，那边酒席都吃到一半了吧? 我要减肥，不吃了! 她换上一身宽大的白色运动服去附近的公园散步。

她穿过小区的街道，再过马路，就到了沙湖公园。逛公园的人寥寥无几，平时那些饭后出来散步的人估计现在都正吃着中秋团圆饭，酒席未散。

林雨凡随着月色走到了公园深处，幽香阵阵袭来，清凉的夜风里，灯火昏暗如螟，四周静悄悄的，没有人影。月光漫下，落在树叶上、灌木中，窸窣有声。夜慢慢地沉寂下来，月也越发明亮清澈。

她仰着头望着月亮，停下了脚步，心里疑惑：我仿佛看到流星了。嗯? 不对，那是什么?!

接下来的几秒时间里，林雨凡的脑子里一片空白。她看到月亮里一只大鸟翱翔而过，马上面坐着一个长发飘飘的人，那人的衣袍迎风翻飞。他背对着这一轮明月，月色将他的轮廓勾勒出来，并镀上一层银光，在身后弥漫开来。

林雨凡看不清他的脸，人与鸟的阴影越来越大，顿时狂风四起，树枝树叶摆舞起来，漫天的沙尘、石子、落叶在风中扭成一团旋转开来。直到她看清了大鸟如鹤的身影和身上五色艳丽的羽毛，脑海中出现了两个字：凤凰！浩瀚光华焕耀，巨型的羽翼就要挥到她的脑袋了，林雨凡才闭上眼睛失声尖叫起来："啊——"她觉得自己被一股力量吸了过去，一只有力的手将她一把揽了上去。林雨凡跌坐在凤凰脖子上，没坐稳又朝后翻仰，靠在了一个结识的胸膛上。

霎时间，世界安静下来，柔和的月光、婆娑的树影和清脆的踏步声，身后飘来淡淡的花香混合着陌生男子的味道。这花香仿佛就是这个男人的身上传来的。

她转过脸去看，那是一张年轻的、白皙无瑕的脸，略显消瘦，俊眼浓眉、高挺的鼻梁、丰满红润的嘴唇。这时凤凰已慢下脚步，缓缓地驮着这两个人在青石小道上踱着。

林雨凡只听到自己激烈的心跳声，一股寒意渗透脊背。她哆哆嗦嗦地抬起一只腿。可是太高了，她不敢往下跳。

她惊恐万分不知道如何是好，也无法合理地解释此时此刻发生的事情。

这时，男子终于动了。他开口说了一句话，凤凰便停了下来，俯下身，男子起身下去。林雨凡没听懂，但她见男子下去了，便赶紧跟着滚爬下来。

她气息急促，瘫坐在地上，不自觉张着嘴抬头看着眼前的人。只见他乌黑如漆的长发垂落在腰间，身穿一件白色及地宽厚长袍，腰间束着淡紫色丝绦，上面别着小束白花，身后拍动着一对晶莹剔透的翅膀。他身旁的巨型五彩凤凰，翙翙其羽，铿锵有力。

林雨凡坐在地上战战兢兢，心里来来回回只有一个想法：这怎么可能?!

白衣男子也打量着林雨凡。

他转过脸举起手臂,向空中一挥,对凤凰说了一句话,凤凰登时一跃腾空,向着来时的方向飞翔而去,渐渐消失在月色之中。

他的小指上戴着一枚镶着黑石的戒指,手腕上戴着银色手链,上面扣着一只吊坠正发着幽幽的光芒,像萤火般闪烁。显然他也注意到了吊坠开始发光了,手臂落回时的动作变得缓慢。他注视着手腕上的吊坠,眼神变得疑惑起来,转而惊奇地凝视着林雨凡。突然他朝她俯下身,一阵花香迎面,林雨凡感觉有些晕眩。仿佛有两只手用力地抓住她的肩膀,她迷迷糊糊地听到那人说了一句话,像是在询问什么要紧的事。

林雨凡不懂这是哪国语言,这浓厚的异国口音,仿佛也带着花香,将她拉进了黑暗。

2

林雨凡觉得身体好冷,逐渐恢复了意识,从粉色的大床上坐起来。灯亮着,窗户敞开着,冷风肆无忌惮地吹进来。电视机也开着,里面正放着晚间新闻。她的耳朵里充斥着男主播字正腔圆念新闻稿的声音。

唉,原来做了个梦,一个梦到美男的怪梦呢。

她看了看墙上的钟,已经9点多了。咦,我怎么穿着运动衣呢?她觉得有些奇怪,又说不上来,伸了个懒腰,揉了揉肩膀。哎哟,肩膀好疼。她瞥了一眼不远处的双人沙发,啊!沙发上有人!

白衣男子坐在沙发上看书。他见林雨凡醒来,站起身,缓缓地走到她床前,说:“你醒了?非常抱歉,让你受惊吓了。”

林雨凡刚想喊叫就被他的手捂住了嘴巴,他俯下身注视着她的眼睛,有些紧张地说:“你别喊,我不会伤害你的。”

他的眼神明净,声音柔和。林雨凡眼里的惊恐之色逐渐退去,她用力点了点头。

他松开手。

林雨凡壮着胆子狐疑地看着他说:“你是什么人? 不,神仙? 不会是鬼魂妖怪之类的吧?”

白衣男子的表情有些犹豫,这让林雨凡更加不安了。

“你把我打晕了?”她往后挪了挪,“你想做什么?”

白衣男子的眼神变得灵动起来,说:“你是闻了我的花,那是催人入眠的罂粟凝香,才昏睡过去的。可能也有点受惊吓,也有点体力不支吧。”话音刚落,林雨凡的肚子咕噜噜地叫了起来。她急忙按着肚子想把声音遮住,回想起来晚饭还没吃呢。她又努力找寻记忆的碎片,昏倒之前好像是闻到了一种芬芳的气味,我是因为这个昏过去的?

“是的,是我不小心将花靠得你太近了。”白衣男子不问自答,他的目光一直停留在林雨凡的身上。

林雨凡惊愕地看着他,心想,他怎么知道我在想什么?

白衣男子嘴角微微一扬:“我能听到你的心声。”

林雨凡张了张嘴,舌头都打结了:“你——到底——是谁?!”

这时,房间里突然凭空多出一个人,说道:“他是睡神,修普诺斯。”

电视内传出嘈杂的声音。风无声息地吹进来。房间内灯光明亮,可以清晰地看到来人的样貌。

林雨凡目瞪口呆地坐在床上,半晌,她喉咙里咕噜一声吞了下口水,然后硬生生地挤出一句话:“你又是谁?!”。

那人说道:“我是神使,赫尔墨斯。”只见他头戴一顶带有白色小翅膀的金属圆帽,帽子下面露出一截白色的短发。他脸的轮廓如山峦般俊秀,深陷的眼眶、透明玻璃珠般的褐色眼睛、立挺的鼻梁,嘴角含笑。他身穿一件半袖白色短袍,腰间系着藤蔓,露出健壮的腿,脚下踏着带翼飞鞋。

林雨凡有些胸闷气促,掌心和后背已是腻腻的一层潮湿:“你们找我有什么事吗?”

神使赫尔墨斯听了哈哈大笑,说:“我不是来找你的,我是来找他的。”他将手搭在旁边睡神修普诺斯的肩膀上。

“你来找我做什么?”修普诺斯脸色一沉,戒备地问。

“我不放心,来看看。有线索了吗?”赫尔墨斯说。

修普诺斯神色凝重地说:“不会是派来监视我的吧?”

赫尔墨斯皱起眉,显然对问话不满意,收回手:“父王让我来协助你。不过,我不能待太久了,毕竟是东方地界。”他看了看修普诺斯手上的书,脸上掠过一丝狡黠的笑容,说:“学得不错嘛,我们都能对上话了。咦,还看电视学发音吗?”他朝电视屏幕探了探头。

电视将画面切换到记者连线,一位记者说话跟打机关枪似的,没听出一个标点符号来。

修普诺斯将书塞进袖子。赫尔墨斯转而说起了林雨凡听不懂的语言。“有线索了吗?”“可能是她身上带着那孩子的气息。”他们一边说,一边不时地把眼神投向林雨凡,这让她很是惴惴不安。

他们在说什么?在商量什么?再待下去我就没命了,就趁现在逃走吧。林雨凡越想越害怕,她颤抖着挪动了一下。

“还是说汉语吧。”修普诺斯感受到了她的恐惧。

赫尔墨斯停了下来,转头看看林雨凡。

修普诺斯问林雨凡:“你认不认识一个孤女?”

林雨凡的脑海里闪过梁晓乐的名字。

这念头虽一闪而过,可是修普诺斯已经捕捉到了信息,他目光炯炯看着林雨凡的眼睛,问:“梁晓乐是谁?”。

哎呀,怎么办?我想什么他全知道!林雨凡紧闭着嘴,屏住气息。他要找梁晓乐做什么?我不能让她陷入危险,不能告诉他梁晓乐是谁。

赫尔墨斯显然也听到了林雨凡内心的独白,对修普诺斯说:“有线索了。”他回头盯着林雨凡,坏笑着伸出手说,“你已经在她面前暴露身份了。要不要我帮你封印她的记忆?”

林雨凡脸色煞白,身体直哆嗦。

修普诺斯挡在她面前。

赫尔墨斯眨眨眼笑着说:“有话直说,我可听不到你在想什么,我只能读凡人的心思。”

修普诺斯严肃地说:“我们未经允许怎么能私自给凡人下封印,封印对人是有伤害的。”

赫尔墨斯嬉皮笑脸地看着他说:“我逗她的,不然我干吗用汉语说呢。”

“你这样会吓坏她的。那孩子的事我自有办法,你请回吧。”

咚咚咚,传来一阵敲门声,林妈妈的声音在门外响起:“睡了吗?我进来喽。”说完只听到门把扭动,门咔的一声被开启了。

赫尔墨斯连忙转动身子消失得无影无踪。修普诺斯四下里一看,迅速躺下身,滚进了床底,连带着把床单往下拉了拉。

林妈妈推门进来,走近问:“你怎么了? 额头上都是汗。”

林雨凡想着床底下躺着修普诺斯,不敢轻举妄动,向妈妈不自然地眨巴几下眼睛,一边却说道:“没事啊,妈。”

林妈妈见女儿穿着运动服:“你刚在做运动吗? 这么晚了,别看电视了,明天就开学了。”她去关了电视机。“早点睡吧。”林雨凡眼睁睁地看着妈妈出去关上门。

修普诺斯从床下爬出来,起身整了整衣襟,弹了弹身上的灰。

这时,赫尔墨斯又凭空出现,向林雨凡招了招手。

林雨凡惊得屏住了呼吸。

修普诺斯皱了皱眉:“你怎么又回来了?”

赫尔墨斯纳闷地看着他,忽然问道:“难道你的神力在南天门被他们封住了?”

修普诺斯没有回答,将视线转向别处。赫尔墨斯强忍着笑,说:

“他们也是职责所在，以防万一。那你待在凡间可就不太方便了。”说着拿出一个像短笛模样的东西塞在修普诺斯的手里，“这个给你，有事找我。”他又朝林雨凡眨眨眼，说，“天机不可泄露哦！否则……”

伴随着一阵冷笑，他就消失了。林雨凡起了一身的鸡皮疙瘩，她转而看向剩下的修普诺斯。他手中拿着短笛，嘴角带着一丝苦笑。片刻之后，他将短笛收好，回过头对着林雨凡，欠了欠身说：“今晚打扰了，我们明天再见。”说完，他转身走到窗边，扇动起身后晶莹剔透的翅膀，双脚渐渐离开地面，翅膀每扇动一下他就缩小一点，呼哧呼哧几下工夫就变得只有蝴蝶般大小，在半空中舞动着，款款地飞出了窗外。

林雨凡慌忙从床上跳下来，跑到窗前往外看，睡神修普诺斯已经不见了踪影，窗外唯有几盏路灯和那棵枝叶繁茂的香樟树。晚风轻轻拂动着窗帘，送来清凉的植物芳香。

林雨凡倚在窗边发呆，她又掐了下自己的脸，确定不在做梦。神力不是不能用吗？怎么变成蝴蝶就说走就走了呢？这神仙应该不是坏人吧？嗯，不对，坏神。她慌忙关上窗，拉上窗帘。

她环视了一下房间，去关了沙发旁的窗和床边的窗，她想给梁晓乐打电话，可又怕他们会飞回来偷听。于是她发了个微信。

她坐在床上一直盯着手机屏幕，梁晓乐一直没回。林雨凡心想：她是不是已经睡了？她明天不是下午的课吗，怎么也这么早睡？哎哟，我明天早上还上课呢。

梁晓乐刚准备睡了，听到微信声，抓来手机，看到林雨凡的信息：“晓乐，我今天碰到两个神仙，他们好像在找你，你知不知道怎么回事？”

“这女人今晚受刺激了？”梁晓乐咕哝道，把手机一丢，倒头就睡了。

林雨凡等不住了，想去找爸妈，跑到门边又返回来坐到床上。赫尔墨斯消失前的一阵冷笑仿佛还萦绕在耳边，他说，不能泄露天机，否则……

她吞了下口水。对了,我是怎么回来的?对此她一点记忆都没有。“在公园晕过去之后醒来就睡在自家床上了。他是怎么知道我家住哪里的?”林雨凡越想越觉得头皮发麻,仿佛闻到自己身上带着淡淡花香。他刚刚好像又问孤儿,又说什么那孩子的事他自有办法?

他要找的人是梁晓乐,为什么不直接去找她呢?转念想可能是因为晓乐住在宿舍,那里人多不方便他下凡。她又偷偷地扒开窗帘看了看,窗外已是深夜。对了,他怎么知道我和晓乐是朋友?难道神仙那里有人和人之间关系的记录吗?唉!我今天就不该单独去公园瞎逛的!撞神了!

林雨凡睁开眼,从床上跳下来。我的天,我什么时候睡着了?!她将窗帘拉开一条缝往外窥探,明晃晃的阳光仿佛探照灯刺得她眼睛发酸。她努力睁开眼,看来看去却什么也没发现。她吁出一口气,我要去找梁晓乐!这苕货干了什么亵渎神灵的事又连累我!

她洗漱完毕换好衣服,就下楼来。

林嘉俊坐在饭桌前吃早饭,看到她,说:“号外号外!姐,昨天爆出个特大新闻,你要不要听?”

林雨凡向他走来,有气无力地说:“我已经三观尽毁了,你说外星人攻打地球我都信。”

林嘉俊瞄了一眼正端着豆浆过来的林妈妈:“妈已经和你说了吗?嘴真快呀,妈!”

林雨凡满怀心事地坐到饭桌旁,拉过桌面上的一次性纸碗往嘴里扒着热干面。

林妈妈放下豆浆:“说什么?又不是什么好事!”

林嘉俊按捺不住了:“表姐昨天带着男朋友来,然后吃完饭她就被甩了。”他见姐姐没反应,纳闷极了,追问道,“姐,你有在听吗?”

林雨凡木讷地说:“哦,知道了。” 然后继续吃面。

林雨凡吃完面背着书包走到门口准备走了,林妈妈在后面喊:“雨凡,豆浆不喝吗?”

“不喝了,走了,妈。”走到门边,林雨凡还是有些不放心,又扭过头说,“妈,今天你别待家里,出去打麻将吧。嘉俊,快些去学校。”说完在他们异样的目光下关上门出来了。

她经过香樟树下,突然后背被拍了一下,“啊!”林雨凡惊叫了起来,她回头看时急忙用手捂住了嘴,拍她的正是睡神修普诺斯!

修普诺斯依旧一身白色大袍,神采俊逸地出现在她面前。

昨晚他飞出去后就停在窗外的香樟树,坐在一片叶子上,他可以看到窗边林雨凡的身影。他将叶子往身上卷了卷,躺下来枕着手臂看着她呆呆地傍在窗边,片刻后才消失在窗帘后。他透过层层叠叠的树叶望着漫天繁星和一轮圆月,想到那浩瀚的宇宙中一场圣战已经拉开序幕了吧。他端详着手链上的灵珀,它已经没有了任何指示。神女会不会已经收到灵珀的感应自己现身了呢?他怀着一分担忧,看楼上房间里熄了灯,过了很久他才渐渐睡去。

林雨凡此时看着修普诺斯竟然半天没有回过神来,阳光照在他身上投下颀长的影子,显得更加真实,澄澈明亮的目光中也少了份月夜中的清冷忧郁。

这真的不是我的幻觉吗?他真是睡神修普诺斯,这个只存在于神话中的神祇吗?

修普诺斯见林雨凡表情呆滞地望着自己出神,微微低下头说:“你还没看够吗?”

林雨凡脸上一红,自己不该这么直愣愣地盯着他看,连忙转身就跑。

修普诺斯一把抓住她的书包,把她拉了回来:“一起吧。”他说完迈开步子向前走去。

林雨凡忐忑地跟上来问:“你不会是想跟我去学校吧?”

“你是想跟我去见梁晓乐对不对?”

“你找她有什么事吗?”林雨凡见修普诺斯没有回答又追问道。

“如果她是我要找的人,我自然会告诉她原因。你可以带我去见她吗?”修普诺斯终于说话了。

林雨凡闭上嘴,微微皱着眉,看样子是在犹豫。不行,不能贸然地带他去见晓乐,万一有危险呢。

修普诺斯心想,她倒是很保护梁晓乐。他的嘴角露出不易察觉的笑意。

她摇了摇头继续往前走,见修普诺斯依然跟着她,心想你跟着我也没用,今天我和晓乐不同课。刚走几步,她突然想到了什么,说:“你这个样子跟着我,我们会被人围观的。”她的目光落在他身后的翅膀上。

修普诺斯点点头,转了个身,一回头,一头清新的短发,穿着白色短袖T恤衫,白色长裤,白色帆布鞋,背后的翅膀也消失了。

林雨凡看得眼睛发直,她颤抖着说:“你、你、你,你不是没有神力了吗?怎么又变身了?”

修普诺斯微笑着耸耸肩,说:“这是我与生俱来自带的幻术,是封不住的。”

林雨凡已经无计可施,又不敢贸然得罪神仙,只能让他跟着。他说的自有办法,难道就是这个办法?跟着我?林雨凡斜了他一眼。虽然这个办法不太高明,但是如果一直跟着我,见到晓乐是迟早的事。怎么办呢?得想个办法先脱身,我得单独见晓乐告诉她这个事情才行。

出了小区,林雨凡拦了一辆出租车,她打开门沉默地看了看修普诺斯。他迟疑了一下,坐了进去,林雨凡替他关上门,自己坐到了副驾驶的座位上。女生给男生开门的举动引得司机看了她一眼,又瞄了一下后视镜,会意地轻笑了一声。

“去哪?”

“武大东门。”

一路上，林雨凡的心都在突突地跳着，她偏过头偷偷地用余光扫了一眼后排的修普诺斯。他现在的样子已经和正常人没什么区别了。

她稍稍冷静下来，望向窗外，感觉满大街的行人都是神仙变的，惊得她倒吸了一口气，调整了一下坐姿，然后不安地看了一眼身旁的司机。昨夜匆匆一瞥没有细看，修普诺斯现在一直望着窗外的世界。宽阔的街道尘埃飞扬，空气似乎不太洁净。街道两旁是高低错落的建筑，有的甚至高于神殿的规格。不断有各种各样的交通工具穿越进他的视线，都是他从未见过的。

三千多年了，他心里叹息着。我已经成了无知的神祇。

到了学校，开学第一天的校园充满了热闹的气息。

林雨凡因为和一个神仙走在一起，感觉又紧张又奇妙，而且生怕别人看穿了他的身份。“抱歉给你带来的不便。”修普诺斯说。

“这个，其实是挺不可思议的，我到现在还在怀疑自己是否产生幻觉，脑子坏掉之类的。”林雨凡苦笑着说。

修普诺斯微微一笑：“我也没料到会这样横冲直撞地遇上你，不可避免地暴露了自己的身份，惊吓到你，很抱歉。”

林雨凡压低了声音对修普诺斯说：“你觉不觉得大家在盯着我们看。”

修普诺斯不以为然地说：“他们好像在心里赞叹我的外貌。‘帅’是好看的意思吗？”

林雨凡愣了一下，才想起来他会读心术。她也偷偷瞄了一眼修普诺斯，心想：“是好看。”

修普诺斯腼腆地对她笑了笑。

林雨凡懊恼地低下头，我个苕货！

他们路过一座古典殿堂式风格建筑，青瓦翘檐在层层树木的映衬下更显静谧古朴。

修普诺斯注意到了，他停下脚步，问："这是什么建筑？"

"这是图书馆。"

"图书馆？藏书的地方？"

听他的语气好像之前没见过图书馆似的。林雨凡微微侧着脑袋说："是啊。怎么了？"

修普诺斯眼神微动，他径直朝图书馆走去。赫尔墨斯给他的书只是大概描述了现代人的日常生活，他意识到自己需要更多的书籍来复原他对人类文明断层的认知。

林雨凡不知道他要做什么，急忙跟了上来。他们拾级而上，穿过宽阔的门廊，进入图书馆。"你是想看书吗？"林雨凡跟在一旁不解地问，"这里是文学馆，里面的书你可以随便看的。"

修普诺斯已经随手从木制书架上拿了一本书翻了起来，翻书的速度之快就像赌神翻扑克牌似的。

林雨凡心想，看得这么快，能理解吗？

修普诺斯听到了，停下来说："我可以把书里的内容扫描到记忆里，要用的时候随时提出来。"

林雨凡惊叹道："电脑啊！"。

惊讶过后，她转了转眼珠，然后谨慎地对正在一本接着一本认真扫描书的修普诺斯说："我先去上课了，你慢慢看书吧。"只听修普诺斯说："好的。"

林雨凡轻轻地退出来，走出图书馆大门，回头看修普诺斯没有跟出来，她舒出一口气，边往教学区方向走边给梁晓乐打电话。电话接通了，林雨凡走得太快，声音有些气促："晓乐，你今天是不是和我没同节课？"

"有啊，上午不是有一节吗？古代汉语课在三号阶梯教室。你没有收到短信吗？有特殊情况把课临时换成今天第一节了。记得旁边给我留个座哈。"

林雨凡听了差点抓不牢手机，心想，短信？我没看！她急得直拍脑门，朝着手机大声说："你今天先别来上课！"她喊得太大声了，引得周围的人都回头看她。她意识到后随即压低了声音，小声地说："那个睡神跟着我来学校了。我已经被他盯上了。"

梁晓乐想必是听得一头雾水，停顿了一秒后，手机里传来喊声："你鬼扯什么呀?！酒还没醒吧？什么神啊鬼的？"

林雨凡生怕别人听到，用手挡着嘴巴说："是真的，你要相信我呀！真的有个睡神来找你。"

梁晓乐没好气地说："那他找我干什么？"

林雨凡走到了三号阶梯教室里，边和梁晓乐继续通话边在旁边找了个位子坐下："我也不知道，只知道他是冲着你来的。我还以为你知道原因呢！你想想最近是不是做了什么亵渎神灵的……"说到这里她突然看见修普诺斯出现在教室门口，顿时倒吸了一口冷气，声音变得颤抖起来，"晓乐，他找来了，你别来啊。"说完急匆匆地挂断电话。

老师还没到，教室里乱哄哄的，同学们三五成群地坐着聊天。

修普诺斯走进教室里，丰姿俊研，仿佛携着轻风明月而至。教室里突然静了下来。他的目光扫过众人，眼睛一亮，来到林雨凡身边坐下。

林雨凡听到后面的同学在议论："这个人是谁呀？怎么没见过？长得好帅呀！""他为什么坐在那个女的旁边呀？""谁知道呀，你也想过去坐吗？"然后是一阵嘻嘻哈哈的声音。

林雨凡一脸惨白，心虚地问："你怎么出来了？"

修普诺斯微笑着说："你怎么跑那么快，我差点追不上你。"

老师这时已经进来教室了，开始点名。

林雨凡不知道该说些什么，就问："看完了吗？"

修普诺斯倒是认真地回答："只看了一排书柜而已，都是讲中国文学的。其他的下次再看吧，来日方长。"

林雨凡惊慌失色地问："你还打算再来？"

“是呀，我想看完所有的书。”修普诺斯诚恳地点点头。

林雨凡低下头心灰意冷地想：梁晓乐啊，你还是休学算了。

“林雨凡，林雨凡，林雨凡没到吗？”老师说。

林雨凡半天才意识到那是自己的名字，差点跳起来，大声说：“到！我到了！”

修普诺斯呵呵笑出声来，眼中仿佛有星华闪烁，看着她说：“你的名字叫林雨凡呀！”

这时，老师念道：“梁晓乐。”

顿时，林雨凡和修普诺斯都抬起头来，只听见教室门口一个清脆甜美的声音答道：“到，老师！”梁晓乐提着包走了进来。所有的男生都齐刷刷地看向门口，只见她一袭红裙，婀娜多姿，长发齐腰，恍若仙子。

林雨凡瞪大了眼睛，心想：自己送上门来，我无能为力了。她赶紧转过头看修普诺斯会有什么动静，只见修普诺斯眼神复杂地看着梁晓乐。

当梁晓乐接到林雨凡的电话时，她已经快到教学楼了，接完电话感觉莫名其妙，心想，这女人古里古怪地让我别来，我倒是要去看个究竟。这青天白日的，学校这么多人，鬼来了也不怕。再说我今天难得早起没迟到，让我翘课，太吃亏了。

然后她直奔教室，正好赶上老师点她的名，心想运气真好。

修普诺斯终于见到了梁晓乐，不禁让他联想起了刚刚在书里看到的几句诗词：

> 有女妖且丽，裴回湘水湄。水湄兰杜芳，采之将寄谁。
> 瓠犀发皓齿，双蛾颦翠眉。红脸如开莲，素肤若凝脂。
> 绰约多逸态，轻盈不自持。常矜绝代色，复恃倾城姿。

梁晓乐在芸芸众学生里搜寻，先看到了林雨凡，又看到旁边的男生。他就是林雨凡口中的神？哎，我怎么也跟着发神经了。这人年纪看起来也有二十四五岁了吧，应该不是大学生吧？长得还不错。啧啧啧，林雨凡，就为这你让我翘课呀。

梁晓乐迈着步子朝他们走来，过道两旁时不时地就有男同学和她挥手示意，点头问好的。梁晓乐也一一对他们报以微笑。她走到林雨凡身边坐下来时，拿眼瞪了瞪林雨凡，再越过她看向她身旁的男生。

林雨凡惊悸地看了看梁晓乐，又不安地用余光扫了扫修普诺斯。只见这时修普诺斯站起身，头也不回地走了出去。

老师正在点名，看有人走出去，说："同学，快上课了。"

对方回了一句："告辞。"

修普诺斯大步流星地走出教室，心想：应该是她了！

第二章

1

修普诺斯抬脚走人之后，林雨凡当时就蒙了。

梁晓乐清了清嗓子，一脸阴沉地看向林雨凡："喂，你朋友也太没礼貌了吧！"

林雨凡想：朋友？

"你不是说他找我有事吗？招呼都不打就走了，他是谁呀？"

林雨凡的脑子彻底短路了。

梁晓乐推了推她："你中邪啦？"

"啊？"林雨凡终于又连上了，"哦，我以为他找的人是你，现在看来又不是。应该认错人了吧。"

还好，还好，他认错人了。林雨凡心里松了口气。

老师已经开始讲课了，梁晓乐低声说："下午上完课在学校等我，有话问你。"林雨凡看着她紧张地咽了咽口水。她想知道什么？我是不是跟她提"神"这个字了？她又想：梁晓乐这么理智的人应该会把我的话当疯话吧？

好不容易挨到下课，梁晓乐还没反应过来，林雨凡已经一溜烟地跑了。

她偷偷去图书馆找了一遍，没有发现修普诺斯的踪影。这个谜一样的神，他到底去哪了？

下午，天气依旧炎热。宽大的操场上没什么人，只有远处寥寥几个男生在塑胶跑道上无精打采地跑着。

梁晓乐找到林雨凡，拉着她在一处阴凉无人的看台台阶上坐下。梁晓乐捧着奶茶，摆弄着吸管，挺直着背保持着淑女的姿势，却粗声粗气地说："说来听听，到底什么情况呀？"一旁的林雨凡正耷拉着脑袋，听到梁晓乐的问话，抬头说："什么？"

"你们怎么认识的？"

问到关键的地方了，林雨凡心虚地来回搓着手，心想：要不要和她说呢？如果她不是他要找的人，我告诉她就是泄露天机呀。修普诺斯为了不让我妈发现都钻床底了，一定是不想暴露自己的身份的。还有那个赫尔墨斯，他会封印人的记忆，太可怕了！

于是，她结结巴巴地说："那个，我、我们，那个，我们就是在公园碰到的。对，是在公园，我去公园赏月，然后他、他也在那，然后就遇上了。"

梁晓乐见林雨凡紧张得话都不会说了，狐疑地问："那你为什么说他是什么神呢？"

林雨凡搜索枯肠想理由，一张大脸憋得通红。

"我说他是神经病来着，我都跟他说过他认错人了，他非要跟着我来学校找你。"

梁晓乐捂着嘴笑了起来："最近神经病确实很多！校外的人都开始打听我了，最近还有个跟痞子似的人跑来说要找我交往呢，真是疯了。不过你带来的这个人，"她目光流盼，"我猜你拦着不让我见是有原因吧。"

林雨凡不安地看着她，问："你猜到什么了？"

梁晓乐用食指轻轻推了一下林雨凡的脑袋，脸上现出一抹神秘的微笑，把嘴凑到她耳边，说："你喜欢上他，又怕他看上我了，是不是？"

林雨凡激动地站起来，挥着两个爪子说："我信了你的邪！（武汉话）瞎猜什么呀！"

梁晓乐急忙拉她坐下:“别闹了,别人都看过来了!”

“你每次喜欢上男生都瞒不过我的眼睛?”梁晓乐得意扬扬地接着说。

“不就那么一次吗?说得我跟个花痴似的。最后我看上的人还不是看上你了!”

“我这是帮你过滤掉没用的人,免得你浪费时间。”

梁晓乐开心地喝着奶茶,看了下手机,说:“我要走了,今晚有家教课要准备准备。”

“你又开始做家教啦?”

梁晓乐站起身:“是啊,再不赚点生活费,奶茶都喝不起了。唉!这是你这种富家女不会有的烦恼。对了,我补课的地方在你家附近,也是富人区的小孩。要是晚了宿舍关门了,我就去你那里睡了,你手机别打静音。”说完她朝林雨凡摆摆手优雅地提着包走了。

林雨凡望着梁晓乐远去的背影,心想她真是不容易,十八岁之后就搬出了孤儿院,看似柔美的外表下,却有着无比自强不息的内心。

梁晓乐走在校园里通向宿舍的路上。阳光筛进逐渐呈金黄的银杏,丹桂飘香,风拂花落,一只白蝴蝶飞舞而过。她抬起头看了看天空。

林雨凡回到家第一件事就是去书房开电脑上网查修普诺斯的资料。她输入“睡神　修普诺斯”这几个字,屏幕里出现很多信息。她逐个地仔细看,看到关键词就下意识地读出声来:

“修普诺斯是四千八百多年前古希腊神话中的第三代神,是掌管睡眠的神。”

“睡神总是身穿白色的衣服,身后带有翅膀,手上拿着罂粟花。”

“天后赫拉曾胁迫修普诺斯以其能力使宙斯陷入完全的睡眠,修普诺斯不敢不从。宙斯醒来后很生气……”读到这里,林雨凡的心像是被揪了一下,“下令将修普诺斯打入天界深处的绝望之渊。”林雨凡陷入沉思中,她无法想象那是一个怎样的可怕的地方。这些神话传说都是真的吗？

晚上10点，林雨凡看看手机，梁晓乐没有打来，应该回宿舍了吧。

接下来好几天，修普诺斯都没有再来找她。她每天的生活按部就班，平静如水。

林雨凡心不在焉地来回于学校和家里。在学校里还是像以前一样，没有人会主动和她说话，她丝毫没有存在感。

每当路过图书馆时，她都会进去瞄上几眼，但每次都失望地离开。他不是说要看完这里所有的书吗？他是不是回神界了？

林嘉俊发现姐姐最近有点反常。有一次放学回来，他在小区门口看到林雨凡在前面走，他猫着个腰悄悄跟上来从后面拍她，想吓吓她。她惊得跳起来，反应有点过度。等她回过身，看到是林嘉俊，眼神瞬间暗淡无光，只是勉强笑了笑。林嘉俊不爽地说："喂！你看到这么英俊的脸怎么这副表情啊？"他很纳闷，在自己家门口她能期待遇到谁呢？

2

"今天都这么晚了，我给你车钱打车回家吧。"学生家长说。

"不用了，阿姨！我走几步路就到车站了，很方便的。"梁晓乐虽然心里着急赶回去却还是笑着推辞了。

从学生家里出来已经9点半了，需要走十分钟的路程才到公车站。学校宿舍十点就锁门了，梁晓乐出了小区决定走一条近路去车站。她七拐八拐后进了一个小巷子，一个人在小巷子走着。

巷子里那几盏暗黄的路灯起不了给她壮胆的作用，反而突显了此刻的夜深人静。在巷子的转角处，那些吸收了路灯光线的黑暗里仿佛藏着突如其来的危险。这几天她总觉得有双眼睛在远处监视着她，当她回头看时，却什么也没发现。梁晓乐心里想着这情景像极了电视剧里受害者被害前的桥段，然后被自己的想法吓得心跳加速，纤细的手指紧紧地抓着手臂，谨慎地往里面走。

拐角处什么也没有，梁晓乐松了口气暗暗地笑自己胆小。她继续迈着步子，突然，一只大手从后面伸出来捂住了她的脸，另一只手同时绕到她的腰上，用力把她往后拉。

“啊！”尖叫声被宽厚的手掌挡住，只渗出了一点呜咽声。那人把她按在墙角。梁晓乐一双恐惧的眼睛看清了对方的脸，就是几天前来找过她的那个痞子。她不知道他叫什么，也许他说过，她也不屑去记。可现在，在这个与外界隔绝的地方，他身上闷热的气息混合着一股汗味笼罩着她，他邪恶的眼睛直勾勾地盯着她，看得她脊背发凉。

“你不会是不记得我了吧。我是陈辉呀，前几天去你学校找过你的。”那个人嘴角上扬露出轻佻的笑意，松开手，袭上了她的唇。梁晓乐拼命地推开他。挣扎一番后，陈辉往地上吐了一口唾沫，一口血腥味，显然是被眼前这个女人咬破的。他生气得瞪大眼睛，用手死死地掐住了梁晓乐的脖子。

梁晓乐一口气提不上来，喉咙像要被捏碎了一般剧痛，一阵窒息的胸闷过后就失去了知觉。

陈辉看梁晓乐倒了下去以为把她掐死了，吓了一跳，正不知如何是好，这时，一个白色身影闪到他身后。他惊恐地往后看，脸上就结结实实地挨了一拳，顿时鼻子冒血，一个踉跄摔了个狗吃屎。

他抬头看这鬼一样出现的人，吓得急忙爬起身跑得无影无踪。

修普诺斯走过去蹲下身去看梁晓乐，还好她只是受了惊吓昏过去。他将手链上的灵珀靠近她，没有任何反应。他站起身倒退几步，灵珀似乎还没苏醒。要证明她的身份，除非——他正暗自思索，忽然巷子里传来几个醉汉的声音，他们嘴里喊着胡话正朝拐角处走来。修普诺斯看了一眼地上的梁晓乐，他想起神王的嘱咐，她身上有神王的封印，我若太靠近她，灵珀会加速封印的解除。可是，灵珀已经进入休眠状态，无法指引我，是否也无力解除她的封印？

醉汉的脚步声越来越近。或者,如果我认错了,她根本不是那孩子,我应该介入一个凡人的命运吗?

3

房间里开着空调,林雨凡正歪在沙发上看书。笃笃笃一阵敲打玻璃的声音传来。她警觉地合上书,站起身环视着房间,又一阵笃笃笃,是西南方的窗户那里有声音。

林雨凡疑虑不安地挪过去把窗帘拉开一点向外看,只见修普诺斯抱着一个人悬在窗外。虽然她已经做好了心理准备,可还是被吓了一跳,再仔细一看横在他怀里的人好像是梁晓乐!

林雨凡连忙打开窗。修普诺斯弯着腰跳了进来,大跨步向床边走去,把梁晓乐安置在床上。林雨凡慌忙扑上去叫了几声"晓乐",但她没有反应。林雨凡转身抓着修普诺斯的衣襟:"你把她怎么了?!"

修普诺斯没料到林雨凡会这么问。他第一次被凡人这么无礼地抓着,惊慌地说:"不!不是我!我怎么会害她呢?!"他随即定了定神,心平气和地解释道,"有个人袭击她。放心,她只是晕过了,很快就会醒的。我不能送她回宿舍,只想到一个可去的地方,就是你这里了。"

林雨凡尴尬地松了手,平复了下情绪,想到晓乐有遇到惊吓会晕倒的心脏病后遗症。她知道自己错怪他了,琢磨着如何道歉。

修普诺斯听到了她心里的话,随即微笑着说:"没关系。我走了。"

心脏病?会不会是封印引起的?他暗自思忖,走到窗前翻窗而出。

林雨凡看到他从二楼跳下去了,但没听见落地的声音,连忙走到窗前向下看。奇怪,怎么又消失了?她又把目光转向楼下的香樟树,惊奇地发现修普诺斯已变作蝴蝶般大小,正坐在树顶的一片叶子上。林雨凡还有很多问题想问他,正要开口时,只听见床上的梁晓乐微弱地喊了声："救命啊！"

她的视觉慢慢由模糊转为清晰，坐起来发现自己在林雨凡家。

看到林雨凡后，她扑腾乱跳的心稍稍安定了下来，确定自己现在是安全的。

林雨凡激动地跑到床前握着她的手，连声问："你醒啦？感觉怎么样？哪里不舒服吗？要不要去医院？"

梁晓乐的眼泪直掉："我怎么在你这？"她奇怪极了，"那个痞子跟踪我，还掐我脖子。"她一只手紧紧地抓着林雨凡的手，一只手摸着自己的脖子。

林雨凡去检查梁晓乐的脖子，果然留着红红的手指印。

"再看看其他地方有没有受伤。"林雨凡焦急地说。

梁晓乐摸了摸身上，慢慢地将腿伸向地板，下了床走动了几下，身体似乎没有异样的感觉。她破涕为笑，说："我没事，就是脖子这里有点痛。"

林雨凡松了口气："真是万幸！还好修普诺斯及时出现了，不然后果不堪设想！"

梁晓乐从没听过这么绕口的名字，听说他救了自己，忙问："啊？修什么？他是谁？"

林雨凡下意识地看了一眼窗外，说："就是上次跟着我去学校找你的人，他把你送来我这儿的。"

"啊？"梁晓乐一脸意外，"等一下，他怎么会在那里？"她不解地问，随后又瞪大了眼睛，"难道他也跟踪我吗？！"

"不不不，不是你想的那样的！"林雨凡直摆手。

梁晓乐一双水汪汪的大眼睛露出狐疑的神情看着她。今天不跟梁晓乐说个明白，她是不会罢休的。林雨凡站起身走向窗边："还是让他亲自和你解释吧。"

"呃？！他走了，刚才还在这呢！"林雨凡心急火燎地看来看去。这家伙居然自己跑了！让我怎么办?！她一脸无辜地回头看着梁晓乐。

梁晓乐已经坐回床沿上，一边擦着脸上的泪痕一边盯着她看。

“他走了，那你来说!”

林雨凡搔了搔头，爬上床尾，盘腿而坐，郑重地说:“你发誓不告诉别人。”

梁晓乐听了这话白了她一眼，双手抱起胳膊。可林雨凡一副相当认真严肃的表情让人很好奇她要揭晓什么秘密。

“好吧，我发誓不告诉第三个人。”梁晓乐举起右手中间的三根手指头。

“少来这套，《神雕侠侣》我也看过！也不能告诉第四个、第五个人！”

“我的天！这事和我有关好不好！你快说吧！我发誓不告诉其他人啦!”梁晓乐有些急躁起来。

林雨凡整理着思绪:修普诺斯一直跟着晓乐，那说明晓乐恐怕就是他要找的人了。

林雨凡神秘兮兮地仿佛怕被人听了去，把嘴凑到梁晓乐耳边轻声地说:“他是睡神。中秋节那天他骑着凤凰从天而降来找我，问我认不认识一个孤儿，他们正在找那个孩子。”说到这，她停顿了一下，重新说道，“可能就是找你!”

梁晓乐半张着嘴，叹了口气无力地倒回床上。

“是真的!”林雨凡爬过去看着她的眼睛说。见晓乐不信，她急得抓狂，真想把修普诺斯抓回来，扯几下他的翅膀给她看。

梁晓乐心想他是怎么知道她孤儿的身份的？一定是林雨凡说漏嘴的，她眼珠子转着，心里想着该怎么办呢？对！先见上一面，问他有没有趁我昏过去对我做了什么？再警告他不要利用雨凡！

她坐起身，搭着林雨凡的肩膀:“我觉得不管怎样都应该先跟他道个谢。你约他出来和我见个面吧。”

林雨凡赞成地点点头，转念想他来无影去无踪的，怎么联系呢？

“还有，凡，”梁晓乐换了个语重心长的口气接着说，“虽然你平时见了帅哥智商就会变成零，可这次更严重了，变负数了。”她拍拍林雨凡的大肥腿，“你该减减肥了，肥肉都挤到脑子里去了。”

林雨凡被她说得瞠目结舌，心想刚刚因为你还差点把人家给打了。他可是神呀！是神呀！我要遭报应的！

她郁闷地关了灯，说了声：“睡觉！”黑暗里，只听见她气呼呼地钻进被窝，踢得被子啪啪作响。

梁晓乐只觉得好笑，也掀起被子躺在林雨凡旁边，故意朝她那挤了挤。

“话说我好久没有在你家过夜了。”梁晓乐笑嘻嘻地说。

林雨凡没出声，貌似还在生气。

黑暗中，林雨凡又沙沙沙地动，灯亮了，梁晓乐用手臂挡住刺眼的灯光：“又怎么了？”

“你被袭击的事，我们要不要去报警？”

梁晓乐移开手臂看向林雨凡。她已经没有怒容，露出担心的神情。

“还是不要了。我怕闹大了学校那些看我不爽的女生还不知道怎么造我的谣呢！”她想到那个血腥的吻就恶心地打战，“还有，我不清楚那人的底细，万一惹上什么黑社会更麻烦。”

“那他要是再来找你怎么办？”

“我会小心的，再也不走僻静的巷子了。有人的地方谅他也不敢对我怎样。”梁晓乐天真地想。

“我去找我爸，他应该认识一些白道黑道的人。”

“算了吧，我也没受伤，别小题大做麻烦你爸了。”

林雨凡又关了灯躺下身。

梁晓乐开了她那边的灯。这回轮到林雨凡问：“又怎么了？”

“刷牙！洗脸！”梁晓乐跳下床，往套房卫生间里走去。

林雨凡欠起身说："抽屉里有一次性的牙刷，你别用我的啊！"

4

梁晓乐在梦魇中惊醒，弹坐了起来，一身的冷汗。

"做噩梦了？"林雨凡也被她吓醒，转过头看她。

"是。"梁晓乐闭上眼睛调整呼吸。林雨凡帮着拍她的背。

刚刚在梦里，那个男生在抢夺她手上的东西，她试图回忆手上的东西是什么，却怎么也想不起来。怎么梦到他了呢？

一大早，林妈妈在厨房忙着做早餐，今天煮的是红豆小米粥和甜豆浆，还有外面买的热干面、豆皮。她从厨房出来，看到林雨凡和梁晓乐从楼梯上下来，惊讶地说："晓乐？你昨晚在这过夜的？我怎么没见你进来呢？"

林雨凡急忙说："你昨天看电视睡着了，所以你不知道。"然后转移话题问道，"爸爸呢？"

"已经去上班了。"林妈妈招呼晓乐一起吃早饭，又喊林嘉俊下来。

从梁晓乐走出林雨凡家的别墅起，林雨凡就暂时充当了她的"护花使者"，每天下课都和她待在一起，晚饭后送梁晓乐回宿舍，叮嘱她没事别出来瞎溜达。

一个星期都相安无事，梁晓乐已经不把这事放心上了。

这天课后，梁晓乐要去一趟学生会组织的会议，林雨凡在校园里等她。她漫无目的地在校园里逛着，不知不觉走到了那座古典的图书馆前。好一阵子没有进去看看了，她缓缓地走进去。

图书馆内安静无声。一排排的高大原木书架被填满了各色书籍，把室内隔挡成一条条狭窄的小型走廊，散发着宁静的书香。突然，林雨凡被拉进书架背后。

修普诺斯眼睛明亮，微笑着对她做了一个噤声的手势。林雨凡吓得心脏直跳，拍着心口边顺气边点头。只见他依旧是白色T恤衫、白色裤子、白色帆布鞋。林雨凡想如果不是见过他身着复古长袍神仙下凡，一定会认为他也是这个学校的学生吧。

“好久不见！”修普诺斯说。嘴上这么说，其实他每天都有见到她。因为他要远远地保护梁晓乐，所以天天“保护”梁晓乐的林雨凡也在他视线范围内。

林雨凡心底有喜悦的种子在萌动。

“梁晓乐最近有什么异常的地方吗？”修普诺斯试探着问。

林雨凡眨巴了几下眼摇摇头说，“没有吧，你指哪方面？”

“比如说，想起了一些之前没有的记忆？她有对你说过这些吗？”林雨凡还是摇摇头。“你到底要做什么？会一直待在凡间吗？”

“这里不方便，出去说吧。”说完修普诺斯便往外走，林雨凡急忙跟了上来。

他们走出图书馆大门，在偌大的校园里漫步。修普诺斯抬头望着远处的天空，星光微弱。林雨凡低着头边走边看着青青的石板路，像是在观察缝隙里铺着的青苔。良久，四周已经静悄悄的，天色渐晚，华灯初上。

天上与人间，遥遥两相隔。

修普诺斯看着星空说：“找到神女，我就会离开。”

“神女？你是说晓乐是神女？！”林雨凡知道自己问得突兀，却也顾不得了。“你找神女做什么？要带她走吗？”

修普诺斯低头沉吟，片刻后转过头看着林雨凡，说：“如果她是神女，是的，我的任务就是带走她。”

林雨凡听到这答案时整颗心沉重地往下坠：“怎么证明她是你要找的人？”

“现在还不能。”修普诺斯停下脚步，“告诉你这些是希望得到你的帮助。”他用真诚的眼神望着她。

“我?”林雨凡惊讶地看着他,“你先告诉我你带她回去做什么? 她还会回来吗?”林雨凡没有把握修普诺斯会不会回答。

“她的父亲让我来带她回去。懂了吗? 林雨凡,她不是凡人。”

林雨凡怔在原地,梁晓乐是有父亲的! 她终于找到家人了!

“她去了以后,是不是不会回来了?”她重复着这个问题,只觉得鼻子有些发酸,眼里闪着泪光。

修普诺斯听到了她的心声。她居然震惊于梁晓乐有了父亲而不是她神祇的身份,他感受到她内心的不舍。

“她神女的身份暂时还不能确定,请你答应我不要告诉她这件事情,也不要向任何人提起。”修普诺斯说,他看着她的眼睛,“可以吗?”

林雨凡点点头:“我知道了。我之前和她提起过,不过她一点都不信。”她眼泪汪汪地看着修普诺斯,“我答应你不会再在她面前提起了,天机不能泄露对不对? 那你亲自和她说吧。”

修普诺斯微笑点头。“我相信你。你的心口一致。”

“那么,你要我怎么帮……”林雨凡话还没完,修普诺斯突然拉起她就跑。

林雨凡还没反应过来,已经被修普诺斯带着跑出了学校侧门。她惊慌地问:“怎么了?!”

修普诺斯加快了速度:“袭击梁晓乐的人! 快跑!”

林雨凡跑得气都喘不过来了:“为什么要逃?”

“来者不善!”修普诺斯回答说。

果然,跟上来一群人,带头的就是陈辉。“就是这个小子! 给我追!”“辉哥,那个女的?”“一起打了!”

那天之后,陈辉让人去学校确认梁晓乐到底是死是活。发现她还好好的,没有被自己掐死,也暗暗地松了口气。

他想再去找梁晓乐,可她身边一直有个女生跟着,真是烦人。而梁晓乐也没有走出过校园,陈辉一直没有机会接近她。

今天他正带着一群游手好闲的人在学校附近游荡,不知是谁提了一句:“辉哥最近看上一个女大学生就在这所大学里。”众人起哄着说要去见识见识。陈辉得意扬扬地说:“好,带你们去看看。”

他们一个一个混进学校再一起朝女生宿舍走去。没走几步发现了这段时间一直和梁晓乐待在一起的那个烦人的女生,陈辉想去吓吓她。

天色昏暗,陈辉看了半天只觉得她旁边的那个人很眼熟。这时,路灯亮了,他认出来那个人就是那天晚上朝他脸上狠狠挥了一拳的小子!

修普诺斯拉着林雨凡在大街上奔跑,穿过人群,拐进小巷。林雨凡再跑就要吐了,她一脸惨白,气喘吁吁地对修普诺斯说:“我——不行了,跑——不——动了。”说完就扑倒在地上。修普诺斯向周围看了看,巷子短小,一目了然,没有可以藏身的地方。

后面跟着的那群人像甩不掉的狗皮膏药紧跟了上来,把他们死死地围在里面。修普诺斯急忙扶起地上的林雨凡,向里面退去。

林雨凡吓得面无人色,惊恐地看着围上来的人。她很害怕,但更怕这些人是要伤害修普诺斯。他现在没有神力,他会受伤吗?或者,会被打死吗?想到这,她整个人惶恐地战栗起来。

“小心!”林雨凡叫道。

陈辉猛地挥拳上来,却被修普诺斯单手控制住,他用力一推,陈辉整个人向后一跌,手下人赶紧上来撑住他。他吼道:“愣着干什么!给我打!”

一群人拥上来,向修普诺斯拳脚相加。修普诺斯左躲右闪,跳起落下,游刃有余,一一化解。“这小子练过的!有一手!”陈辉用眼神示意手下人去突袭一旁已然僵住了的林雨凡。“啊!”林雨凡发现有人朝她冲过来,惊慌地叫起来,身体不由得向后一缩。

修普诺斯急速把她护在自己身后,眼神变得愤怒。嘭!他脸上冷不防被人狠狠地打了一拳,身子向旁边一歪。

陈辉嘴角上扬,表示对这个力道很满意。可他的笑意没多久就消失了，眼睛里充满了疑惑。这小子居然没受伤，脸上连一点瘀青也没有。刚才明明是这么重的一拳，像打在石柱上一般。陈辉看了看自己的手，都肿起来了。

林雨凡已经吓得泪流满面了，心里只想着千万不能让修普诺斯出事，他可是神祇呀。可是我一个人怎么保护他呢？她颤抖着走出来挡在他前面，在心里对他喊话："修普诺斯！你能听见对吧，我去撞开这些人，你看准机会就逃，不要管我，逃出去打110来救我。"

修普诺斯却拉住林雨凡的手臂，阻止她往前冲。他知道要尽快解决这些人。即使失去神力自己仍不会被凡间的任何事物所伤，可再拖下去，受伤的会是林雨凡。这个傻女孩却一直在担心着我的安危。唉！顾不得这么多了。

他一脸严峻，双手相捧形成手埙，吹出阵阵狼啸般的声音。

在场所有的人都愣住了。顷刻之后，大家都哄笑起来。

陈辉夸张地笑着说："你学狼叫吓唬谁呀？"

身边的人也附和："哈哈哈……"

林雨凡也惊讶地回头看修普诺斯。路灯的光流泻在他那眉头深锁却更显清俊的脸上。

"汪——汪——汪——"

陈辉一群人眼露惊骇之色，不自觉地往后退缩。只见修普诺斯身后蹿出来十几只大狼狗，龇牙咧嘴，眼放青光，朝他们此起彼伏吠叫，保持着蓄势待发的姿势。他们吓得腿都软了，仿佛下一秒这些巨大的狼狗就扑将上来撕咬他们。

"快跑！"不知谁回过神颤抖着喊了一声。一群人都狼狈不堪地落荒而逃。

"啊——呜——"修普诺斯喊回了疯狂追赶过去的狼狗们。它们围坐在修普诺斯周围，摇着尾巴，吐出红红的舌头。乖巧的模样与之前的狠恶大相径庭。修普诺斯去摸了摸每只狗的脑袋，它们就相继离去了。

巷子里空荡荡的。林雨凡张着嘴还在喘气，这峰回路转、大起大落的境遇让她失控得抽泣起来。

修普诺斯看到林雨凡在流眼泪，待在一旁手足无措。

片刻后，林雨凡感觉到一只宽大的手掌在有节奏地拍着她的背，隔着单薄的T恤衫，传来掌心的温热和朦胧的花香，那是他身上独有的气息。她的抽泣声逐渐停止。

林雨凡感觉好多了，急忙擦了擦脸上的眼泪鼻涕，不好意思地看了看修普诺斯。

“那些狗是怎么回事？你叫来的？”

“嗯。”修普诺斯点头，“我能和世间万物生灵对话。”修普诺斯不问自答。

“原来如此，太不可思议了！”林雨凡惊叹道。

正如修普诺斯所说，他的呼唤声一出，方圆百里内的狼狗们听到神族的召唤，纷纷挣断铁链，跳出围墙，赶来听令。

修普诺斯皱着眉像在考虑什么棘手的事情。过一会儿，他拿出短笛。

林雨凡见过那根笛子，是赫尔墨斯交给他的。

他吹起笛子，却没有发出任何声音。

林雨凡正在纳闷，这笛子坏了吗？殊不知这是神使之笛，只有神使才能听到笛声。突然，赫尔墨斯出现在了他们面前，还是上回见到他时的打扮。他看见了林雨凡，向她招了招手，笑意盈盈地走向修普诺斯，问：“有什么需要我帮忙的？”

见到赫尔墨斯后，修普诺斯本想说古希腊语，但转念想林雨凡听不懂，为了礼貌起见就用中文和赫尔墨斯讲述了陈辉与梁晓乐之间的事。赫尔墨斯皱着眉听完，然后他用手指画了一道光，把修普诺斯和林雨凡隐藏在里面。

随后，他拍了三下手，啪啪啪！突然，林雨凡听到远处有杂乱的脚步声伴随着呼喊声，只见刚刚那一伙人又跑了回来。奇怪的是，他们是反着跑的，就像倒带一样，倒退着跑了回来。

赫尔墨斯用神力让时光倒流回他们快跑出巷子的那一刻，定格住。然后他像一道光闪过他们每个人的面前用手指点了一下他们的额头，完毕后回来又啪啪拍了三下手。

陈辉他们跑了几步都停了下来。

“谁带的路，怎么绕到这里来了?!”

“老子都快饿死了！不是去张记排挡吗?”

“呃？奇了怪了！我的手怎么肿了?”

“辉哥，你又去教训谁啦?”

他们似乎没有看到一旁的赫尔墨斯、修普诺斯和林雨凡，一群人吵吵闹闹地走了。

林雨凡看到这戏剧性的一幕惊讶地张着嘴，她望了一眼修普诺斯，他脸上没有任何表情。

“好了!”赫尔墨斯说，“轻松解决。”

“你做了什么?”林雨凡没看懂。

“我给他们下了封印，封住了一段记忆。”

“这就是下封印呀!”林雨凡唏嘘不已。

“是的，如果没有我亲自解封，他们不会记起和你们有关的任何事，也包括梁晓乐的。只有这样才能彻底解决麻烦。”赫尔墨斯边说边狡黠地笑，“好了，你是不是应该请我们的睡神先生吃顿饭，他为了你可算是豁出去了。”

“呃?”林雨凡和修普诺斯同时看向赫尔墨斯。

赫尔墨斯两眼弯弯地看着林雨凡，说：“顺便也带上我。”

5

正是饭点，两位神祇和林雨凡围着一张圆桌坐下来。赫尔墨斯也变了一身白色T恤和牛仔裤，搭配一双白色帆布鞋。这是美食街上的武汉正宗特色小吃店，每天都客人爆满。林雨凡他们占了最后一张桌子。店内人声鼎沸，满屋菜香。

林雨凡点了一份热干面、一份面窝、一份三鲜豆皮、一锅莲藕排骨汤和几个炒菜。

赫尔墨斯看着店外排起的长龙，惊叹不已。

林雨凡感觉到赫尔墨斯并没有想象中的可怕，赔着笑说："武汉人喜欢跟风，喜欢扎堆。"

这时，林雨凡的手机铃声响了起来。她接起来，那头传来梁晓乐的声音。"雨凡，我会开好了。"林雨凡心想：哎呀！怎么把晓乐给忘了！对了，袭击她的人已经不记得她了，危险解除了。

"晓乐，我去虎泉街了。"

"好，我去找你。"

只见前面的修普诺斯瞪着眼睛对着她摆手。林雨凡睁大了眼睛，捂着手机，小声地说："晓乐要过来。"

修普诺斯说："我暂时不能见她。"

"为什么？"林雨凡疑惑不解。手机那头传来梁晓乐狐疑的声音："雨凡，你和谁在一起？是那个男生吗？"

"是的。"林雨凡硬着头皮承认。

"晓乐，我们明天学校见吧，现在有点不方便。"林雨凡为难地说，望着修普诺斯。

"那你记得帮我约他见面！"

"嗯，知道了。"

和梁晓乐通完话，这时店员送上三杯冰水。林雨凡想开口问修普诺斯，但是又不知道该怎么称呼他才好，思索了一会儿，说："睡神修普诺斯先生，梁晓乐想约你见个面。"

赫尔墨斯接口道："这称呼也太长了吧，你要不要取个中文名？"他看着修普诺斯眨眨眼。

修普诺斯不搭赫尔墨斯的话，对林雨凡说："叫我名字就好了。"

"呃？嗯，好。修普诺斯，"林雨凡抿了下嘴，"她就想当面谢谢你上次救了她。"

"我暂时不能见她。"修普诺斯回答。

林雨凡点点头。她不了解其中的原因，既然修普诺斯没有解释，想必是不能泄露的天机吧。

"我还有个问题想问你们。"林雨凡忐忑地说，"你们到时候会封住我的记忆吗？"她知道了这些惊人的秘密，会不会突然有一天全然不知，从此遗忘了呢？

赫尔墨斯笑着靠了过来，低声说："那要看你想不想忘记我们。"

林雨凡连忙摇摇头。

赫尔墨斯端正了坐姿，故意一本正经地说："我虽然来去自如，不过多半也不会再回到这里，而他则更没有理由回来。你记住我们也没有什么意义呀。"

"这可能是我平淡的人生里，发生过的最神奇的事情了。我真的不想忘记。哪怕……"林雨凡看了一眼修普诺斯，垂下眼帘欲言又止。

赫尔墨斯依次看向面前这两位，微笑不语。

修普诺斯的眼里却闪过一丝哀伤。

半晌，赫尔墨斯才开口说："放心啦！我不会给你下封印的。你都请我们吃美食了，我们是一伙的。至于他，"他看了一眼修普诺斯，"他现在没有神力，封不了任何人的记忆。"修普诺斯拿起水杯喝水，将视线转向别处。

林雨凡听赫尔墨斯这么说，才放下心来。

热干面端了上来，香味扑面而来。赫尔墨斯笑眯眯地问林雨凡这是什么。

“这是热干面。武汉人过早爱吃，就是早餐爱吃这个。”

赫尔墨斯熟练地拿起筷子夹面条。林雨凡夸赞道：“你用筷子用得挺好的！”赫尔墨斯笑着说：“我是经常来中国的，不过，都是在上面，不曾下凡。”他朝上面指了指，接着把几根面条放进嘴里嚼了起来。

林雨凡顺着他手指的方向往上看微黄的天花板。突然像明白了什么：“你是说……天庭？”她环顾四周小声地说。

赫尔墨斯边点头边津津有味地吃着。

菜上来了，赫尔墨斯饶有兴致地一个个地尝。他抬头问修普诺斯：“你怎么待着不动？”

修普诺斯对他摆摆手表示自己不吃，你随意。

“哦！”赫尔墨斯恍然大悟道，“因为你现在无法消化这些凡世泥垢之物。”

林雨凡没听明白。赫尔墨斯又向她解释道：“他吃了会肚子疼。”简单明了。

林雨凡好奇地问修普诺斯：“那你在这里这么久，都不用吃饭吗？”

修普诺斯瞥了一眼赫尔墨斯，怪他引出这个话题。

他扫视了一遍周边桌上的人，大家都在吃饭聊天，似乎没有人注意这里。

他将身体靠向桌子，拉近与林雨凡的距离，低声说：“神祇可以不进食。如果享用的是圣水圣物，可以增助神力。但是如果吃了凡人吃的食物，需要消耗神力净化身体。”他耐心地解释。

林雨凡兴致勃勃地听着。然后她又冒出了一个问题：“那你平时睡觉吗？”

赫尔墨斯忍不住笑了起来，说：“他可是掌管睡眠的，自己哪能不睡觉呢。而且他是唯一一个在凡间都能闭上眼就睡觉的神祇。这点，我就做不到了，甘拜下风！哈哈！”

“为什么你不能呢?”林雨凡好奇地眨了眨眼睛。

“这个嘛，也可以理解为我们的作息时间和你们不一样吧。”

她似懂非懂地点头。

“那你都在哪里睡觉呢?”林雨凡越发来劲了，转过脸问修普诺斯。

修普诺斯眨巴着眼睛仿佛有些不自然，又拿起水杯喝水。正好店员送上来最后一道菜。

“菜都上齐了。”他就顺势岔开话题，“你们吃吧，不用管我。”

赫尔墨斯又问：“这道是什么菜?”

“这个是麻辣小龙虾……”林雨凡又开始解说。“哇！好辣！”赫尔墨斯连忙喝了口水又继续吃。“壳不能吞下去！这个不要这样……”

修普诺斯看着说得眉飞色舞的林雨凡，他的嘴角浮出一丝笑意。

吃完饭出来，天色已晚。

“谢谢你请我们吃饭。”赫尔墨斯道谢，“作为答谢，这个神使之笛送给你！”林雨凡一看，原来是可以召唤他的笛子。

“以后遇到困难可以找我，只可以用一次哦。”赫尔墨斯朝林雨凡眨眨眼。

林雨凡开心地接过笛子，正想说谢谢，这时她看到梁晓乐正背着包从街头走来。

“晓乐?”林雨凡的声音有些发抖。

梁晓乐已经看到他们了，她轻仰着下巴，目光锐利。晚风拂动她的长发，街上灯火莹莹，她仿佛踏着光彩而来。她边走边打量着站在林雨凡身边的修普诺斯和赫尔墨斯，怎么有个老外？然后她将目光停滞在修普诺斯脸上，他就是上次那个人。

修普诺斯与她对视了一秒就急忙拉上赫尔墨斯朝反方向走去。

“你和他们很熟吗?”梁晓乐望着修普诺斯他们离去的方向。

“不——是——很熟。”林雨凡吞吞吐吐地回答。

“不熟在一起吃什么饭，这两个人什么来历？”梁晓乐一脸严肃地看着林雨凡。

“就是偶尔遇上了，他们，他们……”林雨凡深吸了一口气，窘迫地不知道该怎么回答。

“我就是担心你所以来看看，怕你遇上骗子。他们如果不是心怀不轨，为什么见到我就逃？你以后还是别和他们来往了。”梁晓乐担忧地皱起了眉头。“不然，我就告诉你爸妈。”

林雨凡不敢与她对视，像捣蒜似的点着头。

“那我走了。”梁晓乐说。

“你吃过晚饭了吗？”林雨凡回过神，她已经走远了。

林雨凡看着她的背影，眼泪慢慢地涌上来。为什么是晓乐？我真的舍不得她离开。

林雨凡回到家，发现爸爸今天难得这么早回家了，正和妈妈还有林嘉俊坐在沙发上看本地电视台的新闻。

新闻画面是一个记者采访一家养狗的人。狗主人唾沫横飞地讲述着今天傍晚他的狼狗如何发狂挣脱链子跑了，又如何跑回来。新闻播报员总结这次采访结果，洪山区一带的狼狗都在同一时间发狂逃走，后来又都回来了，事情蹊跷。画面又转回现场记者，只见记者在采访地质专家，专家义正词严地辟谣说这是偶然事件，近期内不会发生地质灾害，请广大市民放心。

林雨凡瞠目结舌地站在电视机前，完全没有注意到挡住了后面观众的视野。林爸爸、林妈妈还有林嘉俊都探出身歪着头来看电视。

“不是在辟谣吗？姐，不会有地震的。”林嘉俊说。

林雨凡一副头痛的样子拍着自己的脑门瘫坐在沙发上叹气。

家人面面相觑。

“怎么了？”林爸爸关切地问女儿。

“没事，爸。”林雨凡摇了摇头。

“你今晚和晓乐出去了吗？”林爸爸接着问。

“不是，和别的朋友。”林雨凡说着抚着额头，起身上楼去了。

“她交新的朋友啦？是同学吗？”林爸爸问林妈妈。

林妈妈惊奇地摇摇头：“没听她说过呀。”

“姐很有可能交男朋友了。”林嘉俊神秘兮兮地说。

“啊？真的啊？！”林爸爸和林妈妈同时凑上来问。

林嘉俊瞥了一眼楼梯，轻声说：“她最近很奇怪，患得患失的。”

林妈妈似乎被一句点醒：“是哦，她最近过早时吃得很少，吃完就急匆匆地去学校，好像是在减肥。难道是……”林妈妈看着林嘉俊。

林嘉俊煞有其事地点头认同：“很可疑！一定是恋爱了！”

林爸爸插话进来：“那是好事啊，你不是一直主张她谈朋友吗？”

林妈妈心花怒放：“这丫头保密工作做得这么好。”

“我有机会帮你打探打探。”林嘉俊说。

林妈妈连声称好，然后欢欣鼓舞地转去厨房煮甜汤了。

6

修普诺斯和赫尔墨斯走在灯火璀璨的步行街上。

赫尔墨斯拿出静默蜘蛛，它在他们周围结了一张透明的静默网，外面的神或人便听不清他们的声音。

林雨凡不在，修普诺斯开始用古希腊语和赫尔墨斯讲话。

“为什么要躲避梁晓乐？”赫尔墨斯好奇地问，“她不是神女吗？”

“暂时证明不了她的身份。神王嘱咐我，不能接触神女，我身上的灵珀会融化她体内封印。”

赫尔墨斯若有所思地点点头，含笑说：“也许父王是担心你会对美丽的神女动心。”

修普诺斯怔了一下，接着说："神女灵珀进入了休眠状态。"说着举起手臂露出手链，"一直没有恢复能量，这段时间都不能使用它。"

"这么紧急的事为什么不早点告知我？"赫尔墨斯试着去解开修普诺斯手上的链子。

"抱歉，我一直以为它可以恢复能量，却到现在还没苏醒，可能是我的神力被封影响了它。"

赫尔墨斯怎么也解不开手链，发现原来上面附着神王的神力。离开圣山后，灵珀若失去神体的供养便会枯竭。看来父王并不信任修普诺斯，才将灵珀与他连在一起。

他又试图将自己的神力传进去，可是灵珀不接收。

赫尔墨斯左思右想着，突然说道："难道是因为她是女性神祇的灵珀？所以我的神力她抵触？"。

"我也是这么想的。"修普诺斯点点头。

"我需要月亮女神的帮助。月圆之夜，是月神的神力最强盛的时刻，请她在夜幕降临之时，趁着月光将神力传送到我这来。"

赫尔墨斯点头赞同："凡间还需要十六日才到月圆之夜。虽然神界时间流逝地比凡间缓慢，但是圣山时刻在危机之下，凡时十六天后必须要带神女回圣山。"说完他看着修普诺斯，似乎还有别的疑问，"你疏远她了吗？阿耳忒弥斯，你以前是这么叫她的。"

修普诺斯倏地沉默了，垂下眼帘，一副怅然若失的模样。

"修普诺斯，"那个问题一直萦绕在赫尔墨斯的脑海中挥之不去，"当初，真的是因为想得到阿耳忒弥斯才受天后利用，犯下触怒神王的大罪吗？"

修普诺斯的脸上掠过抵触的神情："反正我已经被流放了千年，原因还重要吗？"

"当然重要！如果你有隐情就告诉我，我一定去请求父王彻查，还你一个公道！"

“可是,我不想再提了。真相已经不重要了,一切都过去了。”修普诺斯的眼里布满了绝望的阴影,让赫尔墨斯不忍心再问下去。

“好,我会去找她。这也是她的职责所在。不过,修普诺斯,我们依然都是你的朋友。除了父王的旨意我无力抵抗,我愿意为你做任何事。阿耳忒弥斯也是一样。”说到这他叹了口气,“她一直对你念念不忘。”

修普诺斯的眼波微微一动,依然沉默。

赫尔墨斯又叹了口气:“好,我走了。你保重。”他让静默蜘蛛一丝丝地吞回网,转身准备离开。

“等等。”修普诺斯在背后叫住他。

赫尔墨斯回头。

“今天谢谢你了。怕是为此,过南天门时你会遇到麻烦。”

赫尔墨斯笑着耸耸肩,表示无所谓。

“还有一件事需要你帮忙。”

“愿意效劳。”赫尔墨斯微笑说,眼里绽放着星光。

“请你帮我查明那句关于战争的启示究竟是什么意思?还有,为什么只能由我来寻找神女?”

赫尔墨斯点头答应。

周围已经有不少路人慢下脚步看这两个长相俊美的男人。“快看,这个老外好帅呀!旁边那个是混血儿吧,你看他的头发是黑色的。”

赫尔墨斯迈开步子走在人群里,渐渐远去。

7

修普诺斯转过身去,走在熙攘的大街上,身后灯火依然辉煌。他素来不喜喧嚣,于是加快了脚步穿梭在人群中。

不知不觉他已经来到林雨凡的窗下，抬眼望去，窗户开着，里面洋溢着暖暖的光。这些天来，他白天变小后远远地跟在梁晓乐后面，晚上等梁晓乐回到寝室后，他便飞到林雨凡窗下的香樟树上休息。

晶莹的翅膀从他的背后伸展开来，扑哧几下将他变小了，带他飞到了树上的一片叶子上。

从神界的边缘——塔尔拉罗斯释放出来后，他似乎更害怕孤身时的寂静，有时做梦也会惊醒，害怕睁开眼还是漫无边际的黑暗。他想待在林雨凡附近，在这茫茫人世间他唯一可以接近的人。

突然一阵恶心，他琢磨着应该是刚刚在那家店里喝的水消化不了，于是吐了出来。修普诺斯苦笑着摇摇头。

天下起雨来。武汉已经半个多月没有下雨了，天气燥热难耐。香樟树高兴地欢呼起来："终于下雨了，我好久没洗澡了！"修普诺斯被落下来的巨大雨滴打湿了。雨下得越来越大，他感觉自己像坐在瀑布里一般，被冲刷着。

正好将身上的凡尘冲洗掉，他想着，又是苦笑。

林雨凡听到外面下起了暴雨，连忙跑来关窗户。她下意识地向下望去，仿佛看见树上有只白蝴蝶，她探出头仔细看，果然是他！

"修普诺斯！快上来躲躲吧！"林雨凡朝着他挥手。

修普诺斯听到声音抬头看林雨凡，可雨还在冲刷，他睁不开眼睛。

"快上来呀！"林雨凡又喊了一声。

修普诺斯缓缓地飞进来。只见他逐渐恢复原形，落在地板上，全身湿透，长发凌乱。

"去洗个澡吧，身上都湿透了。"说完，林雨凡急急忙忙地去柜子里翻出一条新浴巾递给修普诺斯。

修普诺斯接过浴巾，心中正犹豫不决。

林雨凡已经推着他走进了浴室。

"左边是热水，右边是冷水。"说完她匆匆地出去，"我去拿套干净衣服给你。”

林雨凡走出房门，蹲下身猫到楼梯口，听到林嘉俊在楼下和爸爸说话的声音，便蹑手蹑脚地进了他的房间，迅速打开衣柜，拿了衣服和裤子就溜了出来。

她回到自己房门口，一想到修普诺斯在自己房间里就紧张起来。不要胡思乱想！记住他会读心术！

林雨凡做了几个深呼吸，开门进来。浴室里面传来哗啦啦的水流声。

她僵直地抱着衣服半坐在床上等。

咔——浴室的门开了。修普诺斯腰上围着白色浴巾，上身赤裸，跨了出来。

林雨凡惊得瞪大了双眼。她看见了他宽阔的肩膀，身上清晰可见的肌肉，黑色的长发撒落在肩上。

她开始觉得房间里的空气有点稀薄。修普诺斯走向她，她不敢看他，将视线移开，不自在地伸手挠了下头，脸上一片绯红。

“这是给我的吗？”传来修普诺斯磁性的声音。

“噢？噢！是的！”林雨凡慌忙将衣服递给他。

修普诺斯接过后径直朝浴室走去。

片刻后，他出来，黑色T恤衫、黑色运动裤，打着赤脚。

林雨凡觉得这身打扮好多了，心想：刚刚简直让人窒息而死了！她又瞥了一眼，心想：看惯了他一身白衣，原来穿黑色也这么有魅力。

修普诺斯说：“我习惯了穿白衣。”

完了，完了，我又胡思乱想了，我又忘了他会读心术了！林雨凡懊恼地敲自己的头。

“我可以借用下洗衣机吗？”

“啊？”林雨凡停下动作，看到修普诺斯手上的被水浸湿的白袍和浴巾。

“好！好！我拿去洗！你稍等！”

林雨凡抱着白袍和浴巾从房间里跑出来，下了楼，在爸爸和弟弟面前呼啸而过进了洗衣房。

“洗衣服也这么心急。”林爸爸扭过头看了看，又继续和林嘉俊聊天谈人生。

林雨凡从洗衣房出来，正碰到妈妈端着甜品出来：“雨凡，正想喊你来喝甜汤呢。”“减肥，不吃！”人已经上楼去了。

她开门进来。修普诺斯背对着她站在窗前，听到她的脚步声，慢慢转过身：“雨还是很大呢。”他的声音充满抱歉。

林雨凡愣了一下，说：“噢，没事，等雨停了再走吧。”她看到修普诺斯湿漉漉的头发，走过去从梳妆台的抽屉里拿出吹风机，“头发还是湿的，吹吹干吧，不然容易感冒。”说完她又想到他应该从来不会感冒生病之类的吧。

没想到修普诺斯说道：“好吧。但是……”他走过来接过吹风机，看了看似乎不知道怎么用。书上只简单地介绍吹风机，却没有说明具体的使用方法。

林雨凡怯生生地问：“我帮你？”

一阵沉默把时间被拉得又细又长。

半晌，修普诺斯坐落在梳妆台前，背对着林雨凡。看样子是同意的意思，她猜测着。

林雨凡插上电源，推了开关，吹风机开始工作。她缓缓地靠近他，指尖触上他的发丝，像真丝般光滑柔韧。

我的发质有这么好就好了，林雨凡痴痴地羡慕起来。她是天生的自然卷，沙沙的，毫无光泽。

林雨凡将指腹伸进那乌黑的头发中，轻轻地撩拨。手上的吹风机向发根处吹送着丝丝暖风，淡淡的芬芳扑面而来，令她有种蓬蓬的幸福感。

修普诺斯端正地坐着一动不动，房间里只有吹风机呜呜的鸣声。

林雨凡瞄了一眼梳妆镜，不知道是不是她的错觉，修普诺斯的表情似乎带着淡淡的温暖。

时间不知不觉地过去了，头发也吹干了，窗外的雨还在淅淅沥沥地下着，根本没有想停下来的意思。

修普诺斯仍旧站在窗前，看着窗外的雨。屋内的灯光浸出窗外融进深夜，泥土青草气息随着雨声吹进窗来。林雨凡盘腿坐在床上，心想：这是有多想回到树上？

修普诺斯听到了，回头看她："怕打扰到你休息。"

林雨凡笑笑说："没事，我一般很晚才会睡。"又补充道，"我明天下午才有课。"

又是一阵沉默。林雨凡觉得还是说点什么好，这气氛很尴尬。"对了，你不是说要我帮忙吗？怎么帮？"

修普诺斯转过身注视着她，片刻后问道："梁晓乐是在哪里长大的你知道吗？"

"汉口孤儿院。"

"可以把地址给我吗？"

"网上可以查到的，你等等。"林雨凡翻出手机查找那家孤儿院的准确地址，然后记在一张纸上递给修普诺斯。

"谢谢。"修普诺斯接过来塞进口袋，"可以把她的年龄告诉我吗？"

"20岁。对了，她的生日快到了，马上要21了。"

修普诺斯若有所思般地点点头："她什么时候生日？"

林雨凡扳着手指数了数，说："25号，就是三天后。"

"如果她是神女，那么，她会在凡间满21岁时从凡人变为神祇。她的身体会产生一些变化，比如不会被凡间的任何物体所伤。所以，我想请你帮我去检验。"

林雨凡吃惊地张大了嘴巴。"我？怎么验？你不会是想让我去打她吧?”她拼命地摇头,“她能满城追杀我。”

修普诺斯低下头微笑:“还有,神祇都能听到凡人的心声,只是刚开始会有些迷惑,以为凡人在同她说话。”

林雨凡耸耸肩说:“这个办法我倒可以试试。”

修普诺斯沉默地点了点头。

林雨凡一阵心酸,晓乐一旦变成神女,就要离我而去了。他也——她抬起头望了一眼修普诺斯。

修普诺斯听到她的心声,将目光投射在她脸上。

林雨凡急忙别过脸,思索新话题:“对了,你的头发怎么有时长有时短的?”

“幻术只能维持一段时间。”

“啊——”林雨凡好像懂了。然后她又冒出一个奇特的想法:“那你的幻术可以对别人使用吗?把人变成别的样子之类的?”

修普诺斯想了想,点点头说:“现在只能做些小的变动,若神力恢复,可以将人变成任何样子。”

“可不可以把我变瘦些?”林雨凡从床上爬起来蹦跳着来到修普诺斯面前,眼神充满期望地看着他。

修普诺斯先是一怔,然后对她的小心思忍俊不禁。他牵起林雨凡的手,举过她的头顶。“原地转圈。”他说。林雨凡转了个圈,心想:好像在跳舞。

修普诺斯放下牵着她的手:“去看看。”

林雨凡睁大了眼睛看着修普诺斯,然后呆呆地走到镜子前。她不敢相信似的张开了嘴巴,倒吸了好几口气。镜子里的人穿着宽大的睡衣,显出苗条的身形,露出迷人的锁骨、尖尖的下巴、精致的鼻子、有神的眼睛。这个人是自己吗?

她回头朝修普诺斯傻笑。

修普诺斯走到她身后,看着镜子里的她,说:“这就是你瘦下来的样子。”

林雨凡真想尖叫，她在心底呐喊：好可爱！好可爱！原来我这么可爱！

虽然不及梁晓乐美丽，但是如果能有这样的外形她已经很满意了。

修普诺斯听着她心里的呐喊，心想，是很可爱，不过胖胖的也可爱啊。他静静地看着林雨凡欢乐激动的样子，心里竟然也跟着明媚快乐起来。

“明天早上就会变回来。”他说完看林雨凡的脸。果然，她一下子就气馁下来：“啊？这么快！”她失望地垂下头。

他伸手触了一下她的头：“傻孩子，这本来就是假象。你要真喜欢现在的模样，需要通过自己去改变。”

“那就是叫我减肥喽。减肥很辛苦，而且我是不容易瘦下来的体质。我已经失败很多次了，越减越胖！”林雨凡低眉咕哝道。

修普诺斯像是妥协般地叹了口气，微笑着说：“等你放学回来我再帮你变吧。你总不能突然这个样子出现在学校吧？”

林雨凡听了又兴高采烈起来：“耶！我好像又有了减肥的动力！”

雨不知什么时候已经停了。夜深了，窗外静悄悄的。

“我该走了。”他走过去拉开窗户，背后的翅膀自然地伸展出来，把衣服扯开了一条缝，“噢，衣服弄破了。”修普诺斯回头一脸歉意地看着林雨凡。

“没事，没事。你穿吧，我弟衣服很多。”

“晚安，林雨凡。”他的翅膀扑哧了几下，身体慢慢缩小，又像只翩翩的蝴蝶飞向窗外。

林雨凡来到窗边，看着修普诺斯停留在树叶上。她微笑着轻声说：“晚安，修普诺斯。”

8

因为昨天下过雨的缘故，今早的天空难得的干净透明。阳光肆意地挥洒下来，落在人身上暖洋洋的。

林雨凡将白色长袍晒在院落里，她贴近闻了闻淡淡的洗衣粉的味道，心情舒畅起来。

回头看到墙边花圃中簇簇粉红，丛丛洁白，妈妈栽培的秋海棠开得正艳。林雨凡走过去提起一旁的水壶往花上浇水。秋海棠的花语是什么呢？她默默地想着，抿嘴一笑。

突然发现白墙上映着一个影子，她回头一看，只见一身黑衣的修普诺斯正悠闲地坐在雪白的墙头望着她。

林雨凡吓了一跳，想起刚刚自己闻他的长袍的情景，顿时双颊生霞："你什么时候来的？"

"刚来。"

林雨凡似乎看到他嘴角藏着一丝淘气的笑意，她懊恼极了。

"你快下来吧，被邻居看到了。"

修普诺斯跳下来，说："我来取长袍。"

"才刚刚晾起来。"林雨凡侧过脸避开他的目光。

"多谢了！那，我晚上再来吧。"修普诺斯看着她的手，"你这样浇花会把花浇坏的。"

林雨凡疑惑地看了看花："呀！"她赶紧将水壶抬起来，壶里的水几乎都撒在这一株花上去了，她窘得脸一阵红一阵白。

修普诺斯听到那一株白色的秋海棠在抱怨："你们只顾自己说话，让我喝了那么多水！"

他轻轻一笑，俯下身去看花。阳光金灿灿的落了他一身的明亮，林雨凡只觉得清风迎面而来，花香四溢，她心底那些不知道什么时候起埋下的种子已经冒出了嫩绿的苗。

屋里传来林妈妈的声音。“我妈回来了,我先进去了。你晚上来拿衣服吧。”林雨凡望了一眼修普诺斯,急忙回到屋里。

修普诺斯点点头,转身走到墙边,又看了一眼花丛。“秋海棠又称断肠花、相思草。它的花语是苦恋。”他轻声一叹,翻墙而出,从口袋里拿出写着孤儿院地址的纸条。修普诺斯来到汉口孤儿院,一位和善慈祥的老院长接待了他。

“21 年前我们确实收养了这么一个孩子。不过,真的非常抱歉,如果你不能提供自己的身份证明和能证明你与这个孩子的关系证据,我真的不方便将她入院时的情况告诉你。”老院长扶了扶老花镜细细地打量着修普诺斯,“这不符合规定。你真的没有随身带着证件吗?身份证?户口本?单位证明?驾照也行呀。”

修普诺斯低眸无语。“感谢您的接待。这次匆忙之间没有带上任何证件。”他起身向老院长致谢。

“如果你是寻找亲人,我可以安排你们做 DNA 鉴定。”

修普诺斯平静地说,“我并不是寻找亲人,也暂时不能证明她就是我要找的人,请您先不要告诉她我来过这里,以免给她造成困扰。我若找到证明下次再来拜访。”

老院长点点头。她观察了半天,这个年轻人眉宇之间充满着正气,不像个坏人,举手投足间气质优雅,长得也是一表人才。“希望下次可以帮到你。”

修普诺斯离开后,院长从去看了修普诺斯的来客登记资料,上面的名字是林雨凡。“林雨凡?不就是晓乐的那个朋友吗?他为什么冒用她的姓名来打听晓乐呢?”院长自言自语地思索着,突然她像想通了什么似的说:“唉,我怎么没看出来呢。”她笑着感叹,“时间过得真快呀,晓乐也已经是个大姑娘了。”

傍晚，林雨凡回到家，丢下书包急忙跑到院子里收衣服。

“今天这么勤快！”林妈妈有些诧异，一边端出刚烧好的菜，准备开饭。

晚饭后，林雨凡回到自己房间，打开窗。“修普诺斯。”她轻声唤道。

修普诺斯缓缓飞进她的房间。

她把白袍递给他。

“谢谢。”修普诺斯进去卫生间换好衣服出来，将林嘉俊的一套衣服递给她，说：“抱歉把衣服弄破了。”他摊开手掌，掌心托着一颗蓝色宝石，“这颗蓝宝石算是我的赔偿。”

林雨凡惊讶地吸了口气，忙说：“不用了，一件衣服而已，你要是不安心的话，”她笑眯眯地接着说，“你昨天答应我的事还算数吗？”

修普诺斯一怔，随即扬起一抹浅笑：“手给我。”

“等一下！”

“怎么了？”

“我在家里变身有什么意思，还可能会被发现，太危险了。”她的眼睛显现出光泽，脸上带着孩子般的淘气，“我们出去吧。”

林雨凡拉着一身白衣的修普诺斯出现在江汉路，先去了一家饰品店为梁晓乐挑选生日礼物，随后就进进出出一家家时装店。

林雨凡将一件件小号的衣服拿进试衣间，她要把平时自己喜欢的却穿不下的衣服试个遍。

修普诺斯站在店里等，突然看到林雨凡一身白色连衣裙走了出来，只觉得眼前一亮。

她看着镜子里的自己，隐隐浅笑，眼里灼灼光华闪耀。接着，她在镜子里看到修普诺斯正在她身后望着她，她羞涩地微微低头轻快地进了试衣间。

店里的售货员笑吟吟地对修普诺斯说：“你女朋友身材好，穿什么都好看。那件白色的最适合她了。”修普诺斯尴尬地笑了笑，转过头躲避售货员殷切的目光，他身上倒有几颗宝石，但是没有人民币，没办法买单。如果他身上是凡人的红色血液，此时一定涨得满脸绯红了。

林雨凡试来试去，最终挑了那件白色连衣裙去结账。

走出店门，修普诺斯斜眼看她："你恢复后就穿不下了。"林雨凡也斜了他一眼："挂着看不行啊？"

这时，深沉古朴的钟声响起，悠扬地回荡在整条街上。林雨凡兴奋地指着远处："江汉关钟楼在报时。"

9

今天是9月25号，是梁晓乐二十一岁的生日。

梁晓乐每年的生日都会找林雨凡一起过。这可是高中时代延续下来的传统。

下课后，林雨凡在梁晓乐的宿舍楼下等她，只见梁晓乐一身雪纺长袖淡蓝色连衣裙，端庄优雅地朝她姗姗而来，裙裾轻摆，明媚浅笑。

她真的是仙女。林雨凡看得出神。"走吧。"梁晓乐上来挽着林雨凡的手臂。

她们决定先去汉街上闲逛。林雨凡没走几步就拉着梁晓乐自拍，梁晓乐说："在大街上自拍幼稚到爆好不好！"但还是配合地对着手机屏幕笑靥如花。

"够了没？你是出来拍照的还是逛街的啊？"梁晓乐已经拉长了脸。

林雨凡拿在手上欣赏刚刚拍的十几张照片。"这个我要留着做纪念。"林雨凡自言自语道。

"对了，我要去买蛋糕。"梁晓乐撇下林雨凡在街上，自己匆匆地走进蛋糕店。

没多久，梁晓乐笑嘻嘻地提着个蛋糕盒出来了。

“今天我生日我请客，走，带你去吃好吃的。”

两人打车到武汉天地，找了一家口碑不错、环境也雅致的餐厅。

林雨凡从包里掏出个小盒子：“喏！送给你的！”

梁晓乐的眼角堆满了笑意，接过礼物：“我拆开来咯。”

她拿出里面的首饰盒，打开来一看，是一条水晶项链，吊坠上有两个彩色卡通人物的内雕，褐色卷发胖胖的女孩搭着一个黑色直发瘦瘦的女孩。“哈哈！这个也太幼稚了！谢啦！”梁晓乐看上去很高兴，“等你下个月生日，姐也送给你个好玩的。”

梁晓乐忙着低头戴项链，没有看到林雨凡眼底的惆怅。

林雨凡嘀咕着：“到时候恐怕见不到你了。”她觉得心里充斥着无限的烦闷，于是叫道，“服务员，拿一扎啤酒、两个酒杯。”

“今天是该喝点酒。”梁晓乐也激动起来。

菜上来了，两个人喝了几杯酒，已经有点晕了。她俩本来就都不胜酒力。

“到现在还没有家人的消息吗？”林雨凡突然问道。

梁晓乐倒酒的手抖了一下，淡淡地说：“没有。我每个月都和院长通电话，还是没消息。”

“哦。”林雨凡讷讷地点着头，“现在对他们是什么感觉？”

梁晓乐喝了一口酒，摇了摇头：“能有什么感觉？我想不出来他们是什么样子。”她的嘴角凝着苦笑，继而缓缓地说道，“小时候根本不懂，长大了发现自己和孤儿院以外的孩子不同，他们是和叫爸爸妈妈的人一起生活的，我确实体会不到那种幸福。有时候一想到他们抛弃我也会心生恨意，可我也不觉得自己悲惨，我活得挺好的，自由自在。”她望向林雨凡，“记得我和你说过的那次心脏手术吗？”

林雨凡点点头：“七岁的时候。”

梁晓乐莞尔一笑：“那次心脏手术后，我感觉自己重生了，不再属于任何人。我就是我。”她顿了顿，略带骄傲地扬起了嘴角。

“我们院长很疼我的，她说之所以给我取名叫晓乐，就是希望我知道怎样使自己活得快乐，活得精彩。”

“如果他们来找你，你愿意和他们生活在一起吗？”林雨凡问。

“你今天怎么对我的身世这么感兴趣啊？”梁晓乐狐疑地看着她。

“没有，随便问问，关心关心你。”林雨凡心虚地拿起手边的杯子喝了一口，发现已经空了，赶紧又倒上。

“如果他们真的来找我，我想……”她摆弄着手里的空杯子，微微一笑，“迟到的父母，有的话也挺好。”说完，她又给自己倒满酒，一饮而尽。

林雨凡看着梁晓乐，眼圈不禁微微地红了，心想：晓乐，回到亲人身边会更幸福吧。虽然，我很舍不得你。

她也痛快地一饮而尽。

“啊！忘了吃蛋糕了！”梁晓乐边说边把蛋糕从盒子里拿出来，是两块小栗子蛋糕，她把其中一个递给林雨凡。

林雨凡默默地吃了一口蛋糕。这是她最喜欢的栗子蛋糕，要是以前她一定吃得津津有味，可现在嘴里的蛋糕仿佛一块加了糖的海绵，感觉难以下咽。

“你开始减肥了？”

“啊？没有啊，吃太饱了，蛋糕有点吃不下了。”

“我真觉得你瘦了一点。”梁晓乐盯着林雨凡的脸真诚地说。

“可能是最近发生太多事，影响了食欲吧。”林雨凡堆着脸笑着说。

“是哦，最近你都一大早跑来学校等我，折腾瘦了。那你减肥还要感谢我！”梁晓乐乐呵呵地说，“话说，那个痞子最近都没出现了。我还是怕他会跟踪我，都不敢走小路，实在晚了就直接打的，还是命要紧。”梁晓乐想到那件事，就感觉不寒而栗，下意识地摸了摸脖子。

“放心吧。他已经忘了你了。”

“我也这么觉得。”梁晓乐没听懂真正的含义，“对了，那个叫修什么的，你帮我约到了吗?”

“哦，他说还要过一阵子才有空。”林雨凡不敢看梁晓乐的眼睛，心虚地说。

“真是个神秘的男人!”梁晓乐若有所思，顺手将杯子里的啤酒一口喝完。

晓乐，生日快乐！林雨凡看着梁晓乐在心里默念。

“你盯着我看干吗？我脸上蹭到奶油了吗?”梁晓乐笑着问。

晓乐，回到父母身边会更幸福吧。虽然，我会很舍不得你。林思凡又在心里说道，她看着眼前的好朋友，眼圈不禁微微地红了。

“怎么了？醉了?”梁晓乐碰了碰林雨凡的脑门。

吃完饭出来，梁晓乐说自己吃撑着了，提议去江滩那边散散步，顺便玩烟火棒。

晚上的江边冷飕飕的，林雨凡只穿了T恤衫和短裤，冷得用手来回摩擦着胳膊，不过她不想扫梁晓乐的兴。

她们边散步边欣赏着江滩的夜景，长江二桥连接着对岸灿烂的灯火，彩色的霓虹灯将城市的建筑物笼罩在一片梦幻祥和中，悠悠江水急速地掠过城市浮华的倒影。

“晓乐，如果有一天你去了别的地方，会怀念武汉这座城市吗?”

“会吧，我可是土生土长的武汉伢。”梁晓乐把脸一扬。可是，转念想到自己的身世之谜，心里轻叹着，土长是可以确定的，但土生就不一定了。

“如果真有那一天，记得要回来看我哦。”林雨凡的声音有些发抖，不知道是因为冷还是因为难过。

梁晓乐侧过脸问:“你今天怎么了？是怕我找到了亲生父母会跟着他们离开吗?”

林雨凡沉默地点点头，随即说道:“晓乐，如果真是这样，我都替你高兴。”

“我可不想去别的地方。不过,我答应你如果万一我真的离开了,哪怕是去国外,我也一定会回来看你的。”

“一言为定!”林雨凡与梁晓乐相视一笑,心中的酸楚蔓延开来。晓乐,那可是比国外还遥远的地方呀。

“哪里就那么容易找到呢?只不过是我一厢情愿罢了。缘分一旦被弃置,也就断了,散了。”梁晓乐从包里掏出一个纸袋子,打开来里面有一大把的烟火棒,“我们把烟火棒都点了吧。”

“你到哪儿弄的这些?”

“上次学生会组织活动剩下的,都给我了。看,连火柴都有。”梁晓乐说着掏出了一个火柴盒。她把纸袋子塞给林雨凡,自己小心翼翼地擦着火柴。

反复折腾了好几次,风吹乱了梁晓乐的长发,也吹灭了刚点着的火苗,她把头发往后一掠。

林雨凡用身体挡着冷风,双手守卫着火柴,终于,点着了。两人像原始人第一次钻木取火成功似的兴奋地又跳又叫,引得路人频频侧目。

林雨凡赶紧将一把烟火棒凑上去,哧的一声爆出来一堆冷艳的火花。

她分了一撮给梁晓乐,两个人在江滩边上尽情地挥舞着烟火棒,陶醉在绚烂的烟火里。

“这里不能玩火!”后面一个粗犷的声音响了起来。林雨凡回头一看,一个巡逻警察朝她们走了过来。林雨凡喝了啤酒反应更加迟钝了,心想:什么火?在和我说话吗?她又回头看梁晓乐。梁晓乐还在忘我地边跳边唱:“我就是我!是颜色不一样的烟火……”

警察看她们俩没反应,加大了音量:“听见了没有!快把火给熄灭了!”

这时梁晓乐已经听到了,赶紧把烟火棒丢在地上踩灭了。

林雨凡也学着梁晓乐把烟火棒一丢，丢在了警察的面前。警察看了她一眼，无奈地上前亲自踩灭，谁知大脑在酒精麻醉状态的林雨凡也将脚抬了起来，狠狠地踏在了警察同志油亮的皮鞋上。

如同烟火绽放后的一片死寂。

“对不起！对不起！”梁晓乐被惊得花容失色，赶紧跑来替林雨凡道歉，“她喝多了，有点迟钝，平时脑子就不好使。”她边说边把林雨凡拽到一旁，林雨凡的脚才离开了那双皮鞋。“她不是故意的！你别生气啊！”梁晓乐对着警察同志露出甜美的招牌笑容。

“这里禁止燃放烟花爆竹！”警察同志说完抬脚走了，钻进了巡逻车里。

梁晓乐看着巡逻车开远了，深深地呼出了一口气：“林雨凡！你都敢袭警了你！”

林雨凡站在原地，一脸诧异：“我怎么踩他脚上了？我明明踩的是烟火棒啊？”

“唉，趁你还没出什么乱子，早点回家吧。”梁晓乐惊魂未定。

林雨凡拉起梁晓乐的手，将别针往她的手指上扎下去。

“啊！疼死了！你个苕货！”梁晓乐尖叫起来。

第三章

1

古希腊时代已经结束很久了，渐渐不被人们所供奉的万神之王宙斯将奥林匹斯圣山连根拔起，搬到了宇宙中。他又用神力造了一个虚假的替代物，将一堆没有生命的石头堆成山脉，这就是现在希腊境内的奥林匹斯山。

信徒们为他和神祇们建造的神庙也抵不过时间的侵蚀，最终轰然倒塌，成了一堆废墟，只有赫拉庙前的几根柱子供后人瞻仰。但神祇们依然在遥远的地方庇佑着他们的人民和土地。

一天，宙斯耐不住宇宙中的乏味和寂寞，瞒着天后赫拉悄悄地离开圣山去人间巡游。不过，这次他改变了路线，不再前往希腊，而是去了一个赫拉没办法监视他行动的地方——东方大明国。好在之前闲暇时他从神使赫尔墨斯那里学得一些汉语，这次正好派上用场。当然去东方地界之前，他得先去拜访东方的神界之主——玉皇大帝。

玉皇大帝听闻西方万神之王突然来造访，大摆宴席为他接风。酒至半酣，宙斯向玉帝提起想去凡间巡游一番，玉帝便让太上老君陪同贵客同去。宙斯在人间走马观花地逛了逛，就意犹未尽地回到了天庭。

他在天庭待了几天就向玉帝告辞而归，然后又偷偷地隐身折回到了凡间。

正所谓天上一日，地上一年。此时的大明国正处在农民起义的混乱中，宙斯觉得自己来得不是时候，不过既然来到这个乱世之中，他倒想见识见识东方的乱世佳人。宙斯变幻出一片乌云，将自己藏在云后面，飘进了远处正火光冲天、兵刃敲击声四起的紫禁城。他看到一个穿着明黄袍子的男人在宫殿内见人就砍，满是鲜血的利剑此时指向了一个柔弱的少女。少女瑟瑟发抖地一步步后退，绊了一跤跌坐在地上。剑尖刺进她的心口，她倒在血泊中。

宙斯急忙一挥衣袖刮起一阵黑风，将她卷了上来。

被宙斯救下的少女睁开了紧闭的双眼，她看到了一个长着浓密棕色鬈发和胡子的人，身穿金色长袍，气质高贵非凡。她坐起身，环视四周，屋子内雪白明亮，陈设的桌椅形状奇异。她既震惊又害怕："我果真死了吗？你是何人？地府的判官？"

宙斯听了不忍地说："不，我是西方万神之王宙斯，是我救了你。"

"万神之王？"少女不可置信地想下床，宙斯连忙制止她："仙女已为你的伤口上了药，切不可乱动。"

少女告诉宙斯，她是当朝的太平公主，名叫朱媺娖。"父皇被农民军逼得走投无路，绝望中发起狂来冲进后宫砍杀内眷。"朱媺娖说完，泣不成声。她拉住他的衣袖，求他救救她的父皇和亲人。

宙斯面露难色，说："明朝气数已尽，你父皇也已自缢，家人或都已遭逢劫乱。其实我仓促间将你救下，已经违反了天意，现在正不知怎么和东方神界交代。你的国家的气数和你家人的命运冥冥之中早已注定，神祇也无法逆天而行。更何况我是来自西方世界的神祇。"

朱媺娖康复后，宙斯带她出宫殿散心。出了宫殿门，宙斯说："这宫殿是我用神力筑起的，还没有来得及命名。"说着他袖子一挥，上面出现了三个金色的繁体字——长平殿。

"你在这里，依然是长平公主殿下。"宙斯温柔地注视着她。

朱媺娖低下头："多谢神王费心。"殿前是一片仙气袅绕的树林，偶尔有蓝白色的神鸟穿梭飞舞而过。他们漫步在林间，轻薄的烟雾笼罩着树木。宙斯说："这里是我的私密花园，花园的门上上了其他神祇无法打开的三重金色锁,你可以放心居住。”朱嫩娓会意,自知凡人的身份在这圣山中是个特别的存在。

穿越过树林,便是尽头。悬崖边有一处向外延伸的露台,站在露台上向下望,仿佛置身于一片无尽空洞的星空中。朱嫩娓畏惧得脚下一软,宙斯急忙扶住她的手臂,她窘得满脸通红。“这就是宇宙,你能看到远处那颗泛着蓝光的星吗?那就是你以前居住的星球。”宙斯遥指着星际。

朱嫩娓震惊极了:“蓝色的星?我看不清它的颜色。那就是我曾生活的天地?我还能回到故国吗?”

宙斯叹息着摇了摇头:“恐怕不能了,你在凡间的寿命已尽,只有待在圣山神界才能继续生存下去。”

她闻言伤心地朝着地球的方向跪地深深地拜别,泪水盈盈,哽咽道:“往事如云烟,过眼已成空。”

她又转过身向宙斯深深一拜:“谢神王再生之恩。”宙斯将她扶起,满眼怜惜地望着她。他情不自禁地爱上了这个落魄的东方公主。

从此,朱嫩娓以凡人之身居住在西方神界中,宙斯经常来看她,教她一些古希腊语,讲一些奥林匹斯山和宇宙的故事给她解闷。但她还是最喜欢听他讲那颗蓝色星球的故事。

更多的时间里,朱嫩娓是独自待在长平殿里的。午夜被噩梦惊醒无心睡眠时,她便缓缓地推开纱窗,看着陌生世界的天空里耀眼的星云。

当她怀念故国和亲人而暗自伤感时,就来到悬崖边的瞭望台上眺望着蓝色星球的方向。

她嘴里总会喃喃地念着:

> 梦里不知身是客,一晌贪欢。
>
> 独自莫凭栏,无限江山,别时容易见时难。

流水落花春去也，天上人间。

日子一天天过去，朱嫩妮已经适应了圣山上的生活。她与宙斯也渐渐熟识起来，而宙斯对她的爱慕之情也与日俱增。

“你喜欢什么花？”宙斯问。

“梨花。”朱嫩妮莞尔一笑，“我离开凡间时，正值三月，宫殿前的梨树花开如雪。”

宙斯默默地记在心里。

这一天，阳光柔和，朱嫩妮走出宫殿，发现殿前多了几株梨花树。她一时兴起在花园中翩翩起舞。她的舞姿妙曼轻盈，腰肢柔软纤细，裙摆旋转若春日梨花盛开，衣袖飞卷如漫天雪絮纷扬，瑰姿艳逸，柔情绰态，看得前来探望她的宙斯怦然心动。

舞毕，朱嫩妮转过身发现了宙斯。她嫣然一笑，明眸似水，黛眉流盼：“神王见笑了。”

生性烂漫多情的宙斯拉着朱嫩妮的纤纤玉手，赞美她说：“你的眼睛比黑色水晶还要绚丽通透，你身上的香气弥漫了整个花园，你温柔的声音像圣泉之水涓涓流淌，悠扬婉转，你的一切都让我心醉神迷。”

从小生活在深宫里的公主哪里听过这种放浪形骸、烂漫多情的话，她低着头红了脸。宙斯请求公主嫁给他，做他的王妃。朱嫩妮为报答宙斯的恩情，答应了他的求婚。再者，她想要一个孩子，一个让她生活下去的希望。

2

来圣山这么久，朱嫩妮都只身居花木深处，她对花园之外的地方充满了好奇。这天，神王没来，她就避开仙女，偷偷地来到花园的前门，可是门上了锁。她踩着石头，将头探出围墙。

不远处的山头上有一座白色巍峨的殿宇,高耸入云。她从没见过这种建筑,神圣庄严得让人心生敬畏。

空中浮云片片,远处山峦起伏宛如泼墨,山谷间隐隐有金光流转。她还来不及细看,突然天上降下一片云彩。朱孅妮急忙低下头。当她再小心翼翼地偷看时,只见一位美丽庄严的女神带着仙女进了白色殿宇。不一会儿,宙斯与她携手而出,举止亲密,一同踏彩云而去。

朱孅妮靠着墙缓缓地坐在石头上。

那位神女,想必是神王正妻。

而我,只是凡人而已。

她含着泪回到花园内的宫殿。几日后,宙斯来看望她。朱孅妮提起那日她偷看到的神女。

"她是我的妻子,天后赫拉,也是掌控神祇与凡人婚姻的女神。她极其善妒,你切记不能被她发现,我若不在她必会害你性命。"

朱孅妮惊恐地点头答应,才明白了宙斯将她锁在花园内是为了保护她的安全。

奥林匹斯圣山上的时间流动地缓慢,也不知过了多久,朱孅妮诞下了一个女儿。女儿出生时嘴里衔着一颗晶莹剔透的灵珀,散发着万丈光芒,可光芒转瞬即逝。

朱孅妮很不安,宙斯安慰她说:"女儿是半神半人,在成年之前是凡人,成年后将升为神祇,得到永生之身。这颗灵珀是神祇的神灵所在,不过,凡人肉身承受不了,需要先供奉在奥林匹斯山顶峰上,等成年后我会亲自将灵珀供入她的体内。"

朱孅妮喜极而泣,她有了孩子,有了依靠,她的女儿日后会成为永生不灭的神祇!

她轻抚着爱女:"愿我的女儿安乐成长。"

宙斯笑着点点头:"她会安乐成长,我会好好守护她。"他郑重地把灵珀收起来,又悄悄地传来预言女神给小公主做预言,想知道她以后会成为什么神祇。

预言女神走了过来，看了一眼小公主，忽然神色剧变，惊慌地说："禀告神王，这个婴儿就是……"她看着神王欲言又止，不忍往下说。

神王的眼里折射出愕然的目光，难道那个古老预言中的女儿终究还是降生了？"再给她做一次预言吧。"神王的心里仍然抱着一丝希望。

长平殿里死气沉沉，预言女神双目紧闭，一只手握着小公主的手。片刻后，她惊慌地睁开眼睛，脸上的阴郁之色更加浓厚："不能让她留在奥林匹斯山上！她的母亲是本该收入冥府的幽灵，她的出生将给奥林匹斯山带来灾祸，神魔之间的战争一触即发。"

宙斯听了预言女神的话，惊得站了起来，身上的雷电轰地散发出来，长平殿里天雷滚滚，吓得预言女神和殿里的侍女连忙退到一旁。宙斯眉头深锁陷入了沉默，他知道预言女神所做的预言从来没有失误过。

朱孅娓将宙斯沉重的表情都看在眼里，她预感女儿会遭遇不幸，悲伤地哭泣起来。宙斯让侍女抱刚出生的小公主去沐浴圣泉水，他拉着朱孅娓的手正想安慰她，突然天后赫拉用权杖打破了金锁，带着众神怒气冲冲地闯进了花园大门。

听到声音，宙斯便知道赫拉来了，怕她报复朱孅娓，于是慌忙中将神力注入她的体内把她变成了一只神鸟，又将长平殿缩小至一寸大小藏进袖袍中。

天后赫拉看到宙斯独自坐在花园里，她又到处看了看，并没有感到有凡人的气息。突然她发现树枝上有一只神鸟，这神鸟看到她便振翅飞去，顿时起了疑心。她拿出东方神界传来的一封信交给宙斯，让他做出解释。除了赫拉，诸神都畏惧宙斯的天威威严，远远地垂手站立着。

"信是东方使者带来的。你是不是把本该收入冥界的凡人女子带回圣山了？"

宙斯生气地回答："他们有什么证据竟然敢来质问我！"

"他们只是询问而已。因为只有你在那天离开了南天门，而那个魂魄至今下落不明，难道她还能跳出三界外不成？"

宙斯沉默不语。

天后赫拉冷笑道："我们的神王风流多情，私生子女众多又喜爱凡间女子的名声早已外扬，难怪他们会怀疑到你身上。"

只听见远处传来一阵婴儿的啼哭。

天后气得头发都竖起来了，脚下的圣山也随之轰动："凡人的存在会给圣洁的奥林匹斯山带来厄运！"

3

神王的脸色凝重，心中烦闷地回到宙斯神殿。这时，负责观测天相的大祭司匆匆进来报告。

"神王，我观测到奥林匹斯圣山周边有一条新的宇宙缝隙，怀疑是邪蛊魔再次侵入宇宙中了。"

宙斯神色威严端坐在中央宝座上："敲响战争警钟，继续观测圣山周围是否有异相。"

"是，神王。"大祭司匆忙告退。

神祇们听到警钟声，都匆匆穿上自己的战衣，带上武器。

藏匿在宇宙之外的邪蛊魔有着永生不死之身，却残暴嗜战。他们丑陋无比，没有头和脸，只有一个带着四肢的躯干，全身上下都黏附着黑色的蚀骨油。他们挑起战争的目的就是颠覆神族，吞灭他们的神灵，霸占他们庇护的星球。它们对奥林匹斯圣山发动几次战争，惨败而归后，如今又卷土重来了。

天后赫拉压抑着心中的怒火，来到宙斯面前："请不要忘记了神王的使命是保护神界与地界的安全。如果你忘了你的使命，奥林匹斯圣山将会被魔族侵占，如果神族覆灭，你的人民都会陷入万劫不复的地狱。”

大祭司又神色慌张地进来报告说：“神王，一个雾团正向奥林匹斯圣山逼近，可以感受到此次邪蛊魔匪夷所思的强大魔力，我们需要尽快加强奥林匹斯圣山的防护界以抵挡它们的攻击！”

神殿深陷在神王的震怒之中，上方乌云密布，电闪雷鸣，预言已经开始得到应验，他必须迅速做出决定。他让仙女将女儿抱来，他抱起小公主来到山脚下，时光女神打开了山门。神王一步一步沉重得像腿上绑着巨石一般走上石阶，来到用美玉堆砌的传送台，眼前是一望无际的宇宙，他低下头亲吻着刚出生的小小的女儿。他的泪水滴落在小婴儿的脸上，她睁开了小眼睛盯着他看，还朝他努了努嘴。

神王宙斯怕女儿长大后怨恨他，手指小心翼翼地触到她的眉心上，又怕她的身体承受不起，于是只点下一道浅浅的封印，封住了她在奥林匹斯圣山上短暂的记忆——即使来日成为神祇后也不能恢复的婴儿时期的记忆。

然后，他用一个气团包裹住女儿，滋养她的生命，屏蔽掉她的气息使邪魔探寻不到她的存在。他悲伤地将她抛入茫茫宇宙之中，心里默念着：“女儿，你一定要平安长大，父王对不起你！”

宙斯眼底一片苍凉，站在冰冷的传送台上看着女儿渐渐远去。突然，一只神鸟飞过他的头顶，向孩子冲了过去，抱住了孩子。“嫩娓！”他喊了一声，却张着嘴再也发不出声音了，心里满是深重的愧疚。她不会再回来了！宙斯眼里涌出心酸的泪。奥林匹斯圣山将要陷入战争，眼下最紧要的是加强防护界的威力。

神鸟继续用光速向前飞行，她的目的地只有一个。

不知过了多久，她终于看到了那个美丽的水蓝色星球，散发出迷人的光芒。她忘记了长途跋涉的疲惫，眼中噙着泪，激动得如同一个在无边的沙漠里行走的干渴的旅人发现了远处的水源。她如流星般冲入大气层中，划过天际，飞入东方神州大地。

此时，南天门的守护侍卫发现了异样，一个不明物体正擅自进入东方神界的保护区域内，飞行速度之快让他们来不及禀报上级。守护侍卫毫不犹豫地瞄准飞行物打了一道闪电，飞行物被击落。

神鸟像一个被戳破了的气球顿时失去方向，从空中旋转着掉落下来。她背上的肉已经焦烂，痛得她发出恐怖的哀鸣。婴儿被惊醒了，哇哇大哭起来，神鸟忍着痛，她凄凉地看了一眼孩子。

她挣扎着扇动残缺的翅膀，缓缓地将女儿降落在地面上，倒在了她的身边。她恍惚间仿佛看到梨花阵阵撒落下来将她覆盖，她想说：梨花落尽，别后无期。可张了张嘴只发出一声短促的鸟鸣。她痛苦地睁大了眼睛，视线定格在一片模糊中。不一会儿，神鸟的尸体化成灰烬随风散去。

长平公主始终还是没能抵达她的故乡，香消玉殒在华中一带，魂归地府。灰蒙蒙的天空下起雨来，婴儿哇哇地哭着，撕心裂肺般的哭声响彻云霄。

第四章

1

夜风习习，梁晓乐独自走在去车站的路上，她回想着林雨凡今天有些古怪，三番四次地说到她的身世，喝醉了还扎她的手指。不对，她是要采血吗？

梁晓乐忧虑重重地在车站等公交车，又联想起林雨凡和她身边的那个男生。他看到她时的眼神让她很不安，像是怀揣着什么秘密。而林雨凡是知道的，却选择隐瞒她。那么，她猜测着这个秘密可能关乎她的身世。

他是不是找到我的孤儿院咨询了我的信息？是我的亲生父母托人来找我了吗？那个男生是不是我的亲人？他为什么不来认我？他通过林雨凡想做什么？院长一定知道。她看了看时间已经9点多了，院长应该休息了。

公共汽车在拥挤的马路上走走停停。梁晓乐靠着玻璃窗望着车外发呆，她看到路上的行人朝垃圾桶里丢弃一个饮料瓶。丢弃我为什么又来找寻我？天上浮云暗沉，匆忙喧闹的城市被笼罩在阴霾之下，她似乎已经很久没有抬头仰望过漫天的繁星。

赫尔墨斯转了一个身来到了东方神界的出口——南天门。镇守南天门的守护天王已经带着侍卫严正以待了。赫尔墨斯看到这阵势吓了一跳。

“拿下！”天王一阵令下，赫尔墨斯已经被侍卫们用缚神锁扣了起来。

“你知不知道私自在凡间动用神力拨动凡时、封印凡人的记忆已经触犯了我东方神界的天规?!”守护天王厉声质问。

“愿领责罚。”赫尔墨斯没有一丝反抗与争辩。

“封印留在他们体内会有伤害的！”守护天王指责道。

“等我们一完成任务，就会解除他们的封印的。”

守护天王铁青着一张脸，对侍卫摆了下手，赫尔墨斯就被松绑了。

“先记下这次，下次如若再犯，定不饶恕！”

“是！”赫尔墨斯心有余悸。

“等你们完成任务回去时，必须解除封印。何况，你下的封印只有你能解。”

“这个当然。一定！”赫尔墨斯说。

赫尔墨斯走后，侍卫们各个大惑不解。天王叹了口气，侍卫们知道天王又要开始讲故事了，就围了过来，听他讲起了西方神王宙斯与东方凡人公主的那段尘缘。

“虽然本是要收她的魂魄入地府的，可冥冥中她又成了西方神王的王妃。之前的侍卫在不知情下将她用雷电劈死了，照理说错不在我们，是神王私自带走她在先，她的死本就逃不脱命运的安排。可毕竟是神王的王妃，当时我以为会引起一场神战。谁知玉皇大帝下令惩戒了侍卫后，就这么不了了之了。”守护天王捋了捋胡子，“我猜当时的王妃还带着一个孩子。西方神王之所以没有和我们交战，估计是因为那孩子的缘故。果然，这次他派来了神祇亲自来找那遗留在东方地界的孩子，也不让我们插手此事。玉皇大帝已经交代过了放西方神祇通行，只要不在凡间惹出祸事，其他的都睁一只眼闭一只眼，仔细监视着就行了。为的是修好两方关系。”

说完，侍卫们都默默点头。

2

赫尔墨斯迅速地回到奥林匹斯圣山，神使可以任意穿梭于神界凡间，到达任何地方。他先去查看了防护结界，守在结界处的大祭司说邪蛊魔攻不下防护结界已经暂时退去了。可他的脸色依旧凝重："恐怕来日会有一场恶战。结界一直受魔力的干扰，非常不稳定。睡神那边有神女的消息了吗？"

赫尔墨斯说："神女灵珀出了点问题，我正要去找月亮女神求助。"

大祭司道："那你快去！别耽误了大事。"

赫尔墨斯便动身前往月亮女神的宫殿。到达后，侍女告诉他，月亮女神心情烦闷去月亮湖散心去了。赫尔墨斯便乘着一朵云来到藏身于山谷间的月亮湖。

他在云端向下俯瞰，巨大的圆形湖泊在陡峭的山峰包裹中，像一颗月亮掉下来嵌在了山谷中。岸上烟柳重重，雾气缭绕。湖水清澈，波光粼粼，湖心停着一艘雪白的扬帆船舫。

赫尔墨斯踩着云直下，在快接近画船时一跃而下，落在船头的甲板上。船舫的女主显然已经听到宁静之外的声音，知道有客来访："请进吧，赫尔墨斯。"船舱内传出细柔的声音。

赫尔墨斯微笑着走进船舱，只见月亮女神阿耳忒弥斯身穿闪着点点亮光的银白色长裙，头戴四季花环，正慵懒地坐在一张木椅上，手里编着花环。

赫尔墨斯环视着船舱，里面陈设简单，一张木制桌子、几把椅子，桌上散乱地铺着几枝花草。窗户半掩着，粼粼的湖光折射进来，在阿耳忒弥斯白皙的脸上光影流动。她低着头，浓密纤长的睫毛微微颤动，眉头微蹙，神态柔美可爱。

"什么事让妹妹烦心了？"赫尔墨斯温柔地问道。

阿耳忒弥斯抬起头来，睁着澄澈的蔚蓝色大眼睛，盯着赫尔墨斯："明知故问！"

赫尔墨斯哈哈大笑起来，坐在她面前的椅子上："我有事请求妹妹的帮助。哦，准确地说，是他有事请求月亮女神的帮助。"

阿耳忒弥斯停下来看着哥哥，一脸关切地问："他怎么了？遇上什么麻烦了？"

赫尔墨斯伸直了上身，嘴角上扬，露出淘气的神态："怎么我还没说是谁，你就这么关心起来啦？"

阿耳忒弥斯继续低头编着花环，也不说话。

"好了，事关重大，不逗你了。修普诺斯想在月圆之夜，借助你的神力。"

阿耳忒弥斯看着赫尔墨斯，表情严肃："好。我知道了。请你转告他，我会在月亮升至最高点时将神力注入月光之中。"

赫尔墨斯站起身来："那一切就拜托了！"

阿耳忒弥斯放下花环也起身说道："击退邪蛊魔是圣山上神祇的责任，能帮到他是我的荣幸！"

阿耳忒弥斯将赫尔墨斯送到船头。在他们谈话时，她已经用神力将船不知不觉地向岸边驶去，船过处涟漪微动，月亮女神的神力深不可测。

赫尔墨斯下了船，向山谷中的洞口走去。出洞口后眼前一亮，芳草萋萋，他飞越过草原和两座小山峰便到了奥林匹斯圣山的侧峰之一——守护峰。

守护峰险峻陡峭，赫尔墨斯招来一朵云，他踏上云直摇而上，来到半山腰。石屋前，花影乱，莺声碎，春意浓，一缕孤烟在屋后袅袅升起。赫尔墨斯闻到从门缝里溢出来的茶香味了，他上前敲了敲木门。开门的是命运女神阿特洛波斯，阿特洛波斯花白的头发，佝偻着身躯，慈眉善目。

“是赫尔墨斯来了，快请进。”她笑着拉过赫尔墨斯的手颤颤巍巍地进了屋子。

屋子内墙刷得雪白，屋内布置得简朴典雅。墙边摆放着一张光滑油亮的木制方桌，四张线条流畅简约的克里斯莫斯椅。

屋子中央有个小炉子，炉子上正烹着茶，屋子里茶香满溢。屋子另一端的墙上嵌着一个雕花壁炉，里面燃烧着火焰。壁炉架上方摆放着铜质的花瓶与烛台。

“这是什么茶，好香！”赫尔墨斯站在炉子旁。

“就是你上次从东方神界带来的天外飞仙，我舀了些泉水煮的。”阿特洛波斯边笑着说，边请赫尔墨斯坐下，沏了一杯茶放在赫尔墨斯面前。

透过敞开着的雕花木窗向外看，屋后种着一排雪树，终年积雪皑皑。

“你有什么事吗？”阿特洛波斯问。

“哦，我是特地来请教两个问题的。一是关于神女的战争启示，‘战争因她起也因她止’是什么意思？”赫尔墨斯喝了一口茶问道。

阿特洛波斯叹了口气，慢慢地说道：“这是个一出生就被抛弃的可怜孩子，她本不应该来到这个世界上，守护峰上也没有为她而织的命运网。她的出生给奥林匹斯圣山招来了厄运。”

赫尔墨斯也为妹妹叹息：“战争因她的厄运而来，预言女神曾得出这样的预言。”

“邪蛊魔新诞生了魔力极高的魔王，他曾运用魔力干扰了预言女神对小神女的预言。”

“啊？！”赫尔墨斯不敢相信地微张着嘴，“那就是说，那次预言是错误的？！”

“他的力量还不足以改变全部的预言。不过，稍微改变了一点，也已经达到了他们的目的。”

赫尔墨斯盯着命运女神的脸，急切地等她继续讲下去。

“‘将她驱逐出奥林匹斯山’，这句错误的预言就是邪蛊魔的阴谋。”

赫尔墨斯怔住了：“父王中了阴谋而抛弃了她，我可怜的妹妹。”他深深地叹了口气，“这么说，它们一开始就知道了神女的出生将带给他们战机，而且战争成败的关键就在神女身上。”

“是的。这位神女身上一定隐藏着巨大而神秘的力量，使邪蛊魔费尽心机地要得到她。”

赫尔墨斯焦急起来：“那她岂不是有危险？”

“多亏了东方神界防守严密，邪蛊魔至今没有机会进入东方地界。不过，他们一直在找机会，一旦他们找到东方神界的薄弱处，到时候，恐怕……”阿特洛波斯没有往下说。

“那么，命运女神，你所得到的战争启示呢？也被篡改了吗？”赫尔墨斯问。

“他们曾经试图干扰、篡改我们从宇宙中得到的启示，但神王宙斯在一旁护法，使我最终得出了完整的启示，那就是给奥林匹斯山招来战争的孩子，也将平息这场战争。”

“这就是‘战争因她起也因她止’的启示。”赫尔墨斯说道，又问，“究竟怎样平息这场战争呢？”

“关于这道启示，每个神祇的理解都不相同，最后还是由神王宙斯来定夺。现在我们只能等待睡神找到她，带她回神界，我们才能通过她得到最正确的启示。”

“这也是我的第二个问题，父王为什么要急着召回流放在神界之外的睡神修普诺斯，委派他这项重任呢？”

“因为那孩子在出生后不久将漂泊的命运缠绕在睡神的命运之网上了。只有睡神才能找到她，带她回神界。”

“啊？！”赫尔墨斯惊得瞪大了双眼，“怎么会这样？！那睡神会怎么样?!”

“我也不知道原因,他们的命运已经叠交在一起,互相影响。只怕他们会因此而争夺那唯一的生命之线。”“争夺唯一的生命之线?!”赫尔墨斯惊愕地站起身。

“神王有命,在神女回到圣山之前不能将这件事泄露于睡神。神女关乎我们整个神族的存亡,必须尽快带她回来。”

“那就意味着圣山中只能存在其中的一位了。”阿特洛波斯停顿了片刻后说道,眼神中充满怜悯。

赫尔墨斯悲哀地点点头:“你能把睡神的命运告诉我吗?”他急切地想知道朋友的命运。

“不能。”阿特洛波斯抱歉地说道。

赫尔墨斯失望地沉默着,他知道这是命运女神的规矩,不能随意透露神祇的命运。可他脸上不免一副担忧的表情。

阿特洛波斯起身为他斟满茶,也为自己斟上一杯,神态自如地细细品味着茶的芬芳,刚入口时苦涩,回味时满口甘甜。

“‘让希望沉睡。’是我给他的提示。”她的语气充满了哀怜,可脸却转向窗外,凝视着窗外的雪树,好像不是说给赫尔墨斯听的。

赫尔墨斯从命运女神的小石屋里出来,没走几步就讷讷地站在门前的小路上,心里不断地思索着命运女神的话。凡人的命运复杂多变,可神祇是永恒存在的,他的命运又为什么会改变呢?难道是他心甘情愿为之改变?想到这他仿佛心里一凉,不管他是否情愿,只怕父王会在两者中选择自己的女儿。而对自己而言,一边是妹妹,一边是至交好友。

赫尔墨斯怔怔地流下泪来,难道没有办法保全他们两个吗?

眼前依旧是春意盎然,可他的心情却似屋后的雪树一样结上了一层冰。

他招来行云往宙斯神殿飘去。

一进大殿,只见大祭司也在一旁垂手侍立,神色焦急,像是出现了紧急情况。

“赫尔墨斯！我正要召见你！”神王脸色凝重。

赫尔墨斯行礼后问:“父王,睡神他若能带回神女,您会赦免他之前所犯的罪吗?”

“这不是现在要考虑的！赫尔墨斯,你现在就启程去见修普诺斯,告诉他小心提防邪蛊魔的偷袭。大祭司观测到敌方雾团中落下一颗用魔力隐秘起来的陨石,正划向地球方向。”

赫尔墨斯从没见过父王遇事这么慌张过。他念起穿梭咒语“ΠτηνόςἈδωνάρια, Φεύγειν”,然后消失在空荡荡的大殿中。

4

梁晓乐踏进寝室门时,室友们一个个歪在床上正聊得火热呢。一见她进来,一个两个的都沉默下来,只听到翻身的声音、翻书的声音,而且故意翻得很大声,好让人明白沉默的含义。

梁晓乐当然知道她们什么意思,就是排挤她呗。她被女生排挤也不是一天两天的事了。从初中开始,她就认识到她的美貌和孤冷的个性在一些人的眼里就是钉子。可是她们不明白那是孤儿院的特殊环境造成的。就因为我没有爸爸妈妈的保护才处处受人欺负。他们为什么要抛弃我?年幼时她会躲在自己小床上偷偷掉眼泪。

那是她正式认识林雨凡的傍晚。高一开学也一个多月了,她对这个微胖的同班同学没有特别的印象。

学校里放学后,只剩下一些打扫教室的值日生。梁晓乐被讨厌她的女卫生委员派去打扫学校厕所。她有气无力地来到女厕前,里面站着几个没有穿校服的女生。应该是外校的人,梁晓乐看了她们一眼,走了进去。谁知她们从背后推了她一把。

梁晓乐扑倒在厕所沾满污水的地上。还没反应过来，一只手紧紧地抓住她的马尾辫把她拉扯起来半跪在地上，其中一个女生上来就是一巴掌。

梁晓乐感觉自己的半边脸火辣辣的疼。她没有哭叫，没有质问，更没有求饶，只是用冷酷的眼神恶狠狠地盯着面前这些像恶魔一样的人。

冷艳的脸庞和倔强的眼神更激发出她们的怒气，她们拿起角落水槽里的拖把捅向她的脸，拖把的污水连同她的眼泪在白净的脸上滑下来。可她们还没有满意，拖起她往厕所格子里拽。空气里充满着绝望的拉扯声。

就在梁晓乐的脸和身子都歪在半空中时，她看到一缕希望之光缓缓地照射进来，无比安详。

一个女生正拿着拖把慢悠悠地走了进来。她有着微胖的身材、卷卷的头发。她应该是被这样的场景震住了，张大了嘴待在那里。咣当一声，手中的拖把掉落在地上。

这个女生就是林雨凡。在呆立了三秒后，她以有生以来最迅速的动作麻利地掏出手机拍下了这几个女生围殴梁晓乐的暴力场景，然后在所有人还没回过神的时候，扭过身，跑了！

那些人松了手，梁晓乐掉在地上。她脸色惨白，勉强地爬起身走出来，看到那几个女生发了疯似的满学校追赶同样脸色惨白的林雨凡。

教导处主任的办公室的门被撞开，林雨凡跑了进去。那几个女生看到门上“教导处主任办公室”这一行大字的时候，谁也不敢再往前迈一步。她们像饥饿的野兽徘徊在附近，直到看到笑眯眯的却依然威严无比的中年妇女拉着林雨凡一起从办公室走出来，听到林雨凡叫了中年妇女一声“大姨”，她们才惊恐地四下散去。

几天后，学校公布栏上一个女生的名字出现在警告处分通知上。梁晓乐这才知道原来同班的一个看起来弱不禁风的女生就是那场校园暴力事件的策划者。从此以后再也没人敢欺负梁晓乐了，学校里盛传她是教导处主任的外甥女，此前那个有人见到梁晓乐出入孤儿院怀疑她是孤儿的谣言不攻自破。

5

爸妈都不在家，林嘉俊一个人在书房里写作业，高二的作业每天都堆积如山。遇到一道数学难题，他苦思冥想，没有半点头绪，干脆把笔一丢，想等下问林雨凡。如果她也不会，那就不能怪我了，说明是我们家基因不适合学数学。

他听到楼下有声音，跳起来打开书房门，跑了出去倚在二楼护栏上喊："姐，你总算回来了。"

"就你一个人啊？爸妈呢？"林雨凡发现客厅里没人，电视机处在关闭状态。

"爸今晚有饭局，带妈一起去了。姐，你帮我看一道数学题。"林嘉俊一脸哀求的表情。

"数学？！你不知道我高考就是被数学拖的后腿吗？"林雨凡慢吞吞地爬上楼梯。

"那也比我强些，数学拖的是你的小腿，拖的却是我的大腿！"林嘉俊边说边走向林雨凡，准备拖她去看题。走近时，他突然闻到了一股酒味。

"姐，你喝酒了？"林嘉俊瞪大了眼睛，"你失恋啦？"

"喝啦！"林雨凡也瞪大了眼睛，"但是这跟失恋有什么关系？我连男朋友都没有！"

"啊？！搞半天你原来是单相思！妈白高兴了一场。唉！"林嘉俊夸张地叹着气。

"你也喝高了吧，都听不懂你在说什么！"林雨凡用手指按着两边胀痛的太阳穴，往自己房间走去。

“你之前不是因为暗恋对象向晓乐姐表白，偷偷地在家边哭边喝闷酒吗？”林嘉俊跟在姐姐后面不知死活地八卦着。

林雨凡突然刹住脚步，林嘉俊差点“撞车”，然后他看到了姐姐犀利的眼神。

“别再提这件事了！我去睡了！”林雨凡丢下这句话就把林嘉俊关在了房门外。

林嘉俊意识到姐姐生气了，后悔地拍着自己的嘴回到书房。他突然想到了什么，自言自语道：“那前几天院子里的男式大袍子是谁的呢？难道她参加话剧社团了？哎呀，我的数学题没着落了！算了，让个喝醉的人替我写，不知道她会不会把数学题当英语题写，还是换个作业写吧。”他打开了语文作业开始埋头写起来。

头痛得厉害，林雨凡进了房间直接倒在大床上，昏昏沉沉地睡着了。

被冷醒时已经半夜了。她发现窗户还开着，这两天为了方便修普诺斯进来给她施幻术都故意开着一扇窗，今天这么晚了也忘了关了。

突然她觉得脸上有什么东西在动，吓了一跳，大叫起来。意外的是她只听到自己一声微弱的、沙哑的呼叫。林雨凡下意识用手将脸上的东西甩开，急忙打开床头灯一看。

一个黑乎乎的东西有半米长、拳头这么粗，像是一条蜈蚣！而它居然没有头，两条触角从身体里探出来摆动着。它在她的床边爬动，慢慢地扭动着躯体朝她沙沙沙地过来了。

林雨凡从床上跳了起来：“啊！蜈蚣啊！”她大喊大叫起来，可是沙哑的声音只有她自己听得到。她慌乱地抓起床头柜上的东西就朝蜈蚣丢去，可是也阻止不了它。蜈蚣仿佛想爬上她的床，将躯体都竖了起来。她看到它身体下面隐藏着的血盆大口，吓得跳下床扯着沙哑的嗓子喊救命。

只听嘭的一声，一个影子出现在窗台上。原来是修普诺斯！他在睡梦中听到林雨凡房间里发出奇怪的声音，立刻被惊醒，下意识地觉得她遇到危险了。他在空中迅速变幻身体，飞上她的窗口，好在三更半夜的没人发现。

修普诺斯看到了地上的那只怪物，心里一惊，认识那是邪蛊魔饲养的探路夜袭高手——无头加拉帕格斯蜈蚣。

他伸出手，张开五指，隔空召唤出雷神匕首，只见房间内气流暗涌，迅速聚集在一起。突然亮起了一道闪电，霎时间房间里恍如白昼，闪电的光辉照耀着修普诺斯冷峻的面容和一身飘逸的白袍。他一跃而起抓住如白色光束般刺眼的雷神匕首，落下时猛地将匕首插在无头蜈蚣的身上。

修普诺斯矫健地向后一跃落在林雨凡身旁。无头蜈蚣在地上痛苦地扭动了几下，雷神匕首发射出来的光芒将它化为灰烬。咣当一声，匕首落在地上，灰烬已然消散不见。

林雨凡吓一身冷汗，死死抓住修普诺斯的袖子，两条腿直发软。修普诺斯急忙扶住她。

她沙哑着说："吓死我了！吓死我了！"

"你还好吗？有没有受伤？"修普诺斯急切地问。

林雨凡抬起头，双眼仍然带着惊恐，满脸的泪水。

他发现她的半边脸已经黑了，像是中了无头加拉帕格斯蜈蚣的毒。"你中毒了！快坐下闭上眼！"修普诺斯神色紧张地说道。

林雨凡一听魂都没了，赶紧跌坐下来闭上眼睛，浑身发抖。片刻后只觉得修普诺斯抬起她的下巴，将液体不断地滴落在她的脸上，暖暖的。

半晌，传来他平和的声音："已经将毒液冲刷掉了，等明天消了肿就好了。"

林雨凡这才稍稍镇定下来，睁开眼，发现修普诺斯闭着眼睛，靠着墙壁坐着，他的袖子浸满了水。

“你怎么了？受伤了吗？”林雨凡着急地问。

“没事。”修普诺斯睁开眼，无力地说。他的脚边掉着一把匕首。

林雨凡觉得不对劲，蹲下来，卷起他湿淋淋的袖子，发现他手臂上有一道长长的口子，正往外冒着荧光闪闪的透明液体，液体滴在地上不一会儿就消散了。

她的心仿佛跳漏了一拍。这些不是水，而是他的血！

完了！完了！林雨凡顿时慌了手脚，怎么办？怎么办？哦，对了，赫尔墨斯！

“修普诺斯，你快叫赫尔墨斯来！”可是修普诺斯微微地动了动嘴，仿佛没力气讲话，他的手臂还在不断地往外流着透明的血。

我的神使之笛！林雨凡突然想到之前赫尔墨斯给她的那支笛子，急忙冲到梳妆台的柜子里找。终于找到了，她慌张地对着笛子猛吹。

“停！停！”赫尔墨斯用手捂着耳朵出现在她面前，“这个笛子如果在我耳边吹那就太响了！我已经在附近了……”林雨凡不等他说完就上来激动地抓住他的手：“快看看修普诺斯，他快不行了！”

赫尔墨斯一惊，发现了靠着墙坐着的修普诺斯，他的手臂被划破了一条长长的口子，正往外淌着神液。赫尔墨斯二话没说，急忙上前看他的伤势，从怀里掏出一个棕色的琉璃瓶，往伤口上均匀地撒上金色的粉末：“我其实已经在赶来的路上了，大祭司观测到一个被强大魔力隐形了的陨石正划向地球。父王命我速速来通知你，可惜还是晚了一步。这个是神医弗厄翁为神祇们新配置的创伤药，以备战时所需，还好我随身带着。”

林雨凡也过来跪坐在修普诺斯身边，焦虑不安地看着伤口。神奇的事出现了，修普诺斯的伤口逐渐收拢愈合，竟然看不出一丝疤痕，光滑如初。

“好啦！”赫尔墨斯笑着说，他捡起地上的匕首，“这是父王的雷神匕首？”“是的。神王交给我作防身之用。”修普诺斯将匕首收起。赫尔墨斯转向林雨凡,指着她的脸说:“刚就想问你来着,这个脸又是怎么回事? 怎么肿成这样?”

林雨凡一听,用手摸了摸脸,像是有一个小笼包,感觉麻麻胀胀的。

“无头加拉帕格斯蜈蚣咬的,已经冲洗过了。”修普诺斯的声音听起来像是恢复了元气。

“你用什么冲的?”赫尔墨斯知道凡水是冲不掉无头加拉帕格斯蜈蚣的毒液的,他突然恍然大悟,“这么说你的伤是你自己……”赫尔墨斯惊讶得说不出话。“你用自己的神液?”他已经猜到了,可还是忍不住想证实。

“没办法,她的脸很快就会被腐蚀掉,凡间的水是没有作用的,时间紧迫,我一时也找不到圣水给她冲洗,唯一的液体就在这里。”他举了举自己的手臂,脸上挂着一丝浅笑。

他为了救我,居然……林雨凡怔怔地望着修普诺斯,可是喉咙好痛,痛得竟说不出话来,哪怕是基本的道谢。

赫尔墨斯看着他们,无语地摇着头。

“别想太多,林雨凡。你是因为我才受连累的,救你是应该的。”修普诺斯故作淡定地说。

他站起身,神色凝重地对赫尔墨斯说:“邪蛊魔已经突破东方神界的防护结界了。”他看了一眼仍旧坐在地上的林雨凡,接着说,“它是想采集她的血液。难道是……”他望向赫尔墨斯。

赫尔墨斯点头说:“他们认为跟着你就能找到神女,却误以为她就是。”赫尔墨斯眉头深锁,目光落在林雨凡的身上,“她现在的处境很危险呀。”

“唉,竟然将一个凡人无辜牵连进来。”修普诺斯抱着胳膊靠在墙上,皱着眉头,一筹莫展。赫尔墨斯的脸上也出现了担心的神色。

修普诺斯听到喘气声,回头看了一眼林雨凡,发现她目光呆滞、脸颊通红地坐在地上。他蹲下身看着她:“你还觉得哪里不舒服吗?”

林雨凡嘶哑着声音说:“有点透不过气,头好痛。”

他将手心贴在她的额头,好烫,说:“林雨凡,你发烧了!”

“可能晚上吹了风,受了风寒。没事的,我睡一觉就好了。”林雨凡有气无力地说着,吃力地想爬起身来。

修普诺斯伸出手将她搀起,扶到床边。林雨凡看着床边一地凌乱的洋娃娃,害怕地问:“那个大蜈蚣还会再来吗?”

“不会的。”修普诺斯安慰她说,心里却知道它们一定不会就此罢手,“你放心地睡吧。我守在这里。”

林雨凡虽然觉得不妥,可心里的恐惧感挥之不去,又不敢一个待在房间,更不能让家人看到她脸上的肿包,他们非得带她上医院不可。

她不安地躺进被窝,修普诺斯帮她盖好被子,手掌暗藏着罂粟凝香。昏昏沉沉的,她觉得自己又累又困,脑子仿佛已经停止运作,不能思考任何事情。

等到林雨凡迷迷糊糊地睡着了,修普诺斯示意赫尔墨斯,两位神祇走到一旁。

赫尔墨斯指着墙边说:“看,无头加拉帕格斯蜈蚣有个习惯,围攻猎物前会在周围留下它的无色无味黏液。它已经绕着她的房间爬了一圈留下了记号,这样一来,即使它失败了,其他无头加拉帕格斯蜈蚣也可以寻着气味而来。只怕林雨凡身上也沾上了它的气味。”

修普诺斯眉头深锁,这显然是个节外生枝的麻烦事:“又要请你跑一趟了,可否带些圣水来,冲洗掉这些记号和气味。”

赫尔墨斯点头:“可以。不过,我要先去趟东方神界让他们尽快排查防护结界的漏洞,以免更多的邪蛊魔混进来,那你可就抵挡不住了。”他顿了一下,接着问道,“你为什么要接近她呢?”

修普诺斯被问得哑口无言,眼眸中有青涩的目光在闪烁:“我……其实也没很接近……对了,上次请你帮我打听的事怎么样了?”他吞吞吐吐地顾左右而言他。

赫尔墨斯的嘴角扬起一抹坏笑。

邪蛊魔的耳探也许就藏身在附近。赫尔墨斯又拿出静默蛛,将他们笼罩在网下,将在圣山上月亮女神交代他的话传达给修普诺斯。他还讲了从命运女神那里打听到的关于神女的事情,只是他没有提到她和修普诺斯的命运纠缠在一起的事。他还没有把握修普诺斯知道后会怎么做,可是他们必须带神女回圣山才能阻止这场毁灭性的战争。在这之前,还是暂时瞒着他吧。

“那我走了,这里恐怕……”赫尔墨斯瞄了一眼床上的林雨凡,“要暂时看着她了。”

赫尔墨斯离开后,修普诺斯靠着窗台,低头沉思。邪蛊魔到底需要神女做什么?为什么命运女神的启示是让我来寻找神女?赫尔墨斯所说的话中没有对此的只字片语。

“咳咳咳咳!”他的思绪被咳嗽声打断,他走过去看林雨凡,脸烧得通红,看来体温没有降下来。

房间里冷冷的,修普诺斯回头看到窗户还敞开着就走过去关了窗,拉上窗帘。他又到卫生间,不一会儿拿着湿毛巾出来。当湿毛巾贴上林雨凡的额头时,他注意到她紧绷着的脸松弛了下来。就这样来来回回地为她冷敷,不知不觉天微微亮了。

6

梁晓乐心中有困惑一大早就醒了。

她收拾好后出了学校,避开同学来到东湖畔。阳光将岸边树木的清香覆在她的身上。湖面如镜,映着淡蓝的天空闪闪发亮,不远处一只野鸭在无声无息地游着,不时地钻入湖面像是破入了两重天空之中。

她迫不及待地拨通了孤儿院的电话。与院长寒暄了几句之后,晓乐问:“院长,最近是不是有人来打听我的消息。”

院长笑了:“我答应过人家要向你保密,不过既然你都知道了,我也就不瞒你了。”

“是不是个二十来岁的人?”

“是呀,是你的男朋友还是追求者呀?”

晓乐一愣:“他有说他是我什么人吗?”

“他没说,但是登记的是你好朋友林雨凡的名字,是你朋友告诉他你在这里长大的吧。”

“可能是吧。”梁晓乐的脸色暗淡下来。

“是个不错的对象,我看人还是很准的。”老院长笑了起来,“你别责怪他,我看得出来他也是关心你的身世,想知道你当初被孤儿院收养时的情况。”

梁晓乐尴尬地笑了笑,心底对他的愤怒凛然而至。随后她又问了问孤儿院最近的状况才挂了电话。

她坐在东湖畔,望着千顷湖光思绪不断。如果他是先认识林雨凡,再去孤儿院打探我的消息。那么,这个人就和我的身世无关。又是一个利用雨凡接近我的人吗?都没有和我正式见面就去打探我的底细也太过分了吧!

7

林雨凡醒来睁开双眼,温柔的阳光透过床边的窗帘渗透进来,弥漫在房间里形成一个一个小小的光晕。她坐起来,头上掉下来一块毛巾,她吃了一惊,又看了一眼墙上的钟,已经七点了。

这时她看到沙发上蜷着一个人。她掀开被子下了床,尽量不发出声响,悄悄地走了过去,是修普诺斯!他说过他会守在这里,居然真的守了一整夜。这毛巾,难道他昨晚一直在照顾我吗?

林雨凡瞬间面红耳赤。

她看着沙发上的修普诺斯，睡觉的时候也这么好看，长长的睫毛、恬静的表情。她听到自己扑通扑通心跳的声音。

修普诺斯醒了，翻了个身坐了起来。

他抬头看到满脸通红的林雨凡，起身上前，将一只大手掌贴在她额头，又自言自语道："烧已经退了，脸上的伤也好了，怎么脸还是这么红？"他听到林雨凡的心在紧张地跳动着，忽然意识到了什么，抽回手，脸上一闪而过窘迫的表情

"林雨凡，我可是神祇！"他的声音带着一丝不易察觉的紧绷。他是想表达，我不是凡世的男人，本无邪念，你不用觉得尴尬。

可林雨凡听过来是这个意思：林雨凡，我是神祇，你只是一个渺小的凡人，不可以对我心怀不轨！

林雨凡低下头，轻声地说："我知道。谢谢你的照顾！"真是的！你以为自己会读心术，就连我心里想什么都要管吗?！她难过得想流下眼泪。

"是我让你受牵连，所以有责任护你周全。你别胡思乱想，我不会对你……"修普诺斯正思忖着该用什么词汇才合适。想入非非？有所企图？心猿意马？好像都不太适合用在神祇的身上，有没有正面点的词汇呢？

"我！也！不！会！"林雨凡涨红着脸，斩钉截铁地、几乎咬牙切齿地吐出了这几个字。

"很好！我陪你去学校，树下见！"

修普诺斯一脸冷漠，径直来到窗前，开了窗，展开双翅，幻化成"蝴蝶"迅速离开了林雨凡的房间。

林雨凡站在洗漱台前含着眼泪冷冷地看着镜子里的自己，狠狠地拍了几下脸，对自己说："林雨凡，理智！你不可以对他动心的！他是神祇，你只不过是个普通的凡人！"她打开冷水洗脸，想冷却自己的心。

香樟树下，修普诺斯已经变换了一身打扮站在那里。黑色短发、黑

色T恤衫、黑色运动裤和黑色的球鞋。他看着树荫下自己的影子。一阵风拂过，树枝摇曳，树影随着晃动，跳跃着的阳光游离在他斜斜的黑影上。他突然想到了那个脑海深处的词汇。对了！是动心！我不会对你……动心！

他的那颗透明的心，里面流淌着透明的神液，主管着神祇的七情六欲。可是这颗心早在他跌入绝望之渊后就渐渐地被封闭了，现在已经不会跳动了。一颗不会跳动的心才能默默地忍受千年的孤独。

8

林雨凡提着书包从房间下来，看到一脸憔悴的妈妈端着汤面从厨房出来。

“妈，你脸色好差哦。爸呢，已经上班去了吗？”

“你爸昨晚喝多了，被司机扛回来的。”林妈妈把眼神递向一楼的主卧，来到饭桌前放下汤面，“我也喝了不少。现在还头疼呢！”林妈妈揉了揉自己的额头。

“那你们昨晚有听到什么声音吗？”林雨凡心虚地问。

“睡死过去了，打雷都听不到。”林妈妈又转身去了厨房，她边走边扭过头问，“昨晚打雷了吗？”

“没、没有。”林雨凡舒了一口气，坐下来吃面。

林嘉俊从楼上下来，走过来趴在饭桌上，眯着眼睛继续睡。

这时，林妈妈又端出了一碗汤面。她看到林嘉俊又念叨起来：“快起来吃了去学校，等下迟到了，我又要被你班主任投诉！”

“妈，我昨天是趴在书桌上睡着的，你也不来喊我回房睡。”林嘉俊肿着一双核桃眼，微微抬起头说道。

“你爸昨天醉得烂泥似的，照顾他还来不及呢！哪有精力管你！”林妈妈把面端到儿子面前，就去卧房看林爸爸了。

林嘉俊低头吃面，感受到了对面传递过来埋怨的眼神，他抬头看林雨凡，嘴里还挂着几根面条："干吗？"

"都是因为你，爸才要受这份累。"林雨凡朝他翻着白眼。

"这也怪我？！"林嘉俊差点噎住，捶着胸口。

"你今天吃这么少？"林嘉俊看见对面还剩着大半碗的面。

"吃不下了，走了，拜拜。"修普诺斯大神祇还在外面等着小凡女呢，再不出去会遭雷劈的。

林雨凡局促地挪到修普诺斯身旁，不敢正眼看他。

修普诺斯神色凝重地说："林雨凡，接下来我要说的话关系到你和你家人的安全，你要仔细听。第一，你的身上和房间里留着特殊的气味，会让邪蛊魔追踪到你。在赫尔墨斯带回圣水前，我会一直待在你身边保护你。第二，为了其他人的安全，你暂时不能让别人进入你的房间。第三，我暂时不能接近梁晓乐，所以你也不能。"

林雨凡听得脊背发凉："那我的家人会有危险吗？"

"不会的，这个你放心，它们不会随便攻击人类。"

"那它为什么会攻击我呢？"

"它可能以为我接近的人会是神女。"

修普诺斯说完，林雨凡一脸纳闷地想：接近的人？因为他住在门前的那棵树上吗？是哦，那他为什么要住在我附近呢？还是不要问了，免得又遭到类似"不要对他心怀不轨"的警告。

修普诺斯听见她内心的独白，感到哭笑不得，心想：我什么时候说你对我心怀不轨了？

林雨凡拿出手机。"喂？嘉俊，你们最近都不要进我的房间，你去告诉爸和妈，他们也一样。因为……因为，反正听我的就是了！记住了！好，拜拜！"交代完后，她如释重负地呼出一口气。

"昨天是晓乐的生日，我试过了，她听不到我心里的话，还有，"她下意识地揉了揉昨天被梁晓乐狠狠敲过的头，"她的手指一扎就流血，她的血可是红的。”

修普诺斯沉吟着：“她的生日应该是推算出来的。”

“是哦，晓乐以前好像说过她的生日就是个编造出来用来狂欢的日子。”林雨凡恍然大悟。

“她真正的生日也应该快到了。”

“我可不敢再去试了。”林雨凡一脸惊恐。

“挨打了吗？”修普诺斯用手碰了碰林雨凡的头，“都怪我。”

林雨凡往后一退：“为什么你不能接近晓乐呢？怕给她引来蜈蚣吗？”

“不是，我也没料到它们会找到我，不然就会有所防备，也不至于让你受伤了。”修普诺斯叹了口气，“这个说来话长，有时间再讲吧。你几点的课？”

“啊！我要迟到了！”一经提醒，她才发现时间不早了，慌忙和修普诺斯一起赶去学校。

林妈妈发现林嘉俊像一个训练有素的特务，蹲在客厅的落地窗前将窗帘拉开一条小缝正向外看。

“你在偷看什么？！”林妈妈大声问。

林嘉俊被吓了一跳：“哎哟妈呀，我的心脏病都被你吓出来了！”

“谁让你鬼鬼祟祟的，外面有什么？”林妈妈朝他走来。

等林嘉俊再看时人已经不见了。“妈，姐有情况！她和一个男的一起走了，像是约好的。”他一脸神秘地说道。

“真的呀！长什么样呀？有多高呀？”林妈妈的眼睛里射出光芒。

“没看清，只看到远远的背影，应该和我差不多高吧。”林嘉俊比画着，“对了，姐还打电话叫我们别进她房间，妈，我们要不要进去看看有什么秘密？”

林妈妈顺手打了一下他的后脑勺：“你别从中作梗啊！她不让进

就别进,女孩子长大了都有秘密,你个大男人瞎掺和什么呀!”说完,她喜滋滋地走开了,留下林嘉俊龇牙咧嘴地揉着头。

林雨凡拉着修普诺斯飞奔进学校,快到教室门口了,她突然记起了什么,对他说:“晓乐也上这门课。怎么办?”

修普诺斯抚着额头,一脸伤脑筋的表情:“能离多远就多远。这样吧,等她进去了我们再进去。”

林雨凡低头发短信:“我直接和她说吧,这样突然不理她,下课后会被她追杀的。”

只见林雨凡发出一行字:晓乐,我等下带修普诺斯去旁听,我们可能会坐得远一些,你别误会。

修普诺斯在一旁摇头:“越描越黑。”

“那你告诉我不能接近晓乐的原因啊,好歹被她砍了也知道为什么!”林雨凡急得直跳脚。

修普诺斯按住她的肩膀:“好好好,等下告诉你。你别激动!”

到了教室门口,林雨凡等到老师和同学都进了教室,才带着修普诺斯走进了教室。

她远远地就看到梁晓乐和一群男生坐在教室的最后一排,她的旁边空着两个位置。她盯着他们俩,但是面无表情。

林雨凡不敢和她对视,直接拉着修普诺斯坐在了第一排的位子上。

“这样离得够远了吧!”她咬牙切齿地对修普诺斯说,“不知道晓乐有没有生气?”她不敢向后看,可老觉得有一道犀利的目光穿过层层座位和同学,刺向她的后项,她感觉一阵寒冷。

“她生气了。”修普诺斯淡淡地说。

“你怎么知道,这么远也能听到她在想什么吗?”

“人的情绪是有颜色的,当人生气时,会产生一层薄薄的黑雾。现在梁晓乐就被笼罩在黑色烟雾里。”

林雨凡听得瞠目结舌,她现在觉得整个后背都是冷的。

这节是专业选修课——唐宋诗词名篇导读。年轻的讲师已经开始讲课了,她看到最前排的两个学生居然在她眼皮子底下话题不断,说道:“这位同学,请你朗读一下我们今天要赏析的第一首唐诗,声音要大些,让后排的同学也能听到。”她微笑地看着修普诺斯,心下暗自赞叹道:这个男同学好像水墨画里走出来的人物一样,清雅脱俗!

林雨凡立刻傻了眼。刚想对老师说出实情,说他只是过来旁听的,只见修普诺斯略微迟疑了一下,就从容地起身,看着屏幕,徐徐地朗读起来:“《春江花月夜》,张若虚。春江潮水连海平,海上明月共潮生……人生代代无穷已,江月年年只相似。不知江月待何人,但见长江送流水……此时相望不相闻,愿逐月华流照君。鸿雁长飞光不度,鱼龙潜跃水成文……昨夜闲潭梦落花,可怜春半不还家……不知乘月几人归?落花摇情满江树。”

仿佛箫声般低沉悠扬,如怨如慕地诉说着轻触人心的过往,使人的灵魂在不知不觉中与他产生悲伤的共鸣。偌大的教室都沉浸在修普诺斯磁性又略带伤感的声音里,久久的,鸦雀无声。待大家回过神,他早已朗读完毕,坐回位子了。

他看了一眼身旁的林雨凡,她脸上挂着两行清泪,诧异道:“你哭了?”

林雨凡这才意识到刚刚陷在他营造的悲伤氛围里了,他们在明月下初次见面的场景在她的脑海里回放,使她竟然不自觉地落下泪来,急忙擦拭。

同学们都在交头接耳地议论起来:“哇!好感动哦!”“他的声音真好听!”

梁晓乐不屑地侧过脸,翻了翻眼皮:“玩什么花样!”

老师满意地点点头,向修普诺斯投来赞许的目光:“这位同学朗读得非常动人。现在请旁边的同学来讲一下你对这首诗的理解。”

林雨凡抬起头，看到老师正望着自己，涨红了一张脸，在大学里她这是头一次被点名回答问题。刚刚只顾着沉浸在自己的回忆里，她哪里有去理会诗中的含义！

她只好硬着头皮说："是讲一个女子和一个男子……"她斜眼看修普诺斯，向他递眼神求助。修普诺斯完全没有出手相救的意思，只是用余光看了看她，抱着胳膊，微笑不语。

林雨凡的头都快冒烟了，只好继续往下编了："他们相隔两地，千里之遥。她好想念他，却没有办法告诉他。只能年复一年地望着明月幻想着他的脸庞。凡人的生命短暂，而明月却会永恒地存在。"

修普诺斯转过头，双眸直直地盯着她的侧脸。

老师说："很好，可是还不够完整。你只提到女子，还没有说出男子的思念之情。男子同样也在望着明月，思念着他的妻子，真想乘坐着月光回到她的身边。好，我现在为大家做全文的赏析……"

这节课，修普诺斯听得比林雨凡还要认真。林雨凡很诧异："你的中文水平真的听得懂她在讲什么吗？"

修普诺斯回复一个肯定的点头，这让林雨凡惭愧不已。他怎么说也是个老外呀，为什么我这个中文系的中国人却听得云里雾里的？看来要去图书馆认真学习了，唉！

下课了，同学们都收拾东西陆陆续续地离开教室。林雨凡不安地回头找寻梁晓乐，可她早已不见了踪影。

第二节课是西方文学 。

今天的主题是西方文学之古希腊神话。中年男老师在讲台上讲得唾沫横飞，林雨凡在心里呐喊：我居然带着修普诺斯来听什么古希腊神话！我真的不是故意的！

修普诺斯依然认真地、全程面无表情地听老师说着神王宙斯、天后赫拉、海神波塞冬、战神阿瑞斯、智慧女神雅典娜的故事。当老师提到神使赫尔墨斯时，林雨凡朝他会心一笑，可他还是淡然着一张脸。

只是，当他听到月亮女神时，垂下了眼帘。

午休时间，林雨凡带着修普诺斯去食堂吃午饭，准确地说是林雨凡坐着吃，修普诺斯坐在对面看着她吃。

“你能不能把头转过去。”林雨凡不好意思地说，“你这样盯着我，我吃不下去。”

修普诺斯笑了起来，露出了一排洁白的牙齿，把视线转向别处。

旁边走过去几个女生，她们低声地议论道：“哇！你看，那边那个男生，真是太帅了！”“那个女生那么胖！她怎么好意思坐在他对面。”“所以你看他都没胃口吃饭。”“哈哈哈哈……”

修普诺斯听了心里不高兴。他转过脸看林雨凡，她低着头，脸红红的，眉头微蹙，显然也听到了刚刚那些人的嘲笑。

他听到她心里的一声轻叹。

“你挺可爱的。”修普诺斯轻描淡写地说。

林雨凡一愣，接着对他报以感谢的微笑。

“我说真的。”他转过脸，看着她的眼睛，目光清澈温柔。

桃红色迅速涨满了林雨凡的脸，她低下头扒饭，几乎要把脸埋进碗里。

“吃饱了吗？”梁晓乐甜美的声音在耳畔响起。

林雨凡抬头，梁晓乐已经坐在她身旁。

修普诺斯的脸变得严肃起来，他站起身拉起林雨凡就要离开。

梁晓乐愣了一下，心想这人怎么回事？面对面碰上了居然这么无礼！她也冲上去抓住了林雨凡的另一只手，真想大声地质问这个人究竟想做什么，话到嘴边硬是被吞了回去。

她冷静下来，露出笑容：“雨凡，这位是？”

林雨凡脸色为难地看了看他们，两只手臂被拉得笔直，像一架竖立着的滑翔机。她发现这个奇异的姿势已经引来一些同学的目光。

“你们先放手吧。”林雨凡着急地说。

林雨凡被他们同时放开。“这位是修普诺斯,这位是梁晓乐。”她耷拉着脑袋说。

“你好,我是梁晓乐,雨凡的好朋友。”梁晓乐伸出手,眼神明亮地看着修普诺斯。

“你好,我是修普诺斯。”修普诺斯犹豫了一下,没有伸手。

“握下手嘛,都已经见面了。”林雨凡见梁晓乐依然伸着手,怕她尴尬,就迅速将修普诺斯的手抬起来搭在梁晓乐的手上。

修普诺斯像是触电似的收了回来。

梁晓乐处变不惊地笑着说:“听雨凡说,上次是你帮了我。我一直想请你吃饭当面谢谢你呢,请问你什么时候有空?”

“月圆之夜,我去找你,我们那时再见吧。”修普诺斯说完,拉起一脸惊讶的林雨凡,牵着她离开了食堂。

林雨凡边走边回过头看梁晓乐,眼神充满抱歉又仿佛有话要对她说。

“晓乐,这边!”有几个男生看到她在后面喊。梁晓乐仿佛没有听见,依旧站立在原地,眼里只有他们远去的背影。月圆之夜是什么意思?他直接约会我了?那他和雨凡现在是什么关系?

第五章

1

空调呼呼地吹着。时间一分一秒地过去,已经是晚上 10 点了。林雨凡躺在床上睡不着,她不停地变换着睡姿。修普诺斯蜷缩在沙发上,耳朵里充满着林雨凡踢被子的声音。

“还会有怪物出现来攻击我这个假神女,是吧?”

“有这个可能性,不过我在这里,它们会有所忌惮。”修普诺斯说,“你放心地睡吧,我已经召唤出雷神匕首,如果妖魔出现,它会有所反应。”

“匕首在哪里?”

修普诺斯一挥手,悬在空中的雷神匕首发出哧哧声,亮着炫白的电光,这让林雨凡安心不少。修普诺斯又一挥手,电光就暗了下去。

“我们换一下吧。”林雨凡坐起来,小声地朝修普诺斯的方向说道,“你来保护我,还让你在沙发上睡觉,我心里很过意不去。”

“是怕遭雷劈吧?忘了我是神祇了吧?”黑暗里传来修普诺斯的声音,他叹了口气,接着说,“你没有对神祇不敬,是我自愿的,放心睡吧。对神祇说谎才是有罪。”

一阵沉默。

“沙发这么小,挤不挤呀?你为什么不变小一点呢?变成蝴蝶那样?”

“恢复原形需要时间,怕万一它们来了我来不及变回来。”

“哦……”林雨凡恍然大悟。

修普诺斯闭上眼睛,准备进入睡眠。

“你可以缩小一点点吗?”

修普诺斯猛地坐了起来:“你就这么纠结我的身高和沙发的长度吗?!”他站起身,妥协道,“换吧,换吧,这样你可以安心睡了吧?”

于是,林雨凡开了床头灯,抱着她的被子躺到了沙发上。修普诺斯换到床上,关灯。

“你要被子吗?”

“不用。我可以维持在恒温状态,不会觉得冷。”

“啊……”一阵讶异的感叹。

“你现在可以安静了吗?”

“等一下!”

“怎么?”修普诺斯的声音有些慌乱。

“把我变瘦点吧,这样我不能转身。”

灯亮了,修普诺斯一脸无奈的表情,他都快崩溃了。

终于,林雨凡如愿以偿地以纤瘦的身材躺进沙发里,脸上带着喜滋滋的笑容睡着了。

世界安静了。

凌晨,沉睡中的修普诺斯被一声巨响惊醒,伴随着林雨凡的一声惨叫。他跳起身,手臂一挥,雷神匕首同时出鞘,闪出一道电光,把房间点亮。只见林雨凡倒在地上揉着肩膀和手臂,可并不见魔怪的踪影。

“是我从沙发上掉下来了。”林雨凡睡眼惺忪如女鬼般挣扎着爬回去。

虚惊一场!他连忙收回了雷神匕首。

紧接着,他们听到隔壁林嘉俊的房门开启的声音和楼梯上一串急奔的脚步声。顷刻间,林雨凡的房门被敲响。

门外传来林妈妈、林爸爸还有林嘉俊的声音："姐，刚刚那是什么声音？快开门！""雨凡，发生什么事了？""怎么啦？"

林雨凡一阵惊慌失措，糟糕！我身上的幻术还没有消失呢，会把他们吓疯的！随后她想到今天她锁门了，就迅速镇定下来。

"镇定！镇定！门锁了，他们进不来。"林雨凡轻声地对修普诺斯说，免得他又跳起来找地方躲。

她对门外喊道："我从床上掉下来了！没事！"

"有磕到吗？"林妈妈不安地问。

"没有啦！你们放心去睡吧！"林雨凡几乎是用吼的。

待门外脚步声渐远，修普诺斯点亮了床头灯。

橘黄的灯光映在他的侧脸上，烘托出温暖的轮廓，像在一片黑暗无边的海中看到散发着朦胧光亮的灯塔，他的另一半脸则陷在阴影里，悲喜不明。

"你上来吧。"他往旁边挪了挪。他的声音自然柔和，听不出一丝邪念。

林雨凡感觉自己的呼吸凝结在了空气中。

"再掉下去，你家人就会撞门进来了。"

林雨凡低着头小心翼翼地把被子放到床边，再把床头柜上的娃娃一个一个地摆到床中央。

"做什么？"

"三八线啊。"

修普诺斯不耐烦地把娃娃一个个丢回床头柜上，伸出手将她一把拉了上来。他离她这样近，脸正对着她，她可以清楚地看到他长长的睫毛，那一双迷人的眼睛正盯着她。林雨凡屏住了呼吸，感到脸上发烫。忽然，她被覆盖在了一片黑暗里。

半晌才回过神，原来是修普诺斯把被子盖到她头上去了。她往下拉了拉被角把眼睛露出来，像黑夜里的两颗明亮的星辰。外面也是一片漆黑，她只听到自己的心跳声。

林雨凡窝在被子里不敢动，睡意全无。

“你为什么不能接近晓乐？”她突然想起这个问题，修普诺斯承诺过要告诉她原因的！

黑暗中，修普诺斯枕着手臂躺在不远处的床沿边，睁开了眼睛。

他缓缓地说道：“她的父亲在她体内下了一道封印，而我身上的神女灵珀会加速封印的解除。灵珀一旦离开神体就会枯竭，所以必须随身携带。”

他感觉到林雨凡的疑惑，仍接着说：“灵珀是神女的神灵所在，她能引领我找到神女，也能消除她身上的一切神界封印或是凡间疾病，净化躯体供奉灵珀。”

“那道封印也是封住记忆的吗？”林雨凡联想到之前赫尔墨斯给那群混混下的封印。

“是的，封住的是她刚出生时的记忆。”

“啊？！”林雨凡坐起身，“这么小也有记忆？”

“神祇一出生便能感知一切，半人半神的神祇能在升神后通过灵珀的神力恢复生命初始时的记忆。”

“为什么要封住呢？”

他迟疑了一下，不知道该不该对林雨凡讲述那段事情，毕竟事关重大。

“她到底发生了什么事？你告诉我吧，我发誓不会对别人讲。”

“关键是不能告诉梁晓乐本人。”

“好，我不说。”林雨凡郑重地在黑暗里举起三根手指。

“她的父亲将她抛弃，而且间接害死了她的母亲。”

林雨凡大惊失色，不敢相信自己听到的可怕的事情。

“所以，一旦她恢复了记忆，你觉得她还能回到她父亲身边吗？”

为什么事情会是这个样子！林雨凡摇了摇头，难过地红了眼圈。

“可是她又必须回去，去阻止一场战争。”说着他叹了口气，“神祇有责任保护凡间的世界不被邪魔摧毁、占领，这是神祇存在的意义。

林雨凡在黑暗中默默地流泪，感伤梁晓乐的身世。我一个凡人居然大言不惭地说可以罩着她一辈子。回想起自己对她说过的大话，一种无能为力的失落感占满了她的心，真想陪着她和她一起承受这些打击。

她转过头说：“可以带我一起去吗？”

灯亮了，她不自觉地眯上了眼睛，再次睁开眼时，迎上了修普诺斯严肃的目光。

他靠坐在床头，双眸注视着她，低声说：“那不是凡人可以随便出入的地方！如果神祇发现了你，怪罪下来，会将你打入地狱，你会在那里受尽折磨！你还想去吗？”他看到林雨凡的身体颤抖了一下，可她的眼神依旧充满请求：“那我要怎样才能知道她去那边安不安全，过得好不好呢？我只是想看看……”

“就算你看到梁晓乐被推入地狱，你以为你救得了她吗？你一个凡人怎么保护她？”修普诺斯缓缓地说出这些话，脸上满是忧郁，眼神空洞洞地望着天花板。

“我会不顾一切地冲上去救她！”林雨凡脱口而出。

修普诺斯听到她在心里重复了一遍：不顾一切！

他觉得自己的心仿佛也跟随着颤动了一下。

他默默地望着她：“我答应你，护她安好。你可以放心。”

“可是你又不是权力最高的神。赫尔墨斯的父亲宙斯才是。”林雨凡低着头一边扯着被角，一边幽幽地说道。她完全没注意到修普诺斯被惹毛的表情。

她继续说：“你是不是曾经被宙斯打落到天界的最深处受罚？”

修普诺斯没有回答。

林雨凡抬起头，看到他的眼底布满了阴霾，一张白净的脸陷在深深的孤寂里。

忽然灯熄灭了。

有些事,是他不想触碰的禁忌。

修普诺斯呆呆地坐在黑暗的角落里,心里像是被灌入了冷风。

塔尔拉罗斯之所以被称为深渊之狱,不仅仅因为它处在神界的最边缘。那是个寒冷寂寞的流放地,弥漫着绝望之毒,渗透进他的心,定时发作折磨着他。这里的时间与凡间同步,使他的痛苦煎熬漫长地没有尽头。

一只手试图靠近他,探索着伸过来,触碰到他的指尖。他感觉到她的一阵迟疑,而后轻轻地握住了他的手,将温暖一点一滴地传递进来。

"对不起。"林雨凡小声地说。

我不知道该怎么安慰你,修普诺斯。看到你难过的样子,我的心也好难过。

凌晨3点,林雨凡静静地躺着,没有说话,没有睡意。突然她仿佛闻到一阵花香,淡淡的充满哀伤的气息,她不由自主跌进了梦境。

微暗的灯光,漫漫的长夜。修普诺斯的手上握着罂粟凝香,眼里是沉睡的林雨凡。他用手支着头,侧卧在她身旁。她的眉头微蹙,呼吸平稳,身上散发着好闻的香草气息。

修普诺斯起身漫步到窗前,轻轻地拉开床边的窗帘,隔着玻璃望向天际,月亮早已西沉,天空如一片黑海。

他回想起天后赫拉找到他时,睡神神殿的上空也是黑蒙蒙一片,她屏蔽一切后,坐在大殿的中央,朝他微笑。这种阴柔的笑容使他不寒而栗。她命令修普诺斯让神王宙斯陷入沉睡。

修普诺斯听了几乎要跌坐在地上,冒犯神王,可是大罪呀!

想必她所做的威胁要比这还恐怖上百倍。"你如果拒绝,我就将月亮女神婚配给火神赫淮斯托斯。"

“不可以！阿耳忒弥斯是贞洁的处女女神，神王允许她终身不嫁。”修普诺斯睁大了惊恐的双眼，声音近乎哀求。

“可我掌管着神祇的婚盟卷宗，只要我将阿耳忒弥斯的名字写在赫淮斯托斯的婚笺上，神王宙斯也改变不了他们已成夫妻的事实！”她转而语气柔和地再次说道，“我也能将阿耳忒弥斯的名字写在你的婚笺上，就要看你怎么做了。”

“我的婚笺上？”修普诺斯惊愕地看着天后赫拉。

“高贵又美丽的月亮女神竟然偷偷地潜入我的神殿偷看婚盟卷宗，而且只在你的婚笺那页留下了她独有的月亮荧光。难道你们没有私情吗？”天后冷笑一声，“阿耳忒弥斯嫁给谁就看你怎么做了。”

修普诺斯的脑子里乱作一团。他面临的选择是将宙斯催眠或者逼死阿耳忒弥斯！让阿耳忒弥斯与丑陋的赫淮斯托斯结婚一定会让立誓作为处女女神的阿耳忒弥斯用毁灭来维护自己的圣洁。

他、赫尔墨斯还有阿耳忒弥斯是从小在一起长大的好朋友，他怎么忍心看着她毁灭自己呢！

于是他颤抖着声音，答应了天后赫拉的要求。

神王宙斯从昏睡中醒来已经是三天后的事情了，特洛伊战争战事已经被赫拉逆转。宙斯下令追捕修普诺斯，将他围堵在绝望之渊边上。风呼啸地刮着，修普诺斯的长袍在凛冽的风中颤动，他的眼睛里满是恐惧，不知道自己将要面对什么。

赫尔墨斯、阿耳忒弥斯和诸神都闻讯赶来，纷纷为他求情。可宙斯仍然处于震怒之中，他下令谁敢替修普诺斯求情就是违抗他，与修普诺斯同罪！

奥林匹斯圣山上所有的神祇都慑服于宙斯的震怒不敢靠近，宙斯当着众神的面将他推进了深渊。

一缕金色的柔光透过玻璃窗轻抚着修普诺斯黯然失魂的脸。不知不觉，天空已经泛白。他眯起眼看向窗外，那穿透过厚重的云彩射下的万丈光辉，点亮了一片世界。

2

林雨凡在梦魇中惊醒，弹坐了起来，一身的冷汗。

“做噩梦了？”修普诺斯站在窗前，转过头看她。

“是。”林雨凡脸色惨白。

我梦到的是晓乐吗？她问自己。

这个周末要做什么呢？林雨凡瞄了一眼修普诺斯。不能和他一起待在家里，会被发现的。

“图书馆。”修普诺斯背对着她缓缓地朝对面的窗户走去。还没等她反应过来，他已经消失在了窗口。

什么？他居然自作主张地安排好了！不用问我吗?!林雨凡朝着窗口龇牙咧嘴。

周末的图书馆基本上没什么人，刚刚开学不久，离期末考试仿佛还遥遥无期。

林雨凡把这学期的书翻出来。自从卷入了神女事件中，自己好像丢了魂似的，功课也落下了很多，正好在这个周末补一补。只是，这位先生怎么如此沉迷于在图书馆看书？难不成是沉迷于中国文化的魅力？作为一位文学院的学生，林雨凡的自我价值感瞬间膨胀起来。

只见修普诺斯从书架上搬来了一摞又一摞的书，堆在桌子上，一本一本地飞速翻看着。

林雨凡捧着《古代汉语》，偷偷地看着书堆中的修普诺斯。他正低着头看书，刘海垂下来，细细碎碎地半遮着眼睛，真像一个在认真复习准备考试的学生。

修普诺斯抬头，看到她正狼狈地将脸迅速缩回厚重的教科书后面。

他对着用书挡住脸的林雨凡浅浅一笑，继续看书。

“情不知所起，一往而深。生者可以死，死者可以生。生而不可与死，死而不可复生者，皆非情之至也。”修普诺斯翻着《牡丹亭》，骤然看到这么一句话，他放慢了速度，修长的手指按着那一页，久久地没有松开。

林雨凡被《古代汉语》虐得快断气了，她合上书休息，随手从修普诺斯的书堆上拿来一本。终于看到自己可以理解的文字了，这是王小波的《爱你就像爱生命》，里面是王小波和妻子的来往书信。

“我是爱你的，看见就爱上了。我爱你爱到不自私的地步。”

“我会不爱你吗？不爱你？不会。爱你就像爱生命。”

“我真不知怎么才能和你亲近起来，你好像是一个可望而不可即的目标，我捉摸不透，追也追不上，就坐下哭了起来。”

“你要是喜欢别人我会哭，但是还是喜欢你。”

她边翻看着边若有所思。

修普诺斯注意到一米之外的林雨凡，她的身上徐徐地飘出粉色“花瓣”，在她的周围飞舞盘旋。

当人不由自主地沉浸在爱情中时，会产生粉色的情绪。

这也是修普诺斯第一次看到这种情绪花瓣。难道我懂得爱了吗？他不可置信地问自己。

作为神祇，他是可以看到凡人产生的种种情绪的颜色的，生气的黑色、喜悦的红色、悲伤的灰色、恐惧的白色、爱慕的粉色等等。可是修普诺斯和阿耳忒弥斯却都看不到粉色的情绪，赫尔墨斯曾经笑称他们是情窦未开的神祇。因为没有体会过爱情的滋味，所以看不懂也看不到。

落花飞絮蒙蒙，她手捧着书，坐在一片花雨里，轻颦浅笑，眉眼盈盈。

一天的时间就这样在书纸间翻过去了。

走出图书馆时发现外面正下着小雨。细雨纷纷，修普诺斯和林雨凡静静地站在青瓦屋檐下等着雨停。顺檐滴落的雨点像是玻璃珠串成的门帘,将他们与翠绿的外界轻轻地隔离。

雨歇黄昏,他们走在校园里踩着湿润的泥土,空气中弥漫着雨后的清新。林雨凡心中那些莫名的植物经过雨水的灌溉仿佛不受控制地逐渐枝繁叶茂、郁郁葱葱起来。

路过林荫小道,两旁树木的枝杈在空中交叠,密密的,遮住树下经过的路人。

忽然,林雨凡的手机响了起来。是晓乐!她犹豫着接通了。

“在哪里呢?”晓乐劈头盖脸就问。

“我……在亲戚家呢。有什么事吗?”林雨凡不敢说在学校,在她宿舍附近。

“哦,下个星期二晚上有迎新生庆国庆晚会,我有节目,你要来捧场哦。”

“啊……”林雨凡不知道可不可以去,她看了一眼身旁的修普诺斯,像在征询他的意见。

“林雨凡!你不来看我,我就掐死你!”

“好,好,我去。”挂了电话,林雨凡对修普诺斯说,“有个晚会,晓乐让我去。我们坐得远远的,好不好?”她说着红了眼圈,“我不知道还能看她几回了。”

“去吧。我陪你。”修普诺斯说。

梁晓乐站在远处,定定地看着他们渐行渐远,手机紧紧地攥在掌心里。

她美丽的脸庞带着阴郁的神情,在教学楼投射下来的巨大阴影里咬牙切齿。这一定是个阴谋,她对自己说。

3

神王宙斯的神殿里，灯火通明。

“这么说，已经找到帕西提亚了。”

帕西提亚？赫尔墨斯第一次听到父王提到神女的名字。

“是的，正在等待确认，相信很快就能带她回奥林匹斯山了。”

“无头加拉帕格斯蜈蚣是怎么突破东方神界森严的防护结界的？”

“他们在天界的结界最薄弱处锤凿了个小洞，我猜测他们是将尚无魔力的无头加拉帕格斯蜈蚣的虫卵从洞里丢进去的，所以南天门侍卫没有察觉到。现在已经请来补天女娲将洞口补好了。”

赫尔墨斯离开后，神王宙斯来到长平殿，他抚摸着殿上的神柱，抚摸着朱嫦娖曾经使用过的物件，口中喃喃地说：“我们的女儿她还活着，她的灵珀一直灵灵盈动，不曾枯竭。她的神力强大得超乎我的想象，她一定会成为奥林匹斯圣山上最强大的女神。我给她起了个好听的名字，叫‘帕西提亚’。如果你还在的话，可以给她起个中文名。可惜，你不在了。”宙斯潸然泪下。他擦了擦眼泪，继续自言自语道：“我一定会让她平安升神，永远留在圣山上，你放心。”他目光坚定，走出长平殿，唤来一片云彩，往天后赫拉的宫殿飞去。

从宙斯神殿出来后，赫尔墨斯又去了趟圣泉林，在树林苍翠间隐隐地看到一片香雾缭绕。赫尔墨斯置身雾中来到圣泉水潭旁。圣泉潭潭底的岩石上结满了神界绿柱石，潭水清澈见底，泛着幽绿的光。他拿出一个手掌大小的冰玉壶，打开壶顶，里面冒出一股冷烟，随后将圣水源源不断地吸了进去，盖好。

之后，他听到耳畔传来一阵急促的神使之笛的鸣叫。赫尔墨斯召唤来一片云，腾空而去。

他降落在月亮女神的神殿前，阿耳忒弥斯已经焦急地等在殿外了。

一看到他，她一双蔚蓝色的眼睛泛出了泪花："赫尔墨斯！我偷拿了天后的婚盟卷宗。"

赫尔墨斯惊得对她做了个噤声的手势，迅速地拉她进入了内殿，关上门。

"你拿婚盟卷宗做什么?！被发现了吗?"赫尔墨斯急得用力抓着她的手臂。

"我本来只是想偷看一下的，然后天后赫拉突然回来了。"她顿了一下，"和父王一起。"

赫尔墨斯又倒吸一口冷气。

"我就不敢动了，一直蹲在门后，然后不小心听到了他们的谈话。"

"你听到什么了?"赫尔墨斯心中忐忑。

"父王让天后把帕西提亚的名字写进婚盟卷宗里，"她抬起头满脸泪水，"写在修普诺斯的婚笺上。"

赫尔墨斯脑海中一闪而过"帕西提亚"这个名字。

"可是，帕西提亚是谁？圣山中并没有这个神祇呀。"

"是我们的妹妹。"他望着阿耳忒弥斯，"修普诺斯去寻找的神女。"

阿耳忒弥斯怔在那里，泪水凝固在她的脸上，像一串水晶珠子。

"所以，你就把卷宗偷出来了?"

阿耳忒弥斯点了点头。

"快放回去吧，趁没有被发现之前。"赫尔墨斯焦急地说。

"不行。我不能就这样让帕西提亚夺走修普诺斯!"阿耳忒弥斯坚决地抬起头，一层银光笼罩她。

"可他爱的不是你。"赫尔墨斯叹了一口气。

"他变心了？难道他爱上帕西提亚了?"

赫尔墨斯感受到了她逐渐升腾的怒气，摇了摇头，说："恐怕都不是。我始终觉得那件事情很蹊跷，我一定要向修普诺斯证实。你不要轻举妄动，尽快将婚盟卷宗放回去!"赫尔墨斯严肃地看着她。

4

这已经是第二次梦见他了。梁晓乐在午夜醒来，睡意全无。寝室内大家都在沉睡中，漆黑一片。她躺在被窝里回忆梦境，这个梦仿佛是之前那个梦的延续，那个男生夺走她手上的东西后就转身离开，自己在后面追，突然一脚踏空仿佛掉进了无底的深渊，随后就惊醒了。

她懊恼地捶了下头。我这是犯什么病呀！

林雨凡仿佛听到轻微的呻吟声，醒了过来。迷迷糊糊地开了床头灯，探寻声音的来源。只见修普诺斯躺在那边的地上捂着心口，皱着眉，痛苦地闭着眼。

她赶紧下来扶起他，紧张地问："怎么了？"

修普诺斯摇了摇头，没有回答，手还是按着心口，那里仿佛是痛苦的根源。

林雨凡有些手足无措："要找赫尔墨斯来吗？"

修普诺斯依然摇头。寒冷和痛苦席卷而来，他心里的绝望之毒又发作了，像是受了什么刺激，全部激烈地翻涌挣扎起来。

林雨凡碰到他的手，好冷，像冰一样。她连忙用被子将他包住，心想神祇也会生病吗？

"这不是病。"修普诺斯有气无力地说，"是毒。"

林雨凡惊恐地张大了嘴巴："你中毒了？那怎么办？"

"我可以……抱着……你吗？"修普诺斯哆哆嗦嗦地说。

林雨凡一愣，像石膏一样立在原地。

橘色的灯光下，修普诺斯靠坐在床头，怀里抱着林雨凡，他将脸埋在她肩上的鬈发里，瑟瑟发抖。

林雨凡单薄的体温抵抗着声势浩大的寒流竟也毫不退缩。渐渐地，一股奇特的暖流绕过险象环生的暗冰，潺潺地流进他的心里。寒流被逼退，被包容，被混合进暖流里，消失了。

修普诺斯觉得好多了，他还是一动不动地闭着眼睛，感受着来自她的温暖。

林雨凡始终不敢动，心怦怦地乱跳，跳到后来也累了，她的眼皮越来越重，最后竟靠在修普诺斯身上沉沉地睡去。

醒来时，天已大亮。林雨凡向上伸了个懒腰，一拳打在修普诺斯的脸上，他被惊醒。

林雨凡转过脸，发现自己竟然躺在他的怀里。“啊！”青天白日的，她吓了一跳，迅速地坐起来，滚到床的另一边去了。她蹲在床边，满脸绯红，真想挖个洞掉到楼下去。不对啊，是他要求的！不关我的事！我躲什么？想到这她又站了起来。

修普诺斯看她蹲下去又霍地站了起来，也吓了一跳。然后他挠着头站起来，走到窗户旁假装看风景。“那个……我已经好了，谢谢你。”修普诺斯边看风景边说。

林雨凡下楼准备出门，林妈妈在后面叫住她，脸上洋溢着奇怪的笑容：“最近很忙呀！”

林雨凡表情僵硬地眨了眨眼：“嗯，周末了，出去转转。”

“和谁一起呀？”林妈妈笑得越发灿烂。

“和……和一个朋友。”林雨凡心里发颤，难道是被发现了？

她走出门，赶紧拉着修普诺斯跑出小区，生怕妈妈看到他。

星期天，他们还是像昨天一样泡在图书馆里，各自看书，沉默无语。

图书管理员在他们周围整理着书架上的书，不时地将眼神投射过来，心想这谈恋爱的人怎么这么枯燥哟！周末也不带女朋友出去转转！

修普诺斯听了这心里话，眼皮动了一下，抬头瞄了一眼林雨凡。林雨凡正好抬起手，翻了一页书。他慌忙低下头，假装在看书。这页书已经被盯了很久了，如果书纸有生命，现在应该对着他流汗了。是不是该翻页了？翻了一页，还是一个字都进不了脑子里。

今天在林雨凡的软磨硬泡下，修普诺斯答应为她施一整天的幻术。于是，大白天的，林雨凡编了两条蓬蓬的麻花辫垂在肩上，穿着那天买的小号白色连衣裙，脸上还戴了一副黑框装饰眼镜，怕万一碰到认识的人。

林雨凡感觉自己神清气爽，平时不太理解的内容，今天一下子就看懂了。她一边翻书，一边做着笔记。

修普诺斯在对面偷偷看她在写什么，只见几行娟秀的字：秋风清，秋月明。落叶聚还散，寒鸦栖复惊。相思相见知何日，此时此夜难为情。

她正认真地做着注解，修普诺斯转过头，一脸迷惘地望着窗外。

"出去走走吧。"修普诺斯突然说。

林雨凡抬起头："什么？"

修普诺斯站起来把书都搬回去。林雨凡惊愕地说："我笔记刚写到一半，还没写完呢。"

林雨凡已经被带出了图书馆。"神祇还真是随心所欲啊。"林雨凡嘀咕着，无奈地瞄了修普诺斯一眼。

"抱歉。"修普诺斯说，"你平时不上课时都做什么？"

"我？"林雨凡一愣，想了想说，"有时窝在家里；有时被我妈抓去一起买东西，其实是我妈买我提着；有时和晓乐出去逛街，吃东西。怎么了？"林雨凡斜眼看他。

"那就……去逛吧。"修普诺斯吞吞吐吐地说。

林雨凡目瞪口呆了半天，才挤出一句话："为什么？"

"我很快就要回神界了，陪我走走吧。"修普诺斯已经走到前面去了，林雨凡慢慢地跟在后面。

秋日晴朗的阳光从树间挥洒下来，透过柔和的光线看着他的修长的背影，林雨凡恍惚间有一闪而过的念头：抱住他，叫他不要离开。

修普诺斯的步子忽然迟疑地慢了下来。

林雨凡使劲地拍了拍自己的脸，把这个冲动的想法拍散掉。

他回头看她，忍耐着笑意，催促道："走快些。"

林雨凡走上来："你要去哪里？"

修普诺斯摇摇头："不知道。"

"那你走那么快干吗？"

修普诺斯一时语塞。

"跟我走吧，我带你去一个地方。"林雨凡压制着内心的愁绪，轻轻一笑。

林雨凡把修普诺斯带上长江大桥。

"我一直想从江这岸走到对岸去。"林雨凡望着滔滔的江水，"如果没有桥，要过去就难了。"

"总会有办法的，可以坐船、划舟，还可以游过去。"他与林雨凡相视一笑。

"不知道要走多久呢，看起来好长的路。"林雨凡边欢快地走着边笑盈盈地对修普诺斯说，心里却在想：长江边自古就是伤心的离别地，我的心就在这里为你送别了。

落日殷红，映得江面霞光粼粼。不断有船只穿过桥下驶向远方，慢慢地消失在天际。

林雨凡和修普诺斯有一句没一句地说着话。

"为什么你的眼睛和头发是黑色的？赫尔墨斯却不是，他就像个老外。"

"因为我的母亲是黑夜女神，她将我的眼睛和头发点黑了。"

"哦，那你和你母亲住在一起吗？"

"不，我住在神界，她和我哥哥死神住在冥界。"

"可以告诉我晓乐是谁的女儿吗？"

"神王宙斯。"

林雨凡吃了一惊："那她和赫尔墨斯是兄妹了。我的天，我看资料说宙斯有很多私生子女，晓乐突然多了这么多兄弟姐妹。”

“虽然是私生女，但她的身份在神界中还是很尊贵的。”

“那就好。”林雨凡舒了一口气。

“走到了。”她回头看修普诺斯，笑中掺杂着一丝苦涩，“好快！四十分钟。”

修普诺斯看着林雨凡，她的脸在夕阳中透着一层金色的光，睫毛闪闪发亮。他抬起手抹去她眼角将要滑落的一颗泪，说：“逆光刺眼，回头吧。”

5

林雨凡回到家后不久，林妈妈就在楼下喊她：“雨凡，吃晚饭啦！”

“马上！”林雨凡吼道。

“雨凡——”

“马上来！”

“晓乐来了！”

房间内的林雨凡和修普诺斯一阵惊悸。

“不能让她进你的房间，这里的无头加拉帕格斯蜈蚣气味太浓烈，待得越久越有可能沾染在她身上。”

“我知道了。”林雨凡说完，飞快地跑下楼。

“雨凡。”梁晓乐正准备上楼。

“吃饭了，我们先吃饭吧。”林雨凡拉着她就往餐厅走。

她们一起去厨房帮忙端菜。晓乐问：“叔叔和嘉俊不在吗？”

林妈妈端着饭出来：“叔叔还在加班，嘉俊今晚补课。我们开饭吧。”

梁晓乐坐下来，睨了一眼林雨凡，“你怎么了？”

“没事啊，没事。”

“筷子拿反了。”

“啊？哦。”林雨凡慌忙调整过来，夹菜吃饭。

晚饭后，林妈妈在厨房洗碗，林雨凡拉着梁晓乐坐在客厅里看电视。她一副心不在焉的样子，看到好笑的剧情，梁晓乐咯咯笑，可一贯笑点很低的林雨凡居然愣在那里没有表情。梁晓乐都看在眼里。

“你晚上有事要忙吗？”梁晓乐问。

“没，没事。”林雨凡捏着手。

梁晓乐笑着说：“那我今天睡你这啰。”

“啊？”林雨凡差点从沙发上滑下来，“你明天不是一大早有课吗？还是回宿舍吧，免得早上起不来。”

“起得来，早些睡就行了。”梁晓乐关了电视，推着林雨凡往楼上走。

“不行，不行。”林雨凡实在想不出什么理由阻止晓乐进她房间。

“怎么了？”梁晓乐心里已经猜到几分。

快到房间时，林雨凡豁出去挡住门，按了门边的开关，关了灯。“晓乐，我喷了杀虫剂了，你先别进去。”

“关灯做什么？开窗透透气就好了。”

林雨凡丝毫没有让开的意思。

“雨凡。”梁晓乐看着她的眼睛，“里面是不是有人？”

林雨凡的脸一下子刷白了。

“你不回答我就把你妈喊来了。”

林雨凡无奈地闭上眼点了点头。房间内的修普诺斯听到对话，随时准备变幻成蝴蝶飞走。

“你真的把他带到家里来了？”梁晓乐惊讶得睁大了眼睛，“你妈没发现吗？”

林雨凡沉默无语。

“你们在交往？”

林雨凡摇摇头。

“你喜欢他?”

林雨凡一想到修普诺斯在里面,急忙摇了摇头。

但是在她心里,下意识地回答了一声,是的。

黑暗中,修普诺斯靠着墙,将脸转向门的方向,望着林雨凡的背影,染着一层柔软的光亮。

梁晓乐叹了口气:“送我出去打车吧。”

她们默默地走在小区的人行道上,走过一个又一个用路灯伪造的光明中。

“我忽然觉得,越来越不懂你了。”梁晓乐苦笑,“你最近离得我好远。”

“很快就会有答案,”林雨凡低着头,眼中泛着晶莹的泪,“那时,不要埋怨我。”

“你和他到底是什么关系?”

“没关系,有也是因为你。”

“你真的不喜欢他吗?”

林雨凡始终低着头,没有回答。身后不远处,修普诺斯变幻的白蝴蝶正无声无息地盘旋在黑夜中。

“你每次喜欢上一个人我都能看出来。”梁晓乐拍拍她的头,“好了,就送到这吧,我走了。”

可是,晓乐,我又能怎样? 我只是一个凡人而已。

林雨凡回到房间,修普诺斯背对着她站在窗前。

“我先睡了。”林雨凡钻到被窝里。

“哦,好。”修普诺斯感到莫名地紧张。

待到传来隐隐的、平稳的呼吸声,他才回头看了一眼,确定她睡着了。夜色透过窗户流淌在她的脸和脖子上,莹莹闪动。她的手臂曲放在被子外，粉嫩光润。

修普诺斯的心蠢蠢动了一下，他急忙转过头去看窗下的路灯。

“相思相见知何日，此时此夜难为情。”他轻叹一声。夜色微凉如水，他在玻璃窗前，站了一整夜。

4

“妈！我的黑色T恤衫放哪儿了？”林嘉俊在楼上朝楼下喊。

“不在衣柜里吗？”林妈妈在楼下喊，“你问你姐看她柜子里有没有，我可能放错了，你们的衣服都那么像。”

修普诺斯听到门外的声音，连忙躲进床底。

林嘉俊敲了敲林雨凡的房门，半天没有人开门，他喊了一句：“姐，我进来找衣服。”他慢慢地推开门，“姐？”

浴室里传来哗啦啦的冲水声。林嘉俊直接去打开衣柜找了起来。“姐真是女生中衣服最少的人了。”林嘉俊感叹着翻着衣服，果然在几件衣服下面翻出了他的T恤衫。刚想离开，突然感觉床底下有个白影。

他警觉地缓缓挪过去，猛然蹲下身掀起床单。“这是什么？”他趴下身，把床底下的东西掏了出来。

“布偶？”林嘉俊盯着这个奇怪的东西看。

林雨凡从浴室里走出来，看到林嘉俊吓了一跳：“你进来做什么？！”她四下看了看，还好修普诺斯藏好了，松了口气。

“我来找衣服。”林嘉俊说，心里纳闷她干吗吓成这个样子。

“哦。”林雨凡心虚地答应着，心想，糟糕，衣服是破的，我当时应该把它丢掉的。“快点出去啦，不是和你说过别来我的房间吗？”

林嘉俊扯了扯手上的布偶。“姐，这个太逼真了！跟活的似的。咦！怎么是暖的呢？”

林雨凡一看，惊得眼珠子都快掉出来了。“别动！”她尖声叫道。

林嘉俊吓得动也不敢动,僵着脖子着急地说:“怎么了?怎么了?我身上有什么?”

她慢慢地走过去,轻轻地掰开林嘉俊的手指,把他手上变小了的修普诺斯抽了回来。

“唉!你吓死我了。一惊一乍的!”林嘉俊指着“布偶”说,“别人送的吗?”

“要你管啊!”林雨凡推着他出门,“别随便进我房间。”

“布偶怎么有温度,好神奇啊!是新科技吗?”林嘉俊边往外挪边好奇地问。

林雨凡心里忐忑,慌乱地编了个理由说:“我刚抱着它睡,所以焐热了!”她把嘉俊打发走,关了门。

林嘉俊在门外琢磨着他好像在哪里看过这个布偶似的,一时却想不起来了。他把T恤衫展开来,瞪大了双眼。“林雨凡!你对我的T恤衫做了什么?!”他捶着门吼道。

林雨凡急忙抵住门,将门反锁,任林嘉俊在门外怒吼。她对手上的修普诺斯说:“你没事吧?”突然觉得这样把他捏在手里有些奇怪,就把他放在地板上。

修普诺斯呼出一口气,在林雨凡面前慢慢地恢复原形。“好险,差点被发现了。”

“赔我衣服!……”林嘉俊的声音隔着门继续传进来。

“那件衣服,”修普诺斯不好意思地说,“以后有机会我赔一件给他。”

“不用不用。”林雨凡忙摇手,“你没伤到吧?”

修普诺斯揉着肩膀,说:“没事。”

“都是我不好,忘了锁门了。”林雨凡抱歉地说,“我帮你揉吧。”她走上前把手搭在他的肩膀上。

修普诺斯的脸颊有些发烫:“不用。我是不会受伤的。”他急忙转过身走去沙发上坐下。

林雨凡的手悬在半空中，放也不是，不放也不是。

林嘉俊在门外喊了一会儿就被林妈妈叫下去了。房间里安静得有些尴尬。

“我还是睡沙发吧。”修普诺斯不敢看她，直接蜷在沙发上。

“哦，好。我也睡了。晚安。”林雨凡也不敢再多说什么。

熄了灯。一夜无话。

第六章

1

“这里还要再放一排椅子。”

“现在测试话筒。开始,喂,喂……”

文学院的礼堂里,学生会和各路艺术社团人员在做着晚会开始前的布置。

梁晓乐穿着表演服装在后台对着镜子化妆,她今天有一段压轴的独舞。虽然没有学过专业舞蹈课程,不过她很有舞蹈天分,在舞蹈社团里跟着学了一段时间就脱颖而出。她虽然不是舞技最好的,可是全学院的男生都翘首以盼着梁晓乐的独舞。

晚会开始了。林雨凡和修普诺斯进来,穿过密密麻麻的座位和观众,走到比较靠后的位子坐下。

林雨凡今天又穿上了那件白色连衣裙。最近,她觉得自己有点瘦了,果然用力吸气的同时把拉链给提上去了。虽然裙子像保鲜膜一样包在她的身上,勒得她不能畅快地呼吸,不过,为了美丽,这点难受还是忍了吧。

修普诺斯在平时的白色T恤衫外套了一件灰色外套。

林雨凡坐下来不久就收到梁晓乐的短信,让她去后台找自己,她经过修普诺斯同意就跑去后台了。“我马上就回来。”她丢下这句话就越过修普诺斯艰难地从人群中挤了出去。修普诺斯有些不放心,坐在位子上望着林雨凡走远。

远远的有两个节目组的女生在讨论一个互动节目。

“你看，就是倒数第三排中间那个灰色外套的男生。”

“我们给学姐学妹们谋福利吧！”

“好，我查过了，他的座位号是第32排20座。”

“等下就让他上来吧。”

“好，好。”

一分钟后，林雨凡又从过道口小心翼翼地挤过一个个膝盖或鞋底朝修普诺斯走去。修普诺斯往里边挪了个位子，林雨凡哐当一下坐在他腾出来的椅子上。“晓乐今天真是太美了。”她向修普诺斯报告自己的所见所闻。

晚会已经过去两个小时了，难得这次没有什么人提前退场，大一新生都在等着看梁晓乐这个校园传奇女神的表演。

伴随着热烈的掌声、欢呼声和个别男生的口哨声，全场的灯光刹那间熄灭。在节奏强劲的音乐中，梁晓乐着一身紧身性感的黑色紧身皮裙，踩着十厘米的黑色高跟鞋，迈着猫步到了舞台中央，在聚光灯下像个高傲的女王。

她妩媚地踩着舞步扭动着腰肢，舞姿里展现着火辣的曲线。鞋尖在地上来回地滑动，不经意地甩着头，挺胸、塌腰、抬头，精致的脸上划过几缕散乱的秀发，露出若影若现的迷离眼眸。

台下的喝彩声此起彼伏。

修普诺斯并没有把注意力放在舞台中央，黑压压的观众席上随时都有可能钻出无头加拉帕格斯蜈蚣或者其他的怪物来，他不敢掉以轻心。突然，观众席上方的灯都亮了起来，表演结束了。

主持人上台宣布晚会已经到了最后环节——和观众互动的抽奖节目。

“我手里的这个信封里就是今天的幸运观众的座位号，我们将在这里为他送出手机一部!”

全场都沸腾起来,在大家的翘首以盼中,主持人不紧不慢地抽出信封里的纸:“今天的幸运观众是——第 32 排 20 座的同学,请上台领奖!”

林雨凡也睁大眼睛寻找着第 32 排。哇!是我们这排的!

突然她发现大家都用眼睛注视着她!

不会是我吧?!她转过身查看自己的座位编号,32 排 20 座!

这也太邪门了!这是她有生以来第一次中奖!林雨凡红着脸站起身,大家都为她腾出空位让她顺利地走到舞台上。修普诺斯也起身跟在她后面,站在台下看着她。

“大家说能不能这样简单地让她拿走奖品呀?”主持人高喊着台词。

“不能!”学生们都起哄地叫着。

“同学,看来今天你要即兴表演一个节目,大家才会心甘情愿地让你带走手机了!”主持人朝着林雨凡打着夸张的手势。

“舞一个!舞一个!……”不知道是谁带头喊了一声,同学们都像被蛊惑了一般一起有节奏地喊着。

林雨凡的脑子里一阵鞭炮声,像过年一样热闹。她蒙住了!

舞台音响里传来今年最火爆的神曲《小苹果》,大家都在一边拍手一边起哄,嘴里还是嚷着:“舞一个!舞一个!”

林雨凡觉得今天要慷慨就义了!她随着节奏却完全不在节奏里摆动起手臂。主持人在一旁救场,想带着她一起跳。林雨凡就抓住这根救命稻草,主持人做什么动作她也呆板地跟着做。看着她那滑稽的样子,观众们都被她逗得哄笑起来。林雨凡的脸一阵红一阵白,头皮发麻,觉得自己像个跳梁小丑般站在舞台上被人围观,自尊心被戳得千疮百孔。

突然,林雨凡感到拉链崩开了,她立刻僵在原地,脸色唰地一下变得惨白。一阵凉意侵袭进她光滑的后背,她呆站在那里快要哭了。

底下的个别观众好像注意到了,指着她笑得浑身发颤。

在眼泪快要夺眶而出的一刹那,林雨凡看到一个白影跳上了舞台。修普诺斯大步走向她,将外套披在她的肩上,在一片喧哗声中扶着她迅速地走下舞台,走出了礼堂。

等林雨凡回过神,他们已经走在校园月明星稀的夜色里了。

"我们回家吧。"林雨凡说,眼里泪光闪烁。

修普诺斯沉默地点了点头。

梁晓乐卸完妆换了一身休闲服走出礼堂,林雨凡已经不见了踪影。

出租车的轮子在马路上飞快地轧过。广播里两个主持人用武汉话讲着笑话,司机听得哈哈大笑,后面的两位乘客却面无表情。

"师傅,去前面路口的公园。"林雨凡说。在快到家的时候,她突然改变了想法。

林雨凡和修普诺斯走进公园里已经是晚上 9 点半了,公园里空无一人。明天就是国庆节了,武汉今晚的风携带着一丝凉意。

"还记得这里吗?"林雨凡的脸上终于又有了笑意。

"记得。"修普诺斯转过脸去看她,"你遇到危险时只会发呆。"

林雨凡笑着。他也忍俊不禁,微微一笑。

"其实,我那天是想走到更里面去的,却在半路被你吓晕了。"林雨凡笑着说。

他们走到小路尽头,在拐角处,顿时豁然开朗,眼前是一个巨大的湖泊,上面铺满了青青的荷叶。

"如果夏天来可以看到盛开的荷花,就像来到仙境一样。"想到修普诺斯就是来自仙境的神,林雨凡的笑容僵在了脸上,她低下头苦笑。"每当心情不好时我就喜欢来这里看荷花。荷花开完了,落败了,我就看枯黄的荷叶,想象着来年荷花再次铺满湖面的景象,心底就充满希望。"

修普诺斯静静地听着,看着她。

“我刚刚在台上是不是很丑?”林雨凡脸颊发红,眉间微蹙。

修普诺斯忍不住笑了起来,露出洁白整齐的牙齿。他点着头说:“很丑,跳得很丑。我都不敢看。”

林雨凡气急败坏地挥舞着两个爪子想上来掐他,被他一把抓住。“你越来越放肆了,林雨凡。”他握着她的一双手,直到看到林雨凡脸红得如火烧云似的才松开。

“你帮我变瘦些吧。”林雨凡恳切地望着修普诺斯。

“你最近不好好吃饭,已经瘦了很多了。”修普诺斯拍了下她的脑门。

“再瘦些,然后把我的衣服变成像你那样的长袍。”林雨凡比画着,脸上露出古灵精怪的神秘表情。

“你又要跳舞啊?!你饶了我吧。”修普诺斯惊讶地扬了扬眉。

什么心思都瞒不过他,真是无趣!林雨凡闷闷地想。谁知,修普诺斯嘴角含笑,温柔地牵起她的手,带着她转圈。

眼前的林雨凡已经穿着白色的修身及地长裙。她温婉一笑,走入凌驾在湖上的古色古香的亭台中。她甩开长袖,抬头迎上他的目光,深呼吸缓缓地舞动起来。柔软纤细的腰肢随着步调扭转摆动,高举衣袖露出水灵灵的纤手,高低起落,盘手如莲,旋转飞舞如行云流水,身姿飘摇如流风回雪。

修普诺斯看着亭台间翩然起舞的林雨凡,竟不知不觉看得如痴如醉了。风过林间,园中鸟啼虫鸣,身后的树木发出瑟瑟之声。他的耳中充满了动植物为她而作的合音伴奏,它们轻声地哼唱着,像是美妙的旋律。此时此刻,他真希望可以用神力为她唤醒她喜爱的满湖的荷花碧叶,让她在月光水影之间裙摆纷飞,舞转回袖。

她卷曲的长发随着舞姿飘逸,眼波回盼,娇羞明媚。她的身上飘出犹如樱花花瓣的粉色情绪,随着她旋转徘徊,落花肩头。她对他掩藏着的爱慕，终于在这清风微拂的夜晚，在四目相对之时从心底满溢飘散出来。

扑通、扑通、扑通……修普诺斯神情恍惚地捂着自己的心口。是的，它开始跳动了。在停顿了几千年之后，他的心重新强烈有力地跳动起来。

他笑中含泪地注视着不远处的林雨凡，眼眸中柔情似水。

舞毕，林雨凡微微低着头缓缓走向修普诺斯。这一场舞耗尽了她几乎所有的自信与勇气，现在她又回到原来平凡的林雨凡了。她突然发现自己不敢与他对视，怕看到他眼里流露出的不屑与漠视，更怕他嘴角浮现微微的取笑，哪怕只有一丁点儿，她也承受不起。

“把我变回来吧，我要回家了。”她脸生红晕，眼波游离。

修普诺斯手一挥，林雨凡仍然是那一身崩坏了拉链的裙子和他的灰色外套，多加了一脸的尴尬。

灰姑娘的梦做完了，置身幻觉中，她恍若看到了他深情款款的眼神。只是，这怎么可能？是月色太过朦胧，或者只是湖水倒映在他的眼睛里罢了。

“我小时候喜欢披着我妈的丝巾在镜子面前乱跳。小学的时候求着我妈带我去学舞蹈，但每次上课看到舞蹈教室里的镜子我就很窘迫，我就像闯进天鹅湖的一只河马，虽然喜欢，可是初三时功课忙也就放弃了。”走在回家的路上，林雨凡为自己突然抽风似的去跳舞感到无地自容，拼命往自己挖的坑里填土。

“我刚刚就是报复你说我丑，想再恶心你一下，哈哈！”她干笑了几声，心中却喃喃道：我其实是想覆盖掉你对我滑稽的印象，仅此而已。

“很美。”他说，一脸真诚。

2

林雨凡回到家就往楼上钻。

“雨凡!”妈妈在后面喊她。

“怎么了?”林雨凡回头看。

“你生日快到了,想怎么过呀?”

“随便吧。”

“最近怎么老是躲在房间里呢?”

“我复习。不要来打扰我。”林雨凡眼神闪躲地跑上楼。

她推门进去,房间里黑漆漆的,没有开灯。他没进来吗?她打开灯,迎面走来一个人差点撞上她。“啊!”林雨凡尖叫一声,定睛一看,原来是赫尔墨斯!

楼下林妈妈喊:“怎么啦?”

她打开房门朝外喊:“没事!”

她关好门,锁上,心里咕哝着:我迟早要被吓出神经病来。

“最近怎么变瘦了?”赫尔墨斯站在她面前狡黠地笑。

“真的吗?”她笑着说。

“真的,看上去整个人都精神了。”赫尔墨斯笑着说,转身走去沙发旁坐下,手上拿着一个白色如玉的茶壶,“我来解救你了。圣水带来了。”他朝林雨凡晃了晃手上的茶壶,随手丢给了靠在窗台边上的修普诺斯。

修普诺斯抬手一接,仿佛早就知道他要丢过来。他立即沿着墙壁倒水。

“除了你的房间要冲洗之外,你也要用圣水洗浴,冲掉身上的气味。”赫尔墨斯说着,嘴角仿佛带着一丝顽劣的意味。

林雨凡心里打了个疑问:“这么一小壶怎么洗?洒在身上吗?”

“你别看它小,里面装着的水足够你跳进去游泳了。”赫尔墨斯笑着说,“这个是冰玉壶,是神物,并非你想的茶壶。”

果然,壶嘴里的水源源不断地像瀑布一样倾泻下来,冲在地板上,不一会儿又消失了。修普诺斯将蜈蚣留下的痕迹洗净,走过来将冰玉壶递给林雨凡。

“慢着!”赫尔墨斯说道,起身接过壶,“凡人碰了就没有作用了。”

“哦,那你帮我直接倒进浴缸里好了。”林雨凡说。

“圣水不能用凡间器皿来盛,坏了洁净就没有作用了。”

“那要怎么办?”林雨凡一脸迷茫,实在想不出什么法子。

“你洗,我在旁边帮你倒水。”赫尔墨斯说着,拉着林雨凡就往浴室走去。

林雨凡一脸雷劈在眼前似的惊恐表情。

修普诺斯一把夺下了冰玉壶,捏在手里,另一只手抵住赫尔墨斯的肩膀,正色道:“开什么玩笑!”语调里含着怒意。

赫尔墨斯转过身:“那你帮她好了!”

林雨凡杵在那里:“开什么玩笑!”脸红得发紫。

“放心好了!神祇是没有邪念的。我把眼睛闭上好了。”赫尔墨斯一本正经地说。

“那也不行!我情愿被蜈蚣咬!”林雨凡满脸羞恼却不敢喊得太大声。

“逗你啦!”赫尔墨斯笑得上气不接下气,“看你们俩紧张的。”

林雨凡看了一眼修普诺斯,他也正好将目光投过来,霎时间两人眼神交会,慌忙各自看向别处。

赫尔墨斯过来拿了修普诺斯手里的冰玉壶将它塞在林雨凡的手里:“快去吧。”

林雨凡连忙去衣柜里取了衣服跑进浴室,逃离尴尬的氛围。

房间里只剩下修普诺斯和赫尔墨斯。

“漏洞已经修补好了，防护结界已经被加固，暂时不会有邪蛊魔潜入东方世界。”赫尔墨斯一本正经地说起正事来。

修普诺斯淡然地点头。

“只是，有件关于你的事……”赫尔墨斯默默地拿出静默蛛布网。不知道该不该告诉他，又想到身为好朋友怎么能有这么多事瞒着他呢，于是就把月亮女神偷听到的事告诉了他，“父王和天后要把神女的名字——帕西提亚，写在你的婚笺上。”

修普诺斯震惊得说不出话来。

赫尔墨斯将目光递向浴室的门：“她是东方地界的凡人。你既留不下来，也带不走她！”他叹了口气接着说，“我猜你应该看到了她的粉色情绪花瓣了，如樱花烂漫，开完了也只剩下无限的悲伤，不如把美好定格。”

修普诺斯的眼神渐渐暗淡下来，他沉默着。你所说的，我一直都懂。

赫尔墨斯叹气。他的脸上好不容易有了些许暖意，可是我只能浇他一头冷水，让他冷静冷静，免得情深之后再心冷如冰。这不是缘分，是他自己制造的幻觉。

半晌，修普诺斯看着赫尔墨斯，说：“等我将神女带回圣山后，我想回冥界。”

“为什么?！难道是为了她吗?”赫尔墨斯没料到他居然做了这样的打算，惊讶地看着他，“可是凡人进入冥界就会丧命的。”

“不是，我怎么忍心让她以鬼魂的形式存在?”

“那是为了什么？一旦沾染了不洁的冥界气息，你就再也回不到圣山了，你的名字也将被从圣山神祇中除去，永远要活在冥地的黑暗里了。”

修普诺斯神色淡漠：“我就是为了永远脱离圣山神族。”

赫尔墨斯深吸了一口气，心中隐隐作痛："你的哥哥死神已经是冥界的使者了，你的母亲黑夜女神为了不让你沾染冥界的气息，在你出生后就将你送来圣山，成为圣山上尊贵的神祇。她是想让你生活在阳光中，你为什么要辜负她呢？"

"我已经在黑暗中禁锢了三千多年，我会适应冥地的黑暗的。"

"那件事的真相到底是什么？！你告诉我好不好？阿耳忒弥斯也一直以为你是为了她才被天后利用去催眠父王的。她为了阻止你和神女的婚约，把天后的婚盟卷宗都偷出来了。"赫尔墨斯激动地说。

修普诺斯惊讶地睁大了眼睛。

赫尔墨斯抓着修普诺斯的手臂："可我觉得不是，你那时连凡人的爱慕情绪都看不到，又怎么会为了爱情闯下大祸呢？！"

"是为了她。"修普诺斯叹了口气，接着说，"但不是为了得到她，是为了救她。"

赫尔墨斯松开了紧抓着他的手："你的意思是天后以阿耳忒弥斯的生死来威胁你？"

修普诺斯无奈地点点头，阴郁地说："如果我不答应她，她就要将阿耳忒弥斯嫁给火神。"

赫尔墨斯怔在那里，他全都明白了，修普诺斯是为了保护阿耳忒弥斯，为此付出了被打入塔尔拉罗斯的惨痛代价。

"你不要离开圣山，我去告诉父王实情。"赫尔墨斯冲动地念起咒语准备离开，修普诺斯抓住他。

赫尔墨斯感受到他手上的力度是带着恼怒的，他的声音因为激动而微微颤抖："你的父王将我推下绝望之渊时，亲口对我说'谢谢你保护我的女儿'。"

修普诺斯的话像是带着尖刺扎进赫尔墨斯的心里。他万万没有料到，父王明知修普诺斯是为了保护阿耳忒弥斯，还残酷地将他打入绝望之渊受罚。他的脑子里登时一片空白。

“我说过不要再提了，因为真相毫无意义。事实是，我催眠神王就应受罚。”修普诺斯冷淡地说，神情萧索。

“我很抱歉。”赫尔墨斯不知道该说什么，“可是，现在你和神女有了婚约，父王是不会允许你离开的。你从小在那里长大，难道就没有值得你留下来的地方吗？”他低着头叹气，内心充满对自己儿时好友的无尽歉疚。

修普诺斯望着窗外久久无言，夜空中淡月朦胧，愁云浮动。

林雨凡穿着宽大的白色睡衣从浴室走了出来，用白色的干毛巾擦拭着湿润的头发。

修普诺斯转过头望着她，脸上既温柔又透着悲凉。

赫尔墨斯不忍看他，他收好静默蛛，走过去取冰玉壶。

“我走了，这可能是最后一次见到你了。”他笑着和林雨凡挥挥手。

林雨凡心里难过，也朝他挥挥手：“谢谢你！赫尔墨斯。”

“月圆之夜。”他在提醒修普诺斯与月亮女神的约定。

现在算来只有八天了。

赫尔墨斯口里默念着咒语，神色黯淡地消失在他们面前。

“你的外套。”林雨凡把衣服递给修普诺斯。

他随手一挥，外套就消失不见了。

“你现在没有危险了，我也要离开了。”修普诺斯走到窗台旁，他低着头，将透明的翅膀徐徐地展开，像一只振翅而飞的蝴蝶。

“你也要走了吗？”林雨凡心头陡然一惊，悲伤纷拥而至，她强忍着眼泪，眼圈泛红。

“是的。”修普诺斯没有看她，淡淡地说。他一袭白色的长袍，看起来是那么的温柔儒雅。

“还会再见吗？”她努力让自己的声音显得平稳。

“再见你，会给你带来危险。”修普诺斯缓缓地转过脸来，“八天后的月圆之夜我会带神女离开凡间。我也是最后一次见你了，林雨凡。”

他的脸绷得紧紧的，声音听起来也像一个普通的告别那么平淡。可是，为什么我看到了他眼里的凄凉？或许是我透过自己的眼泪看到的浑浊的假象。

林雨凡的眼泪迷离了视线的一刹那，那只飞进她生活的“白蝴蝶”已经悄然离去了，连告别的机会都没有给她。她扑在窗台上，呼唤他：“修普诺斯！修普诺斯！”

香樟树上也没有了他的身影。离别是预料中的，可她的心像是被猛然撕掉了一角，痛，却无法预防。

林雨凡蹲坐在窗下，把脸埋在自己的膝盖里。这一夜，一切都已经幻灭了，只有泪水，温润着我的脸。这是我起身仰望神祇带来的惩罚，我怎么能仰望他呢？我应该匍匐在地，把心埋进尘埃里。

修普诺斯远远地站在黑暗的角落里，抬头望着那扇熟悉的窗。

她有自己的家人和生活。我只会打扰她，给她带来危险。

他的整个宇宙都拉起了黑幕，只有远处那扇小窗透着暖色的光，安安静静，彻夜未暗。

3

客厅里，阳光明媚地照射进来，林嘉俊坐在椅子上给吉他调弦。他随手划了几下琴弦，开始弹了起来。

林雨凡像幽灵一般出现在他面前说：“弹个热闹点的歌行吗？”

“过节的歌吗？我不会，我只会弹流行歌。”

“随便哪个，吵闹一点的。”林雨凡声音嘶哑，目光呆滞。

林嘉俊就瞎弹起来，在客厅里边弹边唱，有些五音不全。“哎，开心的锣鼓敲出年年的喜庆，今天是个好日子，心想的事儿都能成，今天是个好日子……”

林雨凡躺在沙发上，睁着眼盯着天花板上的吊灯。林嘉俊在一旁闹腾。如果在平时，她一定已经起来追着弟弟满屋子跑，打得他后脑勺起包了。

可是，今天她只想让喧闹占满脑海，不去想事情，她想休息一下。

林嘉俊蹦跶累了，重新坐回椅子上。安静片刻后，耳边传来木吉他柔和的旋律，男生质地纯净的声音清扬地唱了起来：

你闯进一张空白的书页
在黑夜中燃起烟火

不声不响转身离去
缘起缘灭都不由我

可曾看清谁在左右
是否想过记忆背后
我的眼泪会滴落

林雨凡睁着眼睛，眼泪从眼角源源不断地滑落出来，一颗接着一颗。

悲伤无声无息地卷起我
一颗心陨落在
没有了你的时间长河
……

“好听吗？”林雨凡的视线上空出现一张反着的狐疑的脸，“姐，我写的歌这么感动人心啊？！”

这哪里是感动的表情，分明是一张悲痛的脸。

林嘉俊觉得不对劲，走过来坐在她身前的地板上：“怎么了？被甩啦？”

林雨凡翻了个身，把脸埋进沙发靠背里。

“被骗钱还是骗色？”林嘉俊接着问。

林雨凡头也不转地抓起靠垫甩在他脸上。

林嘉俊捂着脸爬起来，躲进厨房发微信：“晓乐姐，我姐崩溃了，速来！”

门开了，林爸爸、林妈妈提着大袋小袋回来了。“今天国庆节，给你们姐弟俩做顿好吃的庆祝庆祝！”

锅碗瓢盆清脆地碰撞着，砧板木头被有节奏地敲打。厨房里传来嗞溜溜的炒菜声，食物的香味弥漫出来。爸妈有一搭没一搭地讲着话。

门铃响了，林嘉俊疾步上前开门。

“哇！好香呀！”一个甜美的声音在客厅响起来。

林雨凡坐了起来，是晓乐来了。

梁晓乐今天穿着一身松松垮垮的运动服，头发扎起来落下一条笔直的马尾辫，脸上没有化妆，清爽干净。她提着个大袋子，拖着拖鞋朝林雨凡走了过来。

她眼里的林雨凡憔悴消瘦，和以前判若两人。唉！那个挨千刀的把她折磨成这样！

“我国庆没事做，来你这住几天。”她强忍着情绪，笑嘻嘻地说。林雨凡闻到一股沐浴露的味道，是她熟悉的晓乐的味道。

没等林雨凡回应，她就跑去推开厨房的门，把头探进去：“叔叔阿姨好！”

“晓乐来啦！你们先玩着，一会儿就开饭了。”厨房里传来林爸爸林妈妈的声音。

梁晓乐关上厨房门后笑着走过来拉着林雨凡上楼。

她把袋子往地上一丢，转身关上门。“表白被拒绝啦？”梁晓乐坐在地板上整理着从袋子里拿出来的衣服。“不像你呀，这么勇敢。”她打开衣柜将自己的衣服放进去，背对着林雨凡不动声色地讲着，像是在说家常。

林雨凡走上前抱住她，靠在她的肩头。梁晓乐微微颤动了一下，她转过身也抱住林雨凡，一只手有节奏地、缓缓地拍打着她的背。

林雨凡心想：晓乐，你也要离开我了。她默默地在她肩上流泪。

“林雨凡，你的自尊掉地上了，要捡回来。”梁晓乐平缓地说道。

林雨凡松开她的手，看着她摇摇头：“不是你想的那样。”她转身倒在床上，一脸忧愁。

梁晓乐也上来，躺在她身边。两个人静静地看着天花板，不说话。陪伴，就是安慰。

梁晓乐陷入回忆里。好像几年前也是在这样一个阳光呈金黄色的中午，她们挤在沙发上看书，梁晓乐突然对林雨凡说：“我是个孤儿。”

林雨凡继续看着书，平淡地说：“猜到了。”

“你不震惊吗？”梁晓乐惊讶地问。

“你想我什么反应？”林雨凡抬头望着她。

梁晓乐失落地摇摇头。

“晓乐，你不是孤儿，你还有我。我罩你一辈子。”林雨凡声音不大却信誓旦旦。

“嘁！还不知道谁罩着谁呢！”梁晓乐白了她一眼，心里却暖洋洋的，有鲜花在绽放。

“下来吃饭！”林妈妈在楼下喊，将梁晓乐从回忆中拉了回来。

饭桌上，林爸爸看着憔悴消瘦的林雨凡很担心，说要带她去看医生。林妈妈一脸你才要去看医生的表情。“她整个青春期都是胖的，现在好不容易瘦下来。”

林嘉俊在一旁默默地想：爱情的力量！比减肥药都有效！

梁晓乐上下打量林雨凡：“你起码轻了十斤。”

“公斤。”林雨凡幽幽地说。

梁晓乐差点噎住，连忙舀汤连喝几口：“你还蛮拼的。”

林雨凡把筷子一放，“撑死了。”

林爸爸望了一眼林雨凡的碗：“吃这么点。肯定是胃炎，得看医生！”

下午，梁晓乐拉着林雨凡出门散散心。

“可是我很困想睡觉。”林雨凡软弱无力地说。

梁晓乐皱着眉头看着她惨白的脸：“你别和我说你一夜没睡啊。”

林雨凡呆呆地点点头。

“我真是服了你了。睡吧，睡吧。”梁晓乐陪她回到房间。林雨凡倒头就睡。有晓乐在身边陪她，让她感到很安心。

林雨凡醒来，已经日落黄昏了。房间里被落日的余晖镀上一层胶片色，身旁的梁晓乐靠着她也睡着了。林雨凡坐了起来，把梁晓乐也惊醒了。她们睡眼稀松地相视一笑。

梁晓乐的陪伴让林雨凡平静了不少，当然中间也发了几次疯。比如，昨天晚上下起大雨来，林雨凡站在窗前一副衣服晒外面被雨打湿了的表情，惊慌失措地不住往外眺望，又无能为力地蹲坐在地上流泪叹气。又比如，今天早上林妈妈买菜时顺便带回一个可爱的毛毛虫布偶，林雨凡尖叫着：“蜈蚣啊！”将布偶直接从二楼窗户甩了出去。

慢慢地，梁晓乐觉得林雨凡不像是失恋这么简单。她看着自己时的眼神里有些许离愁的滋味。她抓着林雨凡的手语重心长地说：“你可别哪天招呼不打地和人私奔了啊，凡事都有商量的余地。”

林雨凡反而握紧了她的手，郑重地说：“你要记得常回来看看。”说得梁晓乐一头雾水：“你的意思是，我要出嫁啦？”

“晓乐，你有什么地方想去玩，什么东西想吃，我们趁假期都做了吧。”林雨凡忧伤地说。

“你刚刚说得我像要马上出嫁，现在听来又好像我要与世长辞了。”梁晓乐狐疑地打量着她。

林雨凡心里懊恼自己没控制好情绪，怕梁晓乐胡思乱想，急忙说：“我的意思是，我们出去玩吧。”

“就等你这句话了。”

“你想去哪里？”

晓乐眨了眨大眼睛：“先去户部巷吧，看你这几天都没什么胃口，我们去吃点好吃的。然后去昙华林逛逛，再去国广滑冰！”

“滑冰我不会。”林雨凡一边说一边被牵了出去。

“我带着你滑，你现在已经瘦成一道闪电了，就算摔了我也应该拉得住你。”梁晓乐回头笑嘻嘻地说，“我好怀念你以前的样子，那样我摔了，你可以垫着我。”说得林雨凡朝她翻白眼。

假期的第四天了。她们蜷在沙发上看书。

林雨凡突然问道：“晓乐，你有男朋友了吗？”

梁晓乐头都不抬：“有的话会告诉你的。”

“你周围这么多男生，你就没一个顺眼的吗？”

“都顺眼啊。”

“说认真的，有特别留恋的人吗？”

梁晓乐拨动了一下长发，继续翻着书，念着书里的诗句：“多少人真情假意，爱过你的美丽，爱过你欢乐而迷人的青春，唯独一人爱你朝圣者的灵魂，爱你衰老了的脸上痛苦的皱纹。”她合上书，露出天真的笑容，“那我要等到满脸皱纹再谈恋爱。”

林雨凡一听闭上眼睛向后倒去。

4

图书馆里，修普诺斯几乎把所有的书籍都翻遍了。

脑海中，一些不安分的句子总是不受控制地跳跃出来，扰乱他的心神。他合上书，闭上眼睛。

“梧桐叶上三更雨，叶叶声声是别离。”

“平生不会相思，才会相思，便害相思。”

“美人如花隔云端！上有青冥之长天，下有渌水之波澜。”

我没有神力，难道也没有自控能力了吗？他自嘲着，做了个深呼吸，用意念控制自己的思绪，让这些诗句消散在脑海。他呼出一口气，把书都整理好，起身走去书架旁。

“但我不能放歌，悄悄是别离的笙箫；夏虫也为我沉默，沉默是今晚的康桥！”

“我达达的马蹄声是美丽的错误。我不是归人，是个过客。”

混乱的思绪依然翻涌不息，修普诺斯将书放回书架，慢慢地走出图书馆。他望着愁云惨淡的天空，踩过落了一地的枯叶，像是听到心破碎的声音。

他在城市的上空游荡着，越过一个又一个湖泊，徘徊在长江之上。那天的日落里，她在长江大桥上，连告别都要隐藏在心中。

他的心里一阵叹息。他听到孩子的叫嚷声：“看！白蝴蝶！”

他飞越过长江，飞越过拥挤的人群，飞越过钟楼的顶端，飞越过快速行驶的公交车，飞越过一排排梧桐树。毫无目的，飞行，像是对她生活的这个城市的道别。

他多想在夜深人静时偷偷地飞去她的窗边看她一眼，又怕一旦见到她，就再也没有勇气离开。怕看到她的眼泪和她睡觉时眉心微蹙的脸，怕听到她温婉的声音和心底的私语。

不知不觉就飞去了她家对面的公园，落在已经枯黄的荷叶上，才明白了自己的心已经不受控制地在想着她的点点滴滴。

眼看着天际渐渐从淡淡的蓝烧成一片火红，又逐渐地褪成橘红，冷却成灰红，最后融进暗沉的天空。湖岸边上的路灯一盏一盏地亮了。

忽然下雨了,雨点密密地落下来。他也不躲避,只是呆呆地坐着,听着雨打枯荷的寂寥。黑暗慢慢地聚拢,不知过了多久,路灯又一盏一盏地熄灭了。

林雨凡,你的心我都明了,却一直没能给你任何回应。我已经打扰了你的生活,不能再打乱你的人生。

假期很快就过去了。梁晓乐收拾衣服回宿舍。林雨凡在后面恋恋不舍地望着她。“明天见。”梁晓乐说。

“他会去找你的。”林雨凡说。“他会亲自和你解释所发生的一切。”

梁晓乐从她忧郁的眼睛里猜测到“他”是指谁。她走过来拍拍她的肩膀说:“我会替你解决的。”说完摆摆手就走了。

她把头发扎成一条马尾,走路时辫子欢快地摇摆着。回忆摇摇晃晃地把无数个珍贵的瞬间撒落出来。梁晓乐在课间走过来放了个纸条在她桌上,上面写着:谢谢你。排队去操场做早操时,梁晓乐挤进来排在她前面。梁晓乐不知道和班主任说了什么,把座位调到她前面。上课被老师点名却答不上问题时,梁晓乐会递来写着答案的纸条给她。

后来,梁晓乐会在排队做早操时和她比身高。她上课走神被老师点名起来回答问题却浑然不知时,前面的梁晓乐笑得肩膀发颤。她们会在上午快放学时讨论中午去吃什么。晚自习后,梁晓乐会在教室门口等她一起走路去车站坐车回家。为了和梁晓乐多走一段路,她愿意去坐公交车。她没有和梁晓乐说,其实她可以坐出租车回家的,那样比较快。因为她想在每个夜晚背着书包走出教室时,看到那个清丽的背影。

林雨凡望着渐渐走远的梁晓乐的背影伤心地流下眼泪。再见了,晓乐！我的青葱岁月因为有了你而充满欢声笑语,成为我心底最珍贵的回忆。

第七章

1

梁晓乐提着袋子快走到宿舍楼下了，见宿舍门口站着个修长的男人。下午的光线反射在她的眼睛里有些刺眼，梁晓乐用手挡在眉梢上。真的是他！梁晓乐只顾自己朝里走，装作没看到。

修普诺斯挡在她面前。梁晓乐抬头，一脸不屑地看着他。

“明天晚上我在这里等你。”他的声音听起来不带半点情绪。

正好我也有话和你说！梁晓乐在心里盘算着，朝他冷冷地点了点头就进去了。

梁晓乐回到宿舍坐在书桌前，翻出手机。她回忆起林雨凡之前说过这男生是什么……睡神？开玩笑的吧？虽然觉得很荒谬，可她还是查了下睡神的资料。

“修普诺斯?!”梁晓乐看着手机，脱口而出。还真是这个名字啊?!这人有毛病吧?!

第二天晚上，梁晓乐从食堂吃完晚饭回到宿舍，就看到那个男生等在宿舍门口了。清秀的脸上没有任何表情，真是个奇怪的人，他为什么要去纠缠林雨凡，惹我生厌！梁晓乐气鼓鼓地来到他面前。

“走吧。”修普诺斯说。月亮女神的神力输进神女灵珀中不知道能维持多久，为了以防万一他决定带上梁晓乐，当场验明她的身份。

他们走在校园的大路上，沿路无数人驻足回头看他们俩。俊男美女走在一起，是校园里一道引人注目的风景线。

“你要带我去哪里?”梁晓乐的心里有点发毛。

修普诺斯一直走,走出学校后门,来到开阔的东湖之滨。

一轮明月慢慢地升起,倒映在湖中,湖光秋月两相和。空中之月皎洁,水中之月迷离。

修普诺斯站在湖畔抬头仰望着月亮。

与此同时,阿耳忒弥斯和赫尔墨斯一道乘上闪耀着银色光芒的月亮车沿着轨道飞行在无垠的宇宙中,不多久就抵达月球表面。

阿耳忒弥斯一踏上月亮,月亮就为之一震。她露出手心银灰色的月亮标志,右手拿弓,左手拿箭,将月神神力注入箭中,向着地球方向发射出去。神力伴随着月光洒向神州大地。

赫尔墨斯走过去扶住她的肩膀,说:“谢谢你,阿耳忒弥斯。”

阿耳忒弥斯头也不回地走向月亮车,冷冷地说:“她可以回来了。”

赫尔墨斯跟上去坐在她身旁,月亮车带着他们原路返回。赫尔墨斯将从修普诺斯那里得到的真相告诉了阿耳忒弥斯,她伏在赫尔墨斯的肩头哭泣:“他果然还是为了我而遭受惩罚。”赫尔墨斯说:“我告诉你这些,是想让你明白,他当初保护你并不是因为爱你。所以,请你收回对他的爱意吧,这样才不会失去这个好朋友。”

阿耳忒弥斯抬起头,说:“可是,我从小就喜欢他,并不是因为那件事才由怜生爱的。”

赫尔墨斯觉得不可思议:“你不是也看不见爱慕情绪吗?怎么会?”

阿耳忒弥斯眼波流转,说:“因为他说看不到,所以我才假装也看不见。”她低下头,“我曾经冒着危险偷偷地去天后那里翻看婚盟卷宗,想知道修普诺斯将来会与谁结下婚姻,当时他的婚笺还是空白的。”

赫尔墨斯听完,一脸惊恐地说:“你之前也偷看过婚盟卷宗?”他脑子里突然想通了一件事,“阿耳忒弥斯,原来是你一手造成的呀!”

阿耳忒弥斯吃了一惊:“什么?!”

“如此高贵美丽的月亮女神却去偷看睡神的婚姻,天后会怎么想?她一定误以为你们是一对情侣呀!你去偷看他的姻缘这件事天后一定是发现了,才会以你的性命为要挟去逼迫他!”赫尔墨斯懊丧地捧着头。

阿耳忒弥斯如梦初醒,悔恨地痛哭起来。荧光闪闪的泪水洒下以光速行驶的月亮车,像落在宇宙中的一场流星雨。

2

“有什么话你就开门见山地说吧。”梁晓乐有点不耐烦了,心想这人的性子怎么这么磨人呢。

月亮不急不缓地往上爬。修普诺斯始终背对着梁晓乐站在这湖光月色之中,显得清冷。

他举起手来露出手链,将它润泽在银光下。

整个过程梁晓乐都在一旁盯着看,心想他在搞什么鬼?巫蛊术吗?

于是她决定被人下蛊之前,先采取行动。她疾步上前,推开修普诺斯的手:

“你想做什么?”

修普诺斯继续将灵珀举起来吸收月亮女神的神力。

“你利用林雨凡是什么目的?是为了接近我吗?”

“算是吧。”修普诺斯无力地说。灵珀没有任何反应,怎么回事?难道阿耳忒弥斯失约了?看来今天是走不掉了。他心里居然隐隐地庆幸着,他为自己的私心感到不可置信。

“承认地倒挺快的!你喜欢我是不是?为什么要去伤害我最好的朋友!”

“我不是喜欢你。”修普诺斯说。

梁晓乐突然有了想把他踹进湖里的冲动。玩出这么多花样还不承认，真是岂有此理！

她踮起脚搂住他的脖子，将脸凑近他："不承认吗？现在呢？心跳加速了是不是？"

修普诺斯像石柱一般呆立着，他闭上了眼睛。

这就是我未来的妻子吗？这就是我的命运吗？深深的绝望袭上他的心头。

"想我吻你吗？做梦！"梁晓乐把嘴凑近，把气息吹在他脸上，"你救过我，我感谢你。你如果一开始没有去利用林雨凡，我可能还会考虑。现在，我很讨厌你！"

你们凭婚盟卷宗就想操控我吗？就算再一次被打入绝望之渊，我也要去毁了它！失去她，我已经不在乎身处何地了，反正到哪里都是无尽的折磨。

他睁开眼睛，看到远处一张熟悉的脸。林雨凡！

他推开梁晓乐。

梁晓乐顺着他诧异的目光回头看，也愣在那里。

林雨凡的背影已经跑远了，渐渐地消失在树木苍翠的小道间。她刚刚苍白的脸和惊愕的眼神一直停留在修普诺斯的脑海里。他顾不上同样也失魂落魄的梁晓乐，朝林雨凡跑走的方向追了过去。

梁晓乐扶着额头，不知所措。她打林雨凡的手机，一直无法接通。过了一会儿收到林雨凡的微信：晓乐，我只是没有勇气看着你们离去。平安！再见！

再打过去已经关机了。

林雨凡今天下课后一直徘徊在校园里，千头万绪纠结于要不要去再见一面晓乐，再见一面修普诺斯。他怕见了伤心，怕不见更伤心。

她一直绕着学校外围走，始终不敢拨打梁晓乐的手机，不敢去送别他们，怕他们消失在天际时自己会心痛到崩溃。

不知不觉夕阳西下。当她走到学校后门时，看到一轮圆月悬挂在半空中，她痴痴地向着明月的方向走去。月已高悬，晓乐的身份之谜已经解开了吧？或者他们都已经离开了。

她走到东湖边，蓦然看到了一对男女在月下接吻，月光洒在他们俊美的脸上。

居然是修普诺斯和梁晓乐！顿时，她的脑子里炸开了锅！她看到修普诺斯望向自己，她匆忙落荒而逃。她也不懂自己在逃什么，只觉得整个世界都乱哄哄的，她只想找个清净地方躲起来，让谁都找不到她。

修普诺斯在大街上狂奔，他一路都没找到林雨凡。她跑去哪里了？从来没有像这一刻这么需要神力了，他恨得牙痒痒，真想瞬间到她身边。

他终于到了她家楼下，抬头看去，房间里没有亮灯，整栋别墅都黑漆漆的，里面好像没有人。他问香樟树林雨凡回来了吗？香樟树摇摆着枝叶说没看到她。正在他不知如何是好时，突然想到一个地方，他急忙朝门口跑去，穿过马路到对面。

她果然在这里。她说过心情不好时习惯来这里。修普诺斯站在远处看着石桥上方背影清瘦的林雨凡，她的周围没有黑雾升腾，她没有在生气。月光倾泻在她身上，棕色的鬈发上晕染着一层光泽。她看起来好孤寂。

林雨凡正往嘴里灌着啤酒，她两颊生晕，眼神迷离，已经醉了。修普诺斯走来站在她身边，她愣了一会儿，仿佛不敢相信似的睁大了眼睛，笑意瞬间堆满了眼角，："你还在呀?!"说完她抓着修普诺斯的衣服又接着抽泣起来，止不住的眼泪滑过脸庞。酒精已经抽离了她的理智，她压抑在心中的悲痛涌了出来，索性放声大哭起来："我以为你们都走了！留下我一个人！"

林雨凡终于把心里的话吼了出来，她觉得舒服多了，歪歪斜斜地拿起酒继续喝。

修普诺斯的眼里又是痛苦又是怜惜，伸手夺下她的啤酒："我陪你。" 说完将酒一饮而尽。

"好！喝个一醉方休！"林雨凡边傻笑边嚷嚷着。

秋风瑟瑟，眼前的一湖荷叶已经颓败了。

"梁晓乐，她……"修普诺斯不知道怎么解释刚刚那一幕。

"她很讨厌你。"林雨凡指着他的鼻子笑着说，"她以为你接近我是为了追求她，哈哈哈！"

修普诺斯松了口气，原来她都知道。

林雨凡接着手舞足蹈地说："你以为就你会读心术吗？她是我最好的朋友，我静下来想了想就知道她在做什么了，她以为假装想吻你，你会跟她坦白，然后就会把你一脚踹到湖里！哈哈哈！"

修普诺斯目光炯炯地看着林雨凡。

林雨凡也愣愣地看着他，突然眼前一黑，直直地砸了下去，倒进修普诺斯的怀里。

又是在这样的月圆之夜，修普诺斯抱着林雨凡走在公园的小路上，她轻了不少，抱起来也不那么费力了。这次他知道要把她送回哪里。走到小区门口，门卫朝他这里看过来，他一脸腼腆地说："喝多了，送她回来。"

林雨凡的家里还是没人，窗户也关着，没办法只好在她包里找钥匙开门进去，把她扛上楼去。

修普诺斯将林雨凡横放在床上，然后去开了一盏床头灯。

橘黄的灯光在房间里弥漫着，林雨凡倒在床上呼呼地睡着。他坐在她身旁，看她睡觉的模样，一张脸瘦的只有巴掌这么大。她整天喊着要变瘦，现在终于得偿所愿了。他心疼地用手指轻拂她的脸颊。她睡觉总喜欢微蹙着眉头，他忍不住用手指轻轻地点了一下她的眉心。

林雨凡忽然笔直地坐了起来，睁开眼看着他，醉醺醺地叫嚷着："修普诺斯！不要走！你不知道我有多喜欢你！"然后又闭上了眼睛往后倒。

他一把将她搂进怀里。

林雨凡,为什么让我再见到你?你把我的宇宙都引爆了,你给了我想颠覆一切的愿望。

小窗静,灯影里,他的吻覆盖住她的唇。

她的身上飘出粉色的情绪花瓣,洋洋洒洒,落英缤纷。

3

嘀嘀嘀……林嘉俊摸到床头柜上的手机,划开屏幕,关掉铃声。又是一个挣扎的早晨,天似乎还没亮透。他睡眼惺忪地爬起床,一路跌跌撞撞地走去卫生间。

林嘉俊换上干净的校服,拖起书包走出房门。在下楼梯时,他下意识地瞥了一眼走廊另一头姐姐的房门。门半掩着,像是起床了。

她今天这么早?带着疑问。林嘉俊悄悄地走过去,扒在门上把上身探进去,一看,急忙踮着脚尖退出了房间,然后转身像是逃离灾难现场似的飞速下了楼梯。

林雨凡睁开眼,窗外的阳光隔着窗帘在屋外晃动。林雨凡发现自己衣服也没换躺在被子上。头好痛,也不知道现在几点了,她坐起身一只手按着自己的头,

忽然,另一只手的指尖触到什么东西,像是有弹性的肌肤,她吓得倒吸了口冷气。

修普诺斯坐起来,微笑地看着她,笑得恍如隔着漫长的时空。林雨凡觉得太不真实了,她捏了捏自己的脸,好痛!

破碎的记忆片段慢慢地流回她的脑子里。那个吻……不是梦吗?不是吗?!她惊慌地往后一弹几乎要摔下床去,修普诺斯伸手拉住她。

就在这时,他们同时看向房间内侧。林爸爸、林妈妈还有林嘉俊站

在那里正盯着他们！他们表情各异，林爸爸显然是生气，沉闷地拉长着脸，林妈妈是在惊喜和责怪之间徘徊纠结，而林嘉俊纯粹是一张看热闹的路人脸，如果递给他一包瓜子，他就能边嗑着瓜子边看。

林雨凡和修普诺斯惊愕地对视了一下。

修普诺斯突然觉得一阵恶心，喉咙里一声干呕，昨天喝的酒要冲出来了，他急忙捂着嘴爬下床跑去洗手间里。

林嘉俊淡定的表情直接掉到地上，他惊讶地看着林雨凡："他怀孕了?!"

林雨凡举起双手一脸惶恐地看着家人："我们什么也没做！是误会！误会啊！"

"都到客厅来！"林爸爸语气严厉地说，离开了林雨凡的房间。林妈妈拉着林嘉俊跟在后面。林雨凡看到林妈妈朝她眨了眨眼，看得她心里一紧。

林雨凡抚着额头下了床，见修普诺斯从卫生间里走出来，他的眼睛清澈动人，正直直地注视着她。

"你回来了还是……"林雨凡吞吞吐吐地问。

"我还没走，出了点事。"

"不会是晓乐出事了吧?!"林雨凡瞬间焦急起来。

"没有，她没事。"修普诺斯急忙说。

"哦。"林雨凡放下心来。"那你怎么……"

林嘉俊出现在房门口："姐，爸让你们下去。"他好奇地打量着姐姐身旁的这个男人，就是那天他只看到背影的男人。

修普诺斯表情腼腆地看向林雨凡。

"他们可能误会了，我去解释下。"林雨凡叹了口气迈开步子。修普诺斯上前一步，拉住她的手："一起吧。"林雨凡一脸讶异地被牵着走了出去。

林爸爸林妈妈坐在客厅的沙发上。见他们下来了，林爸爸说："坐吧。”林雨凡就拉着修普诺斯坐在侧边沙发上。客厅里的气氛压抑地让人透不过气，林嘉俊迅速撤离到安全地带，跑进厨房找吃的。

林雨凡捏着手，说：“你们误会了……”

“叫什么名字？”林爸爸打断她的话，看着修普诺斯问道。

修普诺斯感到一道凛冽的光向他射来。

“修普诺斯。”他轻声但郑重地回答道。

“修普诺？怎么认识的？”林爸爸又问。

“同学！”林雨凡抢着回答。

“同学？”林爸爸眼神犀利地打量着修普诺斯，“年纪看起来也有二十多了，怎么会是同学呢？”

“研究生。”林雨凡更正道，目光闪烁。

“学什么的？”林爸爸接着问。

林雨凡刚想接话，被林爸爸严厉的眼神逼退了。

林妈妈也朝女儿递了个眼色，林雨凡咬住嘴唇。

“是文学系的。”修普诺斯感受到了林爸爸关切女儿的紧张情绪，也莫名地跟着紧张起来。

“哦？学文学的？说说看，平时都读些什么书？”林爸爸半信半疑地问。

“最近在看《诗经》《尚书》《礼记》《周易》《春秋》《大学》《中庸》《论语》《孟子》《庄子》《韩非子》……”

够了，太多啦。林雨凡抚着额头在心里说道。修普诺斯听到了，立刻闭上嘴巴，还有一长串的书名硬生生地吞了回去。

“你最近同时看这么多书？！”林爸爸惊奇地瞪大眼睛，似乎不相信。他顿了顿，接着说，“名字谁不会说几个，关键是内容。那你背一篇《诗经》里的诗歌吧。”

林雨凡意识到爸爸在怀疑修普诺斯，她忧心忡忡地用余光扫着修普诺斯。只听到他磁性低回的声音缓缓响起，林雨凡放下心来，他可是扫描书的电脑呢！

“《蒹葭》，蒹葭苍苍，白露为霜。所谓伊人，在水一方，溯洄从之，道阻且长。溯游从之，宛在水中央。蒹葭萋萋，白露未晞。所谓伊人，在水之湄。溯洄从之，道阻且跻。溯游从之，宛在水中坻。蒹葭采采，白露未已。所谓伊人，在水之涘。溯洄从之，道阻且右。溯游从之，宛在水中沚。”

林妈妈听他背诵如流，又饱含深情，不禁暗自诧异。

林爸爸也盯着他发愣，心想：居然这么流利地背诵出来！看来真是学文学的。我再试他一试。

“我不太懂古诗，你解释下，这篇诗歌讲什么？”

林雨凡愕然地张大了嘴巴，心想：爸！你在做研究生面试吧？！

修普诺斯风云不惊地回答：“诗中讲述了一段遭遇重重阻力的凄美爱情故事。诗人在秋天的早晨去长满芦苇的河边寻找心上人，但是这位女子却行踪飘然，可望而不可即，徘徊很久始终不得见。这首诗表达了诗人对心爱之人的一往情深和怅惘的思念之情。”

修普诺斯的眼神渐渐从清澈变得迷茫，他情不自禁地看了一眼身旁的林雨凡，眼眸中蕴藏着复杂的感情，像是无限的眷恋交织着深重的忧虑。

林爸爸盯着他的眼睛，他有着十几年的在生意场上察言观色、辨人真伪的经验。他的直觉告诉他眼前这个年轻人对女儿的感情是真诚的，让他觉得很不可思议的是这个年轻人身上还带着不容忽视的非凡气质。他开始好奇他为什么会对他女儿倾心？

“认识多久了？”林爸爸问。

“一个月。”修普诺斯如实回答。

“才一个月？！”林爸爸斜看了一眼林雨凡。

林雨凡撞墙的心都有了。

“都说没有了！刚刚只是个误会！”林雨凡觉得自己跳进黄河也洗

不清了。

“你是哪里人？父母是做什么的？”林爸爸的神色缓和了很多。

修普诺斯僵在那里不知道怎么回答这个问题。

林雨凡看到爸爸的眉头已经舒展开来了，就腾地站起来说：“爸，你查户口呢？我们要去上课了！”

“这样啊，那晚上来家里吃顿便饭吧。”林爸爸说。坐在一旁一直没发话的林妈妈心头像放下了一块大石头，看样子女儿的男朋友已经过了他爸爸这关了。她的眼睛绽放出光彩来。

在另一头的饭厅里喝着豆浆的林嘉俊看得目瞪口呆，豆浆沿着嘴角流到饭桌上，心中赞叹：太强了！居然把我爸都拿下了！佩服！佩服！我也要学几招防身。

从家里走出来，林雨凡的脑子里一直嗡嗡地响，她抬头看修普诺斯。“我昨天……如果说了什么奇怪的话，那是因为……我喝醉了，你别放心上。”

修普诺斯止住脚步，叹了一口气，拉起了她的手：“那你为什么要喝醉？昨晚若醉在公园里你知不知道多危险？”

林雨凡低着头咬着嘴唇，控制着自己的眼泪。

“为什么说些言不由衷的话呢？你明明知道我可以听到你的心声。”他的声音带着怜惜。

“真不公平。”林雨凡抬起头泪眼汪汪地看着修普诺斯，“你一直知道我的心，而我却不知道我有没有出现……在你的心里。”

修普诺斯将林雨凡拥入怀中，用力地抱着她。

林雨凡的世界里霎时间万籁俱静。修普诺斯带着磁性的声音低回地流转在她耳畔：“我的心沉睡了几千年，现在因为你而重新跳动。”他吸了一口气，郑重地说道，“我的心里只有你，我想跟你在一起。”声音又似带着深深的伤痛，“可是，天上人间，竟没有可以容纳我们的地方。”

林雨凡满脸的泪水，她抬起手轻抚修普诺斯的脸庞，擦去他脸上的泪痕。她的心怦怦地跳着，盈盈秋水望着他。“这已经是我所能奢望的最好的结局了。”她说。

“我想留在你的身边，哪怕只有一线希望我也会去用我的一切交换。”

林雨凡摇摇头，泪水滚滚而下：“不要用一切交换，不要做出伤害自己的事。”

修普诺斯没有回答。

香樟树下，修普诺斯拥抱着林雨凡，沉浸在这片刻的幸福中。如果这一刻能成为永恒，我愿以睡神灵珀相换。

林雨凡的脸上绽放着暖暖的幸福，双手紧紧地抱着修普诺斯，闻着他身上摄人心魄的幽幽花香。修普诺斯，能这样抱着你，听着你的声音，哪怕付出灵魂的代价我都不愿放手。

“我要去找赫尔墨斯商量一些事。”修普诺斯不舍地松开她，对她微微一笑，“你去上课吧，解决好后我回来找你。”

林雨凡略显失望，她现在一刻都不想和他分开，他们能在一起的时间不知道还剩下多少，仿佛一旦他离开她的视线，她就会从梦里醒来，一切都会化为泡影。

他微笑着，眼里有光彩流动：“我很快就回来。”

修普诺斯送她到小区门口，看着她打车走了，才转身去找一个僻静的地方召唤赫尔墨斯。

林雨凡也想去学校再见见梁晓乐。昨天在她面前仓皇地逃跑，一定让她担心了。

林雨凡今天的心像一半泡在蜜糖里一半泡在苦水里。一路上司机时不时地和她说话，她不是很想搭话，就对司机说：“师傅，你好好开车吧，别说话了。”司机大叔在后视镜里用奇怪的眼神看着她。

她到了梁晓乐的宿舍楼下，打电话给她。

晓乐慌慌张张地从宿舍里跑了出来，看到不远处的林雨凡，跑过来。“雨凡。”她的声音听起来有些发抖。

“晓乐。” 林雨凡柔声地说。

“昨天，其实我……”晓乐急得满脸通红。

“晓乐。”林雨凡说道，“我都知道，我明白你的心。”

梁晓乐紧紧地拥抱她，浅浅地抽泣。她在心里说：你对我来说不只是朋友，而是家人！怕你离开我，疏远我，我竟然发了疯似的嫉妒你喜欢的人，怕他将你带离出我的生活。

林雨凡也是满脸的泪水，柔和地拍着她的背，说：“我永远是你的家人，晓乐。”

两人互相看着对方一把鼻涕一把眼泪的脸，都破涕为笑。林雨凡问：“你感冒了吗？怎么声音怪怪的。”

梁晓乐擦着眼泪，说：“没有呀，你来得这么早，我还没刷牙呢。”

林雨凡笑着说：“那你快去刷牙吧，我在楼下等你。”

梁晓乐的身影消失在宿舍门里。林雨凡想起来她自己也没刷牙洗脸就跑出来了，早饭也没吃。

4

修普诺斯在僻静的巷子里等待赫尔墨斯。过了一会儿，赫尔墨斯出现在他面前。他看了看四周，一脸迷惑地问：“怎么只有你一个？神女呢？”

“灵珀并没有接收到神力，我还以为阿耳忒弥斯失约了呢。”

“我就是不放心才亲自陪着她一起去月亮上，亲眼看她将神力传送去地球了。”

“那怎么会……”修普诺斯总觉得哪里出了错，像是走进了迷宫般没有头绪，心中怕的是自己可能一开始就错了。一种恍惚不安的感觉油然而生，他想：难道它之所以不接收其他神祇的神力是因为……

赫尔墨斯仿佛也琢磨出了什么，他们突然都目光灼灼地看向对方。

林雨凡站在女生宿舍附近等着，旁边走过一个男生，朝她望了一眼。她仿佛听到他在说："这个女生挺可爱的！"可是她发现他的嘴巴却没有动，真是太奇怪了！

她开始观察女生宿舍门口进进出出的学生，有些人真的可以闭着嘴巴说话，她感觉自己在做梦似的，这是为什么呢？

突然她想到了刚刚那个司机奇怪地看着她的眼神，会不会他根本就不曾和我说话，而是……还有晓乐，她今天说话的声音有些奇特，仿佛是从别的地方传过来的……

一种冷冽的、不安的感觉悄悄地爬上了她的后背，打开了她的脑子里尘封的记忆。林雨凡的心突然被恐惧深深地攫住，一些画面强占住她的脑海，迫使她痛苦地回忆。是梦里曾经出现过的那张男人的脸，他将她抛进黑暗之中。再往前她看到一张慈爱的脸，和自己有几分相似，她的笑容明媚，眼里闪耀着希望的目光。她又是谁？

林雨凡捧着胀痛的头。接着，她听到神鸟临死前的悲惨的哀鸣回荡在空中，她眼睁睁地看着它的眼神慢慢地涣散了，停格在揉碎了的苦痛中。"妈妈！"林雨凡失声叫道，双脚一软，坐在了地上。

路过的学生都对这个坐在地上痛哭流涕的女生侧目，有人上前询问她怎么了。

林雨凡站了起来，跌跌撞撞地跑出学校，发了疯似的冲到马路上拦了一辆出租车回家。

林嘉俊开了门进来："妈，我回来拿作业，早上忘记带了，老师非让我回来拿。"他边抱怨着边走进来，发现妈妈不在客厅里，心想：是去买菜了还是去打牌了?

他又绕到厨房,当看到林雨凡在厨房手里拿着刀在割自己的手时吓得天灵盖都快碎了。他厉声喝道:“你干什么!”冲过去抢下刀扔在一旁,慌忙查看她的伤口。

林雨凡的手完好无损,她只是想证实自己的血还是不是红色的,可是她已经不能被刀所伤了。

林嘉俊呼出一口气,生气地说:“你想吓死人啊!以后别开这种玩笑了!”

突然,林雨凡伸手抱住他。林嘉俊愣在那里,心想:这是怎么了?又崩溃了?!

只听林雨凡哽咽的声音响了起来:“嘉俊,还好你存在,如果因为我,你不能来到这世上,那我就真的罪孽深重了!你不是多出来的那个,我才是!”

林嘉俊听得一愣一愣的,他拍拍林雨凡的背,摸摸她的头,说:“姐,你这是怎么了?我不好好的吗?来世上都十几年了。”

林雨凡的眼睛里下着雨,哗啦啦地落下来。

那是个雷雨天,在学校的职工宿舍楼里,当时还只有三十多岁的林妈妈和林爸爸住在一楼,仿佛听到婴儿的哭声。他们出来查看,发现了院子里躺在雨水中的小婴儿,连忙把她抱回了家。

“哎哟!真是可怜!天下怎么有这么狠心的人!你看,孩子还这么小!”林妈妈一边用自己的衣服包裹着小婴儿,一边对林爸爸说。

他们看着这个小家伙,她居然对他们笑了。小婴儿就暂时住在了他们家。

时间一天天地过去了,林爸爸和林妈妈还是打听不到任何关于孩子家人的消息。眼看着小婴儿慢慢地长大了,白白胖胖的,躺在摇篮里踢着腿,吸吮着自己的小手,咿咿呀呀地说着话。

林爸爸笑着说:“可能是上天怕我们孤独终老,就赐给我们一个孩子。”

林妈妈的眼里闪着光芒：“你的意思是，把孩子留在我们家吗？”

林爸爸点点头说：“我们结婚七年了，不是一直想要孩子而不得吗？之前不都动了去孤儿院领养孩子的念头了吗？”

他抱过孩子，心疼地看着她说：“她已经被抛弃过一次了，不能再被抛弃了。你看，她多可爱，像个小天使。”

林妈妈激动地点点头，说：“我是真舍不得她了，她就像我自己亲生的孩子一样和我血肉相连了。”

于是，林爸爸托了一个在医院上班的亲戚给打了一张出生医学证明，在父母栏上填上他们夫妻俩的名字，按亲生孩子的程序报了户口，取名为林雨凡，意思是雨天来到凡间的小天使。

这些画面都存在于林雨凡的记忆里，他们的面容和声音新鲜地如同昨日。

她也记起来三岁那年，爸爸、妈妈和爷爷、奶奶坐在屋子里沉闷的对话。爷爷说：“这个孩子一定要生下来！他才是你们的骨血！说不定还是个儿子伢！”

“可是爸，违反计划生育我们会被单位解聘的。”

“唉！那你想办法把捡来的孩子送走！”

爷爷、奶奶走后，爸爸、妈妈面对面坐着，沉默了很久。爸爸抬头说：“我想和朋友下海经商。”

“当法官一直是你的梦想。”

“两个孩子，是值得的。倒是你，刚刚被评为省级优秀教师，舍得学校的工作吗？”

妈妈叹了口气，摸了摸小腹。林雨凡笑嘻嘻地跑到她身边，妈妈将她搂入怀里。林雨凡抬起头：“妈妈，不哭。”她用小手擦了擦妈妈脸上的泪水。

林雨凡今天才明白，原来害爸爸妈妈丢掉工作的是自己，她是用他们的梦想换来的，在他们的呵护下成长的养女。养女！这个令她痛彻心扉的称呼。在一起生活了近二十一年的家人怎么在瞬间就成了没有血缘关系的人！

客厅里响起了脚步声，妈妈回来了！“妈！”林嘉俊顺口叫道。

林雨凡的身体在颤抖，那一声“妈妈”堵在喉咙里，使她透不过气。她站起来，跑出去，与林妈妈擦肩而过，打开门跑出这个家。

“怎么了，雨凡？”林妈妈在后面喊她。

林嘉俊从厨房里走出来。

“嘉俊！你姐鞋子都没穿，光着脚跑出去了！你快去追她回来！”林妈妈焦急地喊着。

林嘉俊慌忙穿了一双拖鞋飞奔出去。

林妈妈两只手里提着的菜全哗啦掉在地上，她也赶紧出门一路小跑出去。

修普诺斯和赫尔墨斯此时正互相对视着。

赫尔墨斯问他：“你说灵珀是什么时候就没有任何指示的？”

修普诺斯已经明白了，一切都豁然明朗起来：“一到凡间后就进入休眠了。”心中的答案让他大惊失色，“灵珀不是没有了指示，也不是进入休眠，而是它已经引导我来到了神女的面前。”他哭笑不得地说，“神女就是林雨凡！”

赫尔墨斯接着说：“灵珀不接收我和阿耳忒弥斯的神力，是因为没有这个必要了，她已经遇到了自己的元身，等待着她升为神祇回归到她的体内。还有，”他眼波微动，看着修普诺斯说，“她才是帕西提亚！”

修普诺斯摇着头苦笑：“我竟然也犯了以貌取人的错误！真是愚蠢！”

赫尔墨斯笑着拍了拍他的肩膀，说：“不是你的错。她有家人的围绕混淆了我们的判断。”

修普诺斯点点头说:“我也没想到神王的封印在她身上造成的伤害会影响她的外形。”

突然,赫尔墨斯发现修普诺斯脸色骤变,急忙问:“怎么?”

“照现在看来,封印已经解开了,一旦升为神祇那她的记忆也就苏醒了。我居然还把神女的身世告诉她了,我真是……”修普诺斯懊悔地抓着头,“她要是不愿意回神界……”

赫尔墨斯意味深长地对他说:“她会跟你走的,只有你能找到她,就能带走她。”

修普诺斯听了这话,眼睛一亮,若有所思地点着头,说:“那我去她家等她回来。”他的眼里透着天真的孩子般的喜悦。

赫尔墨斯骤然想起与命运女神的那番对话,脑中闪动着种种思绪:缠绕的命运之网,修普诺斯和林雨凡的相爱,唯一的生命之线和父王突然提出的婚约。这些线索拼接在一起,他觉得自己悟出了父王的用意了。这样可以保全他们两个吗?他心底的希望渐渐丰盈起来。

“我和你一起去吧。”赫尔墨斯笑着说。

5

林嘉俊找了半天也没发现姐姐的踪影,林妈妈也一拐一拐地跟了上来。

“妈,你的腿怎么了?”

“刚刚跑得太急了,崴了一下。”

“你先回家吧,她可能回去了也说不定。今天是怎么了?跟发了疯似的,还说了些奇怪的话。”

林妈妈急忙问:“你姐说什么了?”

林嘉俊就把林雨凡的话说给妈妈听。谁知林妈妈一听就愣住了,忽然捂着嘴伤心地哭了起来,边哭边说:“打电话给你爸,让他回来,跟他说雨凡知道自己的身世了。”

林嘉俊没弄明白，糊里糊涂地打了电话，扶着妈妈回家休息。

过了一会儿，林嘉俊听到有人敲门，忙冲过去开门。门外正是修普诺斯和赫尔墨斯。

林嘉俊一看到修普诺斯就抓着他问：“我姐有去找你吗？”

修普诺斯心中一惊：“你姐不是在学校吗？发生什么事了？”

“她突然回来了，然后跑了出去，到现在还没回来。”林嘉俊失望地说。

“我去找她。”修普诺斯急忙回头拉上旁边的赫尔墨斯。

“林雨凡的记忆可能已经苏醒了。”他对赫尔墨斯说。

“她会去哪里？”赫尔墨斯问。

修普诺斯带着赫尔墨斯一起去对面的公园找，一直找到湖边也不见林雨凡的踪影。他焦急万分，她到底去哪里了？突然，他的心像被丢进了冰窟一般寒冷，有种强烈的不祥的预感：“糟了！邪蛊魔！如果林雨凡就是神女，那么她上次被袭击不是因为它们跟踪到我，而是原本就是冲她去的！”

“我立刻去南天门，让他们查看是否有邪蛊魔侵入。”赫尔墨斯说完藏身到一棵树后，念着咒语即刻消失了。

修普诺斯在公园里的湖边等待赫尔墨斯，看着过往的游人，真希望林雨凡会笑吟吟地从他们后面探出头来，和他说只是开了个玩笑而已。时间一分一秒地过去了，修普诺斯坐立不安，不祥的预感越来越强烈，他觉得林雨凡一定是被邪蛊魔抓走了。它们一直费尽心机要得到她，它们会对她做什么？

修普诺斯呆望着满湖的碧叶，心里担心着林雨凡的安危。时间从来没有这么漫长过，内心的煎熬似乎超过了当初被放逐的千年。

终于，赫尔墨斯从树后面走了出来，还请来了南天门的守护天王。

修普诺斯急忙跑上前询问，赫尔墨斯说："还在排查，目前还没有发现漏洞。我们先回去禀报父王。别担心，我们一定会把林雨凡找回来的。"守护天王捋着胡子说道："真是奇怪，这么坚固的防御结界怎么会让外魔悄无声息地混进来呢？这还得了！"他上前解除了修普诺斯身上的封印，接着说道，"封印已经解除，神力已经恢复了，你也必须在今天离开。我还要接着排查防御结界，就先走一步了。"

赫尔墨斯说："我们也快离开吧。"修普诺斯点头，刚准备走时，似乎有什么东西牵制着他不让他离去。

他仔细思索着守护天王的话，加强后的防御结界坚固无比而外魔怎么可能轻而易举地突破又带着林雨凡离开呢？难道是上次潜入的无头加拉帕格斯蜈蚣不止一只，其他的都藏匿起来伺机而动？这么说，林雨凡应该还在凡间！

他蓦然回头看了一眼这满湖的碧叶，觉得有些异样。对了！金秋十月，这荷叶怎么像是被春风吹绿了一般鲜艳，没有半分的枯黄萧索。

想到这，修普诺斯登时跳进了湖里。他潜入湖底，运用神力呼喊道："林雨凡！林雨凡！"没有丝毫回应。他的眼睛可以清晰地看到湖下的情景，忽然，他发现淤泥里仿佛闪耀着两颗星辰。

林雨凡被埋在淤泥里，她迷迷糊糊地听到修普诺斯呼唤他，睁开了双眼。阳光浸透在水面，幽深的湖底光线昏暗，水波流动。她看到一条白色的大鱼。他激动地呼喊着她的名字，朝她游了过来。

赫尔墨斯等在岸边，修普诺斯从水里冒了出来，神力庇护下他身上滴水不沾。而他怀里抱着昏厥的林雨凡却浑身是水。他走上了岸，引得两三个游人围过来看。"有人溺水了！""快叫救护车！"他们叫着，有人拿出手机报警，有人跑去找公园的管理员。

修普诺斯伸手一挥，用神力烘干了林雨凡的衣服，他发现她身上有好几个洞，像是被无头加拉帕格斯蜈蚣咬噬的伤口。他心痛地搂着她，泪水掉落在她的脸上。他露出手腕上的灵珀手链，只见灵珀亮了起来，光华夺目。林雨凡微微地睁开了眼睛，对着他无力地笑了笑，又紧紧地闭上了。

“她的神液快流干了，身上又没有灵珀护体，我们快回圣山找神医医治。”赫尔墨斯着急地说。

修普诺斯抱起林雨凡，和赫尔墨斯一起跑进树丛中，消失在凡间。

第八章

1

睡神修普诺斯从古希腊时期起就已经在塔尔拉罗斯里漂浮着了。四周什么也没有，他就混混沌沌地这么飘着。刚开始被神王宙斯扔下神界，掉落在这里时，他内心还是很惶恐的，可经过这几千年的时光，除了寂寞，只剩下痛苦。

直到有一天，修普诺斯从黑暗的梦里醒来，他仿佛听到了什么，他的耳朵已经太久没有接触外界，竟然分辨不出那是什么。

他坐了起来，看到了一只神鸟正往这里飞。神鸟越飞越近，他现在可以透过星光看清了这鸟下还抓着一个气团，那会是什么呢？

神鸟似乎已经筋疲力尽，修普诺斯伸出手召唤她。神鸟停靠在他的身上，身体颤抖着，喉咙里发出粗粗的喘息声。气团里露出一张熟睡的美丽的婴儿的脸。修普诺斯震惊地瞪大了眼睛，轻轻地抱出了孩子，孩子依偎在他的怀里，转动着幼小的身躯，她的小手紧紧地握住他的手指，同时还发出呼噜噜的梦呓声。

仿佛有一股甘甜的温泉缓缓地流淌进他的内心，温柔地滋润着他。

这时，神鸟稍微缓解了飞行的疲劳，重新拍打着翅膀。修普诺斯恋恋不舍地将婴儿装进了气团里，大鸟感激地啼叫了几声后，抓起气团展翅飞去，消失在黑暗里。

修普诺斯的心渐渐地钝痛了起来，寒冷排山倒海般将他吞没，绝望之毒又发作了！他捂着胸口痛苦地蜷成一团。

“神王宙斯！该结束了吧！你对我的无休止的折磨，是否已经平息了你内心的怒火?!”他绝望地闭上了眼睛。

2

修普诺斯终于等到了神王要赦免他的旨意。在阔别漫长的岁月后，他又踏上了奥林匹斯圣山。时过境迁，如今的圣山已经置于宇宙之中了。

接引他的是儿时的好友、月亮女神阿耳忒弥斯，当年也正是因为保护她，修普诺斯才被打下神界。

阿耳忒弥斯的眼里满是喜悦和怜悯的泪水，她握着修普诺斯的手：“你终于回来了，修普诺斯。”

修普诺斯只是淡淡地说：“我回来了，很高兴见到你，月亮女神。”

“答应我，不要再做出对神王不敬的事，不要再离开了。”她恳切地说。

修普诺斯朝她点了点头，放开她的手转身向宙斯的神殿走去。他看到了阿耳忒弥斯眼里的爱，可这是他不愿意看到的，当初虽然害怕地发抖却依然去做的事，为的不是爱情。

阿耳忒弥斯感觉到了他的冷淡，笼罩着他的是那天界的深处带来的绝望。她看着他远去的背影，沉重又带着忧伤，叹了口气：“他已经不是当初那个天真灵动、笑容灿烂的睡神了。”她心里的哀怜荡漾开来，泪水蜿蜒而下，淌过她美艳的脸庞。

修普诺斯走进神王宙斯的宏伟的白色神殿内。殿上空荡荡的，神王端坐在中央璀璨辉煌的宝座上，目光尖锐地注视着他。修普诺斯恭敬地单膝跪地行礼。

神王示意他起身，对他说：“修普诺斯，在我给你彻底的自由前，你需要为奥林匹斯山完成一个任务。”

修普诺斯低下头说:“请神王指示。”

宙斯说:“你去东方地界把我遗落在凡间的女儿带回来。”

修普诺斯很纳闷,可以自由来往人间的神使不是更适合这项使命吗? 可他没有这样问。

宙斯接着说:“这个是神女的灵珀,它能给你指示,帮你寻找神女。不过,一旦离开神体的滋养,灵珀就会逐渐枯竭,这条手链一旦扣上就和你一体相连,并且只有我能重新开启。”

修普诺斯知道神王并不信任他。他接过挂着灵珀的手链,毫不犹豫地扣在自己的手腕上。接着,灵珀发出了微微的光亮。

宙斯脸上一掠而过惊讶与欣喜的表情,随即镇定地问道:“你已经见过她了?” 修普诺斯也很吃惊,难道神王让我找的女儿是那个婴儿?她竟然是神王的女儿。也是,凡人的孩子又怎么会漂泊在宇宙间呢?他回答说:“我曾经遇到一只神鸟和一个婴儿。”

神王面有愧色,低下头叹息说:“唉。是的,我抛弃她时,她才刚刚出生。那只神鸟是她的母亲,她是位凡间女子。”

修普诺斯暗自猜测,灵珀发光是因为他身上带有她的气息。但,更使他惊讶的是,他能感受到灵珀中蕴含的神力似乎远远超过他。

神王接着说:“记住,找到后不可以靠近她。她的身上带着我下的封印。”

修普诺斯的心里油然而生一股厌恶,他居然给自己的女儿下封印?封印可是对凡体有伤害的。

神王继续往下说:“她的灵珀有着强大的神力足够化解我的封印。你若太接近她,灵珀会加速封印的解除。那时她恐怕会怨恨我遗弃她们母女,使她的母亲含怨而死,让她孤苦流落人间。那么她肯定不愿意回来了。”神王的脸色黯淡下来,“虽然封印迟早会被解除,但无论如何要先一步带她回奥林匹斯山。我会派神使下去接应你们的。”

修普诺斯说:“是!”想到那个孩子,他心里就莫名地温暖起来,可一想到她是神王的女儿，又努力抑遏着温暖的蔓延。

神王看修普诺斯想得出神，就问道：“有什么顾虑吗？”

修普诺斯回过神，问道：“请问神王，神女现在的年纪和外貌？”

神王低头沉思了片刻，抬头说：“她在凡间也快度过二十一个春秋了吧。近日来供养在圣山山顶的灵珀一直散发着灵光，这是神女要升为神祇的征兆。”也许是想到女儿就能回到奥林匹斯山了，神王的脸色变得慈祥起来，仿佛是自言自语，“她像她母亲，现在一定也出落得亭亭玉立、美丽动人了吧！她的母亲是我见过的最美丽、最温柔的人间女子。”

神王想得出神，片刻后，他将一把匕首和一份信函一起交给修普诺斯：“这把雷神匕首，予你防身。”

3

修普诺斯启程前往凡间，在山脚下遇到了昔日的朋友、神王的众多儿子之一——赫尔墨斯。赫尔墨斯手里拿着一本书，好像是特意在这里等他。

赫尔墨斯看到修普诺斯后激动地上前拥抱他。修普诺斯伸出手挡住他：“我还是戴罪之身。王子殿下。”“王子殿下？”赫尔墨斯的两只手尴尬地收了回来，说道：“邪蛊魔已经对奥林匹斯山的防护结界发动进攻了，这次它们的魔力异常强大，防护结界只能抵挡一段时间。只有你找到神女才能结束这场战争。”修普诺斯一听怔住了，原来自己被释放出来是因为奥林匹斯山正面临着战争。赫尔墨斯接着说：“命运女神得到启示是‘战争因她起，也因她止’。”

赫尔墨斯将手中的书塞给他：“这是我的书，里面有汉语的运用和现代人类的日常生活介绍。”修普诺斯接过书，随手翻阅着。

赫尔墨斯将目光投向远处：“凡间很多事物都变了。”

“你先看看吧，汉语是在经过南天门时就要用到了。”他含笑回望修普诺斯。

修普诺斯却刻意对赫尔墨斯显示出冷淡，只向他道了声“谢谢”。赫尔墨斯眼中寒星点点，送完书就离开了。

在塔尔拉罗斯漫长的放逐岁月中，他已经下定决心要脱离奥林匹斯圣山的神族，回到他的母亲黑夜女神和哥哥死神所居住的冥地。他想决绝地离开，不带任何牵绊。

修普诺斯来到山门前，时光女神将他传送到东方神界的南天门。因为宙斯曾经带走过这里的一个凡人，所以这次东方神界可不敢掉以轻心了。修普诺斯出示了通行函，可他们还是封住了他的神力，才敢放行。好在神王给他的雷神匕首是由光电粒子凝聚而成，没有实体也伤不了凡人，他们允许他携带。修普诺斯没有神力不能下凡，只得在南天门借了一只凤凰，请教了指挥口令后，便在黑夜的掩护下，向凡间出发了。

强烈的气流在他耳边呼啸而过。灵珀忽然震动了起来，在手链上转起圈来，骤然停止后一闪一闪地发着光，修普诺斯明白了，他向着灵珀指示的方向飞驰而去。灵珀变动着方位引领着修普诺斯前进，在距离地面还有一千尺时又静止不动了，发着幽幽的光。修普诺斯让凤凰开始向下降落，他往下看，正好是一片小树林，没有聚集的灯火应该不是凡人居住地，适合他降落。

风迎面扑来，吹动着他的长发，灌进他的袖口，没有神力的防护使他不得不眯起眼来躲避这刺眼的风。当凤凰快着陆时，他才发现有个人间女孩正呆立在下面，他急忙下令转变方向，可是来不及了，凤凰的速度太快了，眼看女孩就要丧身在巨翼之下，他猛地侧着身伸出手使出幻术将她吸了起来，一把揽在怀中。

差点闯了大祸，修普诺斯心有余悸。他看着眼前这个女孩，她也正震惊地凝望着自己，她的眼睛像他记忆深处的圣泉潭水一样清澈见底。

就在这时灵珀开始发光，他恍惚间以为这女孩就是他要找的宙斯的女儿，急忙上前拽着那女孩问她是否是神女，可他说的古希腊语她不懂。

腰间的罂粟凝香靠近她之后，女孩便昏睡过去。修普诺斯连忙护住她。

他将女孩抱了起来，向四周看了看，除了路旁的树木什么都没有。于是，他问旁边的树："她是从哪里来的？"旁边的树大吃了一惊，心想："他在问我吗？他居然会树语！"树发出瑟瑟声，回答道："她是从左边的小路上转到这里的，你去前面再问问看吧。"

修普诺斯谢过了大树，一路走一路问道旁的树精们。树们都交头接耳地议论起来："他在问我们吗？""他一定不是人类""他是神仙，是神仙！""那我们要告诉他吗？""当然要啦！我从来没有回答过人类的问话。""是神仙！他是神仙！"然后他们都很热情地给修普诺斯指路。

修普诺斯走出公园就把身后的翅膀收了起来，以免惊吓到路人。他终于找到了女孩的住处，但他不敢从正门进小区，门口有几个人守着。他来到小区围墙旁，把翅膀展开，扇动起来，可这女孩有点沉，翅膀使出全力地扇动着才带着他们越过围墙，飞进了小区内。

在几棵树的指引下他来到香樟树下，香樟树的树精告诉他，女孩就住在那个开着窗点着灯的房间里。修普诺斯抬头仰视了片刻，又使出全力飞进女孩的房间。把她放在床上后，他的手臂都抬不起来了。神力被封印后他的力量和一个凡人差不多。他坐在旁边的沙发上边活动着疲累的手臂边等她醒来。

女孩睡了好久都不醒，修普诺斯起身在房间里转悠。他看到女孩摆在梳妆台上的全家福照片，一家人在一起灿烂地笑着。他思索着这女孩应该不是神女，外貌体型也和神王描述的不像。他再次露出手链，愕然地发现灵珀已经没有了光亮。

难道是指引我来到这里已经消耗了它太多的能量？修普诺斯仔细

端详着灵珀,好在它没有枯竭,像是进入了休眠。修普诺斯忧虑地想,看来暂时不能使用它了。

他的目光停留在女孩身上,她是唯一的线索。

为什么灵珀遇到她会发光?是不是她身上带着神女的气息?

对,就像我接过灵珀时一样,灵珀不也发光了吗?她一定见过神女!

他想等女孩醒来问她神女的下落,可她睡得打起了呼噜。

修普诺斯微笑着摇了摇头,坐下来翻出赫尔墨斯给他的书,将汉语的应用输入脑中。书里对人类文明的发展虽然只做了简单的描述但依然令他震惊。他正好翻到电视机的使用说明,轻轻点开,一个三维立体的电视机赫然跃于纸上,伴随着赫尔墨斯解说的声音。墙上就挂着一台电视机,他就好奇地按照说明按了遥控器,电视机屏幕刷地一下亮了,跳出两个人你一句我一句地说着修普诺斯听不太懂的汉语。他认真地将汉语的发音输入大脑。

第九章

1

沉寂的睡神神殿此时亮着灯火。林雨凡虚弱地躺在主殿内的床上，修普诺斯守在她的身边。

赫尔墨斯倏地出现在他面前："快，将这瓶圣水精华让她喝下去。"修普诺斯赶紧扶起林雨凡，将瓶子放在她嘴边一点一点地将圣水灌进去。眼看着她脸上的神色逐渐恢复，赫尔墨斯又将一个水晶器皿放在修普诺斯手上，里面是透明的啫喱般的膏药。赫尔墨斯说："这个是神医配制的药，专治无头加拉帕格斯蜈蚣咬噬的伤口。"

修普诺斯正想向他道谢，赫尔墨斯已经消失了。他手里拿着药膏却踟蹰起来，也明白了赫尔墨斯匆匆避开的原因。

他先将药膏涂在林雨凡的脸、手臂和脚上，然后小心翼翼地解开她衬衫的扣子，将药膏涂在她的胸口和腹部。伤口的溃洞迅速地收拢，恢复成白皙细腻的皮肤。衣服已经破烂，他手一挥运用神力为她换了一件自己的长袍。

过了一会儿，林雨凡醒了，睁开眼睛看见了正焦急地望着她的修普诺斯。她坐了起来，抱住他，眼泪夺眶而出。

修普诺斯轻轻地拍着她，说："没事了，我在这里。"

林雨凡将脸埋在他的胸前，眼睛滚下泪来，哽咽地说："我才是你要找的神女。"

"是的，怪我，这么晚才发现。"修普诺斯抚摸着她的头。

林雨凡呜咽起来："我居然不是爸爸妈妈的亲生女儿！也不是嘉俊的姐姐！我心里好难过！"

修普诺斯扶起她，安慰她说："他们这么爱你，你就是他们的女儿，一直都是。"

林雨凡闭上眼睛用力点点头，眼泪不停地滑落，颤抖着说："我知道，可是心里难受得要命！"

修普诺斯拭干她脸上的泪，默默地抱着她。

良久，林雨凡回过神，抬起头环顾四周，房间内什么陈设也没有，如同雪洞般，只有身下这张大得离谱的床，垂挂着雪白轻透的幔帐。昏弱的灯光下依稀可以看见石壁上结着厚厚的冰，她惊讶地问："这是哪里？我怎么会在这里呢？"

修普诺斯温柔地握着她的手说："这里是睡神殿。"林雨凡眨巴了几下眼睛："睡神殿？睡神？！"她看着他。修普诺斯微笑着说："是的，就是我家。"

"我怎么会在你家呢？你家不是在神界吗？"林雨凡惊奇地问，心里涌出一股暖暖的感觉。

"你被无头加拉帕格斯蜈蚣攻击了，受了伤，只有奥林匹斯圣山上的神药和圣水可以治好你，就带你回来了。"

林雨凡回忆起来，她之前是在湖边，然后突然有东西咬住她，接下来的事就没有记忆了，只有一幕修普诺斯在水里游向她的模糊影像。她抬眸望向他，轻声地问："是你救了我吗？"

修普诺斯微笑点头。

林雨凡微笑着低下头，发现自己穿着一件与他一样的白袍，奇怪地问："我怎么穿着这个？"

修普诺斯的脸上立刻露出尴尬的神情。他支支吾吾地说："你身上受伤了，而且衣服也被咬破了，我帮你擦药的时候顺便换了。"

林雨凡听了这话就直接把脸藏进手臂里。

修普诺斯也不好意思地起身,心里却在想,可惜她身上流淌的不再是红色血液,再也看不见她脸红红的可爱模样了。

林雨凡偷偷地瞄了他一眼,见他盯着她发呆,就骂道:“你个流氓!你在想什么呢!”

修普诺斯觉得啼笑皆非,急着说:“那是因为要帮你疗伤才迫不得已,谁要看你了!”

林雨凡下了床:“臭流氓!不和你待在一起了。”她讪讪地说着,便往殿外走去。

她拖着宽大的长袍走出睡神殿,外面是黑夜。她抬头看着夜空,绚丽的星光联成一团像是微黄的火焰,脚下隐隐传来冰块融化碎裂的声音。这时,修普诺斯也跟了出来,站在她身后,说:“忘川河的冰雪正在融化,外面冷得很,快回去吧,你刚刚才恢复。”

林雨凡问:“你住的地方怎么这么冷呀?连墙壁都结冰了。”

“我不在那么长时间,没有神祇居住的神殿周围自然都结冰了。”修普诺斯说得惆怅,负手而立望着天际。

林雨凡会意,急忙指着天空说:“天上的这团发光的是什么?”。

“是星云。”修普诺斯抬头看。

“我们现在在哪里?”

“奥林匹斯圣山,在地球附近。”

“我的天哪!我已经离开地球了吗?那我怎么还能呼吸呢?”林雨凡诧异地捂着自己的脖子,夸张地吸了几口气。

“圣山里有氧气,你现在是神女,就算没有氧气也可以呼吸。回去吧!”修普诺斯拉着林雨凡回到了殿内。

“现在是奥林匹斯山的半夜,早点休息吧。明天……”他欲言又止,眼神复杂而深沉。他将林雨凡安置在床上,特地为她盖上一条厚厚的毯子,“你的神力还很薄弱,别着凉了。”

熄了灯,他自己则远远地在另一头躺下。

漆黑中，修普诺斯身上发着幽幽的蓝光。林雨凡好奇地问："你发光了？"

修普诺斯背对着她，说："你安静睡觉吧，别这么多话了。"

林雨凡还没适应这里的时间，没有睡意。她第一次睡这么大的床，心想：这床大得都可以翻跟头了。睡神睡觉的床果然与众不同！然后她顽皮地在床上滚动起来。

"你做什么？"黑暗中传来修普诺斯的声音。

林雨凡滚来滚去，滚过头了，撞到修普诺斯身上。她说："哦，不好意思，撞到流氓了。"

刚想往回滚，突然发觉双手被按住了，这时灯亮了，修普诺斯的脸正对着她。林雨凡吓得一声尖叫。

"你还叫上瘾了！流氓流氓的，白让你叫了这么多次！"

林雨凡缩在宽大的白袍里，光彩熠熠的棕色鬈发搭在白腻的脖颈里。见修普诺斯炯炯的眼眸注视着她，林雨凡这下急了，赶紧说："我开玩笑的！"话还没说完，嘴巴已经被他覆盖住。修普诺斯紧紧地吻住她，不让她有任何说话的余地。林雨凡的挣扎没有起到丝毫的作用，反而加重了他控制她的力道，温柔的吻逐渐变得激烈。她毫无防备地沦陷在他的情思缠绵中快要窒息，忽然，肩头一冷，长袍衣襟已经被解开，香肩外露，修普诺斯滚烫的唇游移在她细腻光滑的颈肩上。

林雨凡一惊，发现终于可以呼吸了，她娇喘微微地叫住他："修普诺斯！"

修普诺斯骤然停住了，被拉回理智中，他听到自己剧烈的心跳声和急促的呼吸声。他看着身下的林雨凡捂着凌乱的衣襟，急忙起来坐到一旁。

半晌，他看她依旧抓着衣襟呆坐在那里，说："你不会，我帮你系吧。"他伸手帮她整理好长袍，感觉到她不安地闪躲了一下。"睡回你那边吧，别再过来了。"说着他熄了灯，运用神力压抑着起伏的情愫，发着幽幽蓝光。

2

黑暗中忽然跳出两颗小星辰，林雨凡已经醒了。室内没有光亮，漆黑一片。“修普诺斯，修普诺斯?”她轻轻叫着他的名字，可是没有回应。

林雨凡起身沿着石壁摸索着走到门边，推开宫殿的门。仿佛还是黑夜，走廊里点着几盏昏暗的灯，她穿过长长的走廊，用力推开大殿厚重的门，眼前忽然一亮。

修普诺斯背对着她站在山崖边俯瞰山下，黑发与白袍在清晨的和风中微动，艳红的太阳微露在远处的山谷间。他听到声音回头看她，露出旭日般温暖的笑容。

林雨凡看得入迷，他欢喜的笑容原来这样好看。

她慢慢走近，问道：“你在看什么呢?”话音刚落，她向下望去，山下的忘川河中满满地漂浮着碧叶荷花，河面澄霞，静香十里。

修普诺斯的眼眸中倒映着林雨凡欣喜的脸庞，他伸手将她揽入怀中，手臂环绕着她，静静地陪她看她喜爱的荷花脉脉，荷叶田田。

“怎么河上会长荷花？不会被冲走吗?”林雨凡回头看他，笑意盈盈。

“用神力。”

“神力恢复了?”

林雨凡想起他没有神力时曾经滚过床底，拉着她被人追赶，为了救她学过狼叫，被雨淋成落汤鸡，还有喝了酒后会呕吐。她忍俊不禁，捂着嘴笑了起来。

修普诺斯知道她一定是想起他之前的种种狼狈事，就把她转过来，盯着她说道：“我其实是很厉害的，最擅长的是催眠，可以让人陷入永恒的睡眠。”

林雨凡忍住笑，说：“那还了得，那别人岂不成植物人了，以后别干这等缺德事了。”

修普诺斯笑着说：“从来没试过，我是善良的神祇。”

他又再次拥她入怀，紧紧地抱着，说：“趁现在你还是我的林雨凡，让我多抱抱。”

“谁是你的了！经过我同意了吗？”林雨凡抬头望着他，眼中星光点点。

修普诺斯微笑不语，含情脉脉地看着她。他单膝跪了下来。

林雨凡吓了一跳：“你做什么呀？”

修普诺斯看起来有些紧张：“书上描写的求婚，难道哪里不对吗？”他的语气听起来一点把握都没有，完全背离了睡神的沉稳气质。

可是自从遇上她之后，他又做过什么沉稳的事呢？

林雨凡觉得腿软了一下，她努力着不让自己也跪下来。

他拉着她的手，目光澄澈地仰望着她，说：“你愿意嫁给我吗？”

林雨凡完全被震住了，她语无伦次地说：“你在求婚吗？我吗？现在？”

修普诺斯鼓足勇气又说了一次：“林雨凡，你愿意嫁给我吗？和我永无止境地长相厮守。”

林雨凡波澜不惊地站在那里，像是矜持的闺中千金。那些扎根在心底的植物萌动起来，仿佛有清风拂过花梢，她的心里花开遍野，漫然无际。

不过这不是清醒的状态，她的脑中，导线直接把电源两端接在一起。

妈妈，如果她现在在旁边一定会惊喜若狂吧。

“林雨凡，林雨凡。”她听到修普诺斯在叫她。

修普诺斯现在已经听不到她的心声了。他竟为猜测她的所思所想而变得患得患失。她是不愿意吗？一定是我太急躁了，想赶在神王宣布他们的婚事前先征得她的同意。是我吓到她了吗？

他不愿意被动地接受神王的安排，也不愿意林雨凡是因为“帕西提亚”这个名字写在他的婚笺上，才成为他的妻子。他要的是心甘情愿嫁给他的林雨凡。

林雨凡发现自己居然走神了，不好意思地双手捂着脸。只见修普诺斯一脸迷茫地还跪在身边，她笑着点点头：“戒指呢？”

修普诺斯一愣：“戒指？”他赶紧将自己小手指上的戒指摘下来。

林雨凡伸出左手，修普诺斯将戒指往她的食指上套。

“无名指啦。”她小声提醒道。

修普诺斯的脸上绽放着灿烂的笑容，将戒指套在她左手的无名指上。

林雨凡端详着手上的戒指，黑宝石中间若隐若现着白色的花。

“这是代表睡神的‘黑夜罂粟’，”他满脸真挚地说，“现在永远归你了。”

“我会永远戴着它。”她含笑，郑重地说，“我们永远在一起，不离不弃。”

他起身用力地点头：“不离不弃。”他深情地拥吻她。

在清晨的阳光中，白石堆砌而成的睡神殿伫立在半山腰，殿前重新开满了白色罂粟，一朵朵都在期盼着催人入眠。忘川河水在山下流淌而过，河岸春色明媚，流水浮花片片。

暗沉的宙斯大殿内，命运女神的长姐阿特洛波斯正用神力将修普诺斯求婚的画面播放在宙斯面前。

“一切都按计划的方向发展。”命运女神阿特洛波斯说，满脸愁容。

神王宙斯眼神阴郁，点头不语。

再看那对仙侣，正倚在半空中的白云上。林雨凡捏着手里的云，趴在上面，用脸感受云朵，像是羊绒一样的柔软。修普诺斯仰卧在她身边。

“奥林匹斯圣山上有十二主峰，是十二主神的神殿所在。”他指给林雨凡看视线之内的几座高耸的山峰，“那就是传令峰，赫尔墨斯的神殿就在山顶上。那座喷火的火山峰是火神的住处。”

“那我们在什么峰上？”林雨凡用手支着脸，歪着头问。

“我们在一个侧峰上，叫沉睡峰。”

林雨凡笑着说：“好贴切！”

“现在叫雨凡峰。”修普诺斯侧过身温情地注视着她，笑着说，“结发为夫妻，恩爱两不疑。”

林雨凡扑哧一笑，拍了拍他的脑门：“这脑袋瓜里装的净是些文绉绉的古诗，你也别小瞧我，怎么说我也是文学系的，这首诗我还是知道的。”她思索了一下，说出最后两句，“生当复归来，死当长相思。”话一出口，她急忙捂住了嘴，心里猛然透进一阵凉意。

修普诺斯眼神微闪，拍了一下林雨凡的脑门：“童言无忌！重新说一个。”

林雨凡捂着头，想到了一句描写新婚的诗，含笑说：“绸缪束薪，三星在天。今夕何夕，见此良人。”

修普诺斯伏在云上直笑。林雨凡羞恼地去拉他的肩膀：“你笑什么，我哪里说错了吗？”

“没有，没有。”修普诺斯还是止不住地笑，“这是一首描述新婚之夜的诗，也有人认为是闹洞房的诗。”

林雨凡只觉得耳根都开始发烫了，脑海中浮现了昨夜他情不自禁的吻：“那都是后人妄自揣测罢了。我倒觉得这是首浪漫的定情诗。”

“你说得对。”修普诺斯忍住笑，“对诗词的理解本就是仁者见仁，智者见智的事，我也觉得是首定情诗。”

"我能问你一个问题吗?"林雨凡微微低下头。

"什么?"

"你为什么会喜欢我呢? 我有什么好的?"林雨凡将头钻进云层里。

修普诺斯半天没有声响,林雨凡抬起头看他。

"我实在想不出来原因,确实没什么好的。"他摇摇头。

林雨凡挥动着爪子上来捏他,被他一把抓住。

"那你什么时候开始喜欢我的?"她试着挣脱却被牢牢地抓着。

修普诺斯静静地翻阅着回忆。他的心曾经过于迟钝,她是什么时候进来的? 那样的悄无声息,像溜进来的一缕阳光,然后温暖地占满他的整个心房。一定是在他最没有防备的时候,他想。

修普诺斯紧紧抓着她的手因为思绪渐渐放松。

"也许第一眼就为你动心了,只是我后知后觉罢了。"修普诺斯望着远方的朝阳。他心想:在你还是小婴儿的时候,我还抱过你呢,现在想来仿佛命中注定般会遇到你。他忍住没告诉她,怕她想起亲生母亲会伤痛。

"说谎呢,我那时候那么胖,我妈都嫌我。"林雨凡斜眼看他。

修普诺斯将她的手贴在自己的脸上,灼灼的眸子紧盯着她,看得她脸颊发烫。然后他悠悠地说:"你若是花,我便爱花的模样;你若是叶,我便爱叶的模样;你若是泥土,我便爱泥土的模样。你只需要按你的模样出现,我便会不由自主地爱上你。"

这是他第一次口中说爱她,一声声地只觉得震耳欲聋,响彻心扉。

他停顿了一下:"那你呢?"声音青涩得像片刚刚冒出水面的荷叶。

"也许也是第一眼吧,也许是第二眼,哦不,也许是第三眼。"

她感觉到他的手又开始握紧了:"为什么变成第三眼了?"他追问。

林雨凡有些吃痛,胳膊一缩,急忙笑着说:"因为头两回被你吓个半死了。"

“不，你还没看到我时就已经动心了。”修普诺斯一本正经地说。

“那怎么可能？”林雨凡用力地扳着他的手指。

“就在我拉你上凤凰的时候，你靠在我的胸前，我听到你的心跳得厉害。”

林雨凡只觉得满脸灼热。也许是吧，不然，当时自己为什么会有勇气转过头看从天而降的他呢。

这时赫尔墨斯不知道从哪里冒出来，正躺在她旁边忍俊不禁地斜眼看他们。“啊！”她一声尖叫。

赫尔墨斯哈哈大笑：“现在心是不是也跳得厉害？那一定是被吓的！”

林雨凡已经惊得滚进修普诺斯的怀里。

修普诺斯满脸羞愤地问：“你来做什么？”

赫尔墨斯笑着说：“来看看我的妹妹好了没有，现在看来已经恢复了。”

这一声“妹妹”将他们都拉回了现实中。

“神王，也就是我们的父王，他召见你。”赫尔墨斯已经看到林雨凡眼中的神采消失了，拉来了乌云。

“赫尔墨斯，我有件事情求你帮忙。”

“什么求不求的，妹妹开口，哥哥一定照办。”

“谢谢了，你帮我带信给我爸妈还有晓乐，我怕我一时半会儿回不去，他们会急得发疯。”她的眼中泪光点点。

“好。我正好也要去一趟，把之前下到凡人身上的封印解除了。”他说着变出纸笔交到林雨凡手上。

林雨凡一听到那些混混要被解除封印了，突然害怕起来，他们会不会再找晓乐的麻烦？她心中忐忑不安。

“你代我向梁晓乐说声抱歉吧，之前误以为她是神女，好像给她造成了困扰。”修普诺斯说。

“一声抱歉不够诚意吧，还是我代你去赔礼道歉吧。”赫尔墨斯说着变出纸笔交到林雨凡手上。

林雨凡接过来放在云上写了起来。

“那过会儿就由你带她去吧，在花园的小宫殿里。”赫尔墨斯看着修普诺斯。修普诺斯沉重不安地点点头。

林雨凡将两封信郑重地交到赫尔墨斯的手中，并告诉了他梁晓乐的宿舍地址。

“你们还是赶快去见父王吧，他是很想你的。”赫尔墨斯柔声说。

林雨凡的眼里却闪过一丝恨意，她垂下眼帘拨弄着云。

“如果你擅自离开，他可能就会重新被打入绝望之渊。”赫尔墨斯搭了搭修普诺斯的肩膀。

林雨凡惊愕地抬头看着赫尔墨斯。

“别忘了，你还是戴罪之身。”赫尔墨斯提醒修普诺斯。

赫尔墨斯叹了口气就消失在他们面前。

“你如果不想去，我带你离开。”修普诺斯握着林雨凡的手。她感觉到他的手比之前要冷了一些。

她摇了摇头，悲哀的眼泪从闭着的眼睛里蔓延出来。她亲生父亲竟然是宙斯！她要去见的是她的亲生父亲吗？她在心里冷笑。她是去见间接害死她母亲的凶手，见将善良温柔的修普诺斯打入绝望之地的高高在上的神王。

“你父王抛弃你是中了邪蛊魔的阴谋，我想他当时是很心痛的。”修普诺斯拍着她的背，安慰她。

“你告诉过我，他现在找我回来是为了一场战争。”林雨凡的声音冷得像冰。修普诺斯心里真后悔告诉她这些事情，她可千万别闯出什么祸来。

3

一朵行云飘向神王宙斯的神殿。林雨凡向下望去,一座白色的神殿巍峨地占据着山顶,耸入天际,它的周围雷霆闪耀,一道道电光让她不寒而栗。

“我知道你心中对他不满,但是不要冲动,不要对他不敬,他毕竟是神王。”修普诺斯握着她冰冷的手,嘱咐着。

修普诺斯和林雨凡落在花园里一座精致小巧的白色宫殿前,他将林雨凡的长袍变得短小些以适合她的身形:“我只能送你到这里了,我会在外面等你。”

林雨凡点点头,迟疑地往前走,她抬眼望去,上面居然有三个繁体汉字“长平殿”。她看得出神,立刻明白了,这是她亲生母亲的故居。她的心里涌动着温热的波涛,汹涌而出,偏偏都堵在了心口,胀痛得她透不过气来。妈妈温柔苍白的脸又出现在她的脑海里,一个柔弱的女人和一个幼小的婴儿,母亲的手温暖地拂过她出生时稚嫩的皮肤。

林雨凡将夺眶而出的泪水擦干,缓了缓心中的痛楚,走了进去。

宙斯坐在大堂里等着她,看到她走进来,有些激动地站了起来。他身穿金色长袍,有着和她一样的棕色鬈发,他的脸上带着慈祥的笑意,眼神期盼地看着她。

是她记忆中的那张脸,也曾这样凝视着她,那双手曾经抱着她幼小的身躯,却将她抛进了宇宙的黑暗中。为什么他不是冷酷威严的?为什么要带着这样一副和蔼恳切的表情!林雨凡仇恨的心顿时软下了几分。

“你叫什么名字?”宙斯的声音慈祥柔和。

林雨凡猛然听到他说中文,吃惊地站在那里,半晌才小声说:“林雨凡。”

“从现在起你叫帕西提亚。是父王为你起的名字，你喜欢吗？”

林雨凡突然被改了名字，不知道该怎么回答，哑口无言地呆立着。

“我的亲生母亲，她是谁？”她突然问道，这是她此时此刻最关心的。“我是林雨凡或是帕西提亚，都不重要，只有知道了她是谁，我才知道自己是谁。”她冷冷地说。

宙斯听到女儿的语气冷漠又带嘲意，他面带愧色地叹了一口气，说：“你的母亲是明朝的末代公主，她叫朱媺娖。她既美丽又温婉。”他凝视着林雨凡，“你长得很像你的母亲。”宙斯的目光流过殿内的一物一件，像是追寻着长平公主的影子。“我是在他父亲的剑下将她救起，带她回了圣山。”他停顿了一下，“可是她在凡间的阳寿已尽。我曾经告诉过她，她是不能离开圣山的，一旦走出圣山就离死亡不远了。所以，尽管她想念她的家乡始终没能带她回去看看。”

他的眼睛里满是回忆的泪光：“直到她怀上了你，整个人就快乐了起来，她很爱你，你就是她的希望，她愿你能安乐成长。但是，后来……”他眼中的亮光逐渐消失，“邪蛊魔向圣山宣战，还用强大的魔力影响了预言女神的预言，我中了他们的阴谋，才万般无奈和痛心地将你抛入宇宙中，你的母亲当时已经被我用神力变成一只神鸟，她飞身出去抓住你，我知道她是不会放弃你的，在任何情况下。”

“所以你就放手让她去死了？！”林雨凡一直忍耐着，终于还是抑制不住内心的怒火，已经顾不得修普诺斯对她的殷殷嘱咐。

宙斯没有对她的无理而生气，他的声音脆弱无力：“我对你们很愧疚，我为了保护圣山和神族不得不放弃你们。我是神王，我有我的责任和使命，我别无选择。”

林雨凡已经泪流满面，她站在那里用手捂着脸抽泣。

“我又何尝不悲痛，这都是命运的安排。”宙斯无奈地摇头，这父女之间的心结一时半会儿是解不开了，“父王找你回来，就是想尽我所能弥补你。”

林雨凡冷笑："你抛弃我不要紧，我活得好好的，我的养父母对我很好！你找我回来难道不是因为我身上有你们赢得战争的需要的东西吗？"

赫尔墨斯已经从凡间回来，他出现在修普诺斯面前。"已经进去了？"他问。

修普诺斯见他来，急忙上前抓着他说："快将你的神使之耳借我用用。"他刚才隐约听到林雨凡大声质问的声音，心生惊惧，正急得团团转。

赫尔墨斯看着修普诺斯的慌乱样忍不住笑了起来，边慢悠悠地拿出神使之耳边说："你放心吧，父王对这个女儿满心愧疚，就算她再无理也是不忍心责怪她的。"

赫尔墨斯将一只小得像针尖似的耳朵飞进了宫殿内，手里留着另一只掌心大小的铁质耳朵，他斜眼看他说："万一被发现就惨了，到时候得让妹妹替我们求情了。"

"大耳朵"里传出了林雨凡呜呜的哭声，修普诺斯焦灼地听着。

宙斯的声音传了出来："父王一直都惦记着你，所以一到你变成神祇的时候就接你回来了。待会就是你升入神祇的仪式。之前的启示说'战争因你而起，也因你而止'，预言女神要对战争做出更完整的启示，需要通过你才能得出。这也是你需要完成的身为神祇的第一项使命。"

"我根本不想做神祇。"这是林雨凡的声音。修普诺斯开始不安地在赫尔墨斯面前晃来晃去。"你之前的顾虑没错，一旦记忆的封印解开我是坚决不会回来的。"只听得她冷冷地叹出一口气，"可是阴差阳错，我被带回来了。现在我只求你答应我一件事，你要我做神祇，去完成使命，我都可以答应你。"

"你说，是什么事？"宙斯的声音听起来很柔顺，修普诺斯稍微放下心来，他等着听林雨凡会要什么。

“免去修普诺斯所有的罪。”她的语气稚气又无畏。赫尔墨斯不禁笑出声来，他看了一眼修普诺斯，修普诺斯的脸上也带着感动又自嘲的苦笑。

“我答应你。”他沉吟着，想让她知道一件事，“只是之前并不是真的要惩罚他，一切也都是为了你呀！”接着传来宙斯一阵叹息。

林雨凡大惊失色，睁大了眼睛：“为了我？”

宙斯沉默着，像是追溯那段古老的记忆：“很久以前，预言女神为我做了一次预言，说我会有一个命运漂泊的女儿出生，她像是受过诅咒一般生来就没有命运之网。要保住她的唯一希望就是让她遇上一位从绝望中重生的神祇，依附在他的命运之网上。只有在最黑暗的绝望中他才能看到她，抓住她，机会只有一次，稍纵即逝。”

他抬头看着林雨凡：“我问预言女神怎样才能找到那位神祇，她却很犹豫。在我的逼问下才颤抖着说，‘当你看到一位站在绝望之渊边上的神祇，推他下去，让他经历千年的寒冷绝望。’”

赫尔墨斯脸上的笑意全无，他抬眼看修普诺斯，只见他震惊地伫立着，像一座冰山，脸上充满了沉重复杂的神情。

稍稍停顿后，宙斯的声音再次响起：“他会在她出生后归来踏上寻找她的路程。但是，能不能改变她的命运就要看机缘了。这个女儿就是你，而那位被我推下绝望之渊的神祇，就是修普诺斯。”

修普诺斯垂下眼帘，明白了神王当时对他说的‘谢谢你保护我的女儿’指的是林雨凡。原来他所受的苦痛都是因为她！

“他被禁锢了三千多年，”宙斯的眼中泛起了泪花，“父王为了你做了很自私、很残忍的事情，这都是因为爱你，哪怕只有一线希望我也要保住你。”宙斯说。

林雨凡惊愕地看着宙斯，泪眼蒙眬，不敢相信她所听到的。修普诺斯被打落在天界深处竟然是她造成的！她的脑海中掠过修普诺斯那种莫名的忧郁孤寂的神情，她心痛得不能自已。她顾不得宙斯还站在眼前，转过身就往外跑。

林雨凡的脚步声越来越近，修普诺斯心里的思绪百转千回，翻腾着昔日里的无限忧伤，他转身离开。

他听到背后赫尔墨斯拉住了跑来的林雨凡。他对她说："父王对你说的我们也都听到了，他可能需要时间消化下。"

林雨凡焦急地挣脱赫尔墨斯的手，追着修普诺斯孤单清冷的背影跑了几步，突然心里一凉，害怕修普诺斯从此不再理她，怕他的眼睛充满恨意地看着她。她的脚仿佛有千斤重，迟疑着停了下来，茫然地蹲下身把脸埋在膝盖上呜咽起来。

过了一会儿，一只大手将她拉了起来，拉进了一个宽大的怀抱。她的耳边是修普诺斯苦涩的轻叹："不是你的错，我不恨你，我也恨不起来。"

林雨凡泪眼盈盈地抬头看他，哽咽着说："我不知道原来都是我害的。"

修普诺斯把她抱得更紧了："可是，也是你治好了我身上的绝望之毒。它定时发作起来真是让我痛苦不堪。"

林雨凡不解地问："我什么时候帮你治毒了？"

"就是那天夜里我又冷又痛在地上打滚，后来因为抱着你就莫名其妙地好了。"

林雨凡望着他，回忆起那天的情景："你的毒是在那个地方得的吗？"

修普诺斯点点头，说："你身上有神奇的能抑制绝望之毒的力量，还未变为神祇时就有了。"

林雨凡泪光点点摇摇头说："那也弥补不了我对你的伤害。"

"当然不够。"修普诺斯拉起她的左手，看了看她手上的戒指，说，"你要用你自己来弥补我。"他的笑又明朗了起来。

林雨凡破涕一笑，垂下眼帘将脸靠在他胸前。

“之前发作了多少次呢？都是怎么煎熬过来的?”她的声音因为心痛而颤抖,一想到他独自默默忍受着千年的寒冷、痛苦和孤寂,她就难过地流下眼泪。

“为了你的存在,都是值得的。”修普诺斯的脸上滚落下来一颗心甘情愿的眼泪。

后面不远处传来赫尔墨斯故意做出的咳嗽声,林雨凡急忙松开修普诺斯,她瞥了一眼赫尔墨斯,转过头对修普诺斯说:“我们回去吧。”

“等一下就是升神仪式了,妹妹。”赫尔墨斯提醒。

林雨凡轻轻地叹了一口气,将目光望向宫殿前的小树林,忽然她发现一只蓝白色大鸟飞翔在林中。她一脸惊讶地看着神鸟,这是她记忆中妈妈最后的样子。她像是丢了魂似的飞奔过去进了小树林,修普诺斯急忙跟了过去。

神鸟停在树梢啼叫。林雨凡怔怔地站在树下看,修普诺斯伸出手臂唤了一声,神鸟展开双翅飞了下来,停在他的手臂上。

“这只是一只神鸟而已,不是你妈妈变的,你妈妈已经……”他不忍心说下去。

林雨凡听他这样说,急忙问道:“你见过她？是什么时候?”

修普诺斯的眼里晃动着神鸟蓝白相间的羽毛,他手一扬,神鸟振翅而去。于是,他将在塔尔拉罗斯里遇到她们母女的事告诉了她:“当时,神鸟停靠在我身上,我将你抱在怀里。”

林雨凡挽着他的手臂,靠在他肩上:“原来是她将我带到你那里。”她闭上眼睛,眼泪浸湿了睫毛,蔓延出来湿了他的衣袖,她嘴角轻轻扬起温暖的笑。

“你那时为什么没有认出我呢?”林雨凡睨了他一眼。

“当时神王告诉我神女长得像她的母亲,而她的母亲是神王见过的最美丽、最温柔的凡间女子。所以……”修普诺斯着急地解释。

“所以你会以为是晓乐,她又是孤女。”

“是的，虽然灵珀带我来到你的面前，你既不是孤女，又……”

“又不美，是不是？”林雨凡忍不住笑了起来。

修普诺斯也笑出声来：“确实如此。你和你亲生母亲像吗？”

林雨凡回忆着母亲的脸：“是有几分相似，可是她虽然眉眼清秀，但也不是倾国倾城的美人，怎么说她是最美的凡间女子呢？”

“可见，你父王是真心爱着你母亲的，在他眼里她就是最美的。”

林雨凡怅惘地低下头，心中荡漾开一阵酸楚。

宙斯走出宫殿门口，赫尔墨斯急忙将神使之耳藏在身后，说：“父王，我有事情要禀告。”赫尔墨斯接着说，“我刚从南天门得到消息，邪蛊魔这次突然出现在东方神界的结界外，凿开个洞接应之前混进去的无头加拉帕格斯蜈蚣，我估计就是上次袭击神女的那只，它们现在已经得到了神女的神液。”

宙斯紧皱着眉，脸上露出凝重的表情，说：“它们很快就会再次攻打圣山了。你再去一趟东方神界，告诉他们也要做好战争的准备，万一我们抵挡不住，请他们支援共同抵御邪蛊魔。”

赫尔墨斯心里一惊，父王从来没有打过败仗，为什么这次做了战败的打算，如果神界失守……他顿时觉得脊背发凉不敢往下想，急忙念着咒语消失在宙斯面前。

林雨凡和修普诺斯在小树林中漫步，来到了宙斯花园的边缘。林雨凡站在瞭望台上俯身望去，浩瀚的宇宙沉浸在星星点点中，其中远处一颗蔚蓝色的星球映入林雨凡的眼底。“那是地球吗？”她指着它抬头问修普诺斯。

修普诺斯微微点头：“是的。”

林雨凡想起宙斯的话，心里一阵苦涩：“妈妈当时一定天天来这里吧，没有指望地看着这颗蓝色的星球。”

修普诺斯摇摇头：“只怕在凡人的眼睛里那只是一颗昏暗的星点。”

林雨凡吸了一口气，心里微胀。她苦笑着说："我才刚来居然也盼着回去呢。"

"其实，按凡间的时间算，你已经离开那里快半年了。"修普诺斯目光流转，不安地停在她脸上，"神界的时间流动比凡间的缓慢许多。"

林雨凡一惊："什么?!"随即明白了修普诺斯的意思，"我的天哪，我离开这么久了，家里人还不急疯了！"她一把抓住修普诺斯的手，"还要多久才能放我走?"她眼里的焦急呼之欲出，修普诺斯握住她的手，安抚她急切的归心。"等下升神仪式和启示大典过后，预言女神得出了战胜的启示，我们就去请求你的父王让你回趟凡间。带着他的亲笔通行函，我们才能进入东方地界。"

林雨凡眉头微蹙："希望快点完成我的使命。"她遥看着视线中那颗可望而不可即的星。

"神祇的存在都带着使命和责任。"修普诺斯平和安静地看着她，微笑着说。

林雨凡在他柔和的目光注视下，心里的烦躁不安一下子被清空了，她眼角带着笑，问："那你的责任是什么？使人安心睡眠吗?"

"我现在的责任是守护你。"他含着笑凝视她，温柔地说。

林雨凡眼里映着星光的点缀，依偎着修普诺斯："有你在，我什么都不怕了。"她酸楚的心底像是被灌入一片沉静宽广的海洋。

他们手拉着手来到宙斯神殿前，修普诺斯上前亲了亲她的额头，说："别怕，我就在你身后。"林雨凡望着他点点头，手因为紧张握成了拳头，然后转身走了进去。

大殿内灯火通明，众神都到齐了，垂手站在神殿的两边。林雨凡一进入大殿就成了目光的焦点。他们用她听不懂的语言低声地议论着。

中间坐在辉煌夺目的宝座上的宙斯面带微笑看着她。旁边坐着一个面无表情但是端庄美丽的女神，林雨凡猜测她应该是传说中的天后赫拉。

她走到离他们还有十几步时就慢慢地停了下来，局促地盯着脚下光洁的白色石面。

“帕西提亚。”神王说话了。林雨凡仍是低着头，不习惯被这么称呼。

“修普诺斯。”神王接着说道。

修普诺斯从众神中间走了出来，来到林雨凡身边靠后几步停下来，单膝下跪，交出一把匕首，然后说了几句林雨凡听不懂的话。

她心想，这应该是古希腊语吧。

只见神王的手指指向修普诺斯，有一道红光射来落在他的手腕上，手链松开了。立刻有侍者上来将匕首和手链呈给宙斯。

宙斯起身，迈出步子向林雨凡走来。好几位白色长袍的神祇也来到她身旁，分别是命运女神、大祭司和预言女神。

他们在她周围围成一个圈，嘴里念念有词，她觉得他们在说着古老的咒语。

修普诺斯已经归位，在一旁默默地看着她。她马上不再是林雨凡了，她将要升为一位女神。他跟着众神一道唱着祝福的颂歌，心里隐隐地不舍，也只能无能为力地忍受着。

神王示意林雨凡跪下来，他将手链上的灵珀摘下来，月亮叠着太阳的透明灵珀突然发出耀眼的金光，刺得林雨凡闭上了眼。她感觉到神王的手放在她的头顶。她的身体飘飘然起来，思维一阵混乱，周围的光线都暗了下来。她睁开眼睛，视线却浑浊不清，突然一切又明亮了，视觉比以前更加开阔和清晰，仿佛除了眼睛之外，全身上下都能看到、都能感受到似的。她注意到自己双手上萦绕着点点亮光。

升神仪式结束，宙斯将手放在林雨凡的头顶感受她的神力，但是神力并没有立刻聚集起来。宙斯想也许是灵珀还没适应神体，等过段时间就好了。

林雨凡抬头看神王宙斯，只见他一脸欣喜地说：“我的女儿，希望女神。”

希望女神？修普诺斯眨了一下眼。只有身处最深的绝望才能抓住稍纵即逝的希望,那我是不是已经为她抓住了存在下去的机缘？修普诺斯怔怔地望着她。

她回头找寻修普诺斯的身影,当四目相对时,她看到他的微笑。她也不自禁地跟着微笑起来。

接着,预言女神请希望女神走出宙斯神殿外,她们一起走上布满石阶的神坛。命运女神和大祭司在一旁护法,预言女神绕着希望女神一圈又一圈地走着。林雨凡看到祭坛上有璀璨的星辰升腾,心想:他们在做战争的启示吧。星辰升至天际忽然都坠落下来,燃起熊熊烈火。预言女神恐惧的声音凌厉地响了起来。

林雨凡心中寒冷,听不懂她在说什么。众神都骚动起来,宙斯的脸变得铁青,眼眸中升腾一堆燃起的火焰。

林雨凡惊慌地看向修普诺斯。只见他苍白的脸上两只眼睛闪着恐惧,他的身体在颤抖,他拨开前面的神祇奔向她:“雨凡！快跟我走!”他的声音像是从喉咙里撕裂出来。

宙斯一声令下,几个神祇立刻追上来扑向修普诺斯,他发了疯似的与他们搏斗起来。现场突然混乱不堪。

林雨凡吓呆了。“发生什么事了?!”她叫着,生怕修普诺斯受伤。她冲下神坛却被无形的屏障挡了回来。

修普诺斯几经挣扎还是被他们打倒,重重地砸在地上,被按住捆绑起来。他哀号起来,泪水滚落他的脸庞,俊美白皙的脸因为痛哭而扭曲。

林雨凡看在眼里也放声大哭起来,一边喊着:“修普诺斯,究竟是怎么了?! 你们为什么这么对他!”一边用力地捶打屏障。

她看到一位美丽的女神走出来跪在神王面前扯住他的衣袖,她的眼里满是怜悯,边说话边不时地看向修普诺斯,像是在为他求情。

林雨凡慌乱中想起赫尔墨斯，可是他不在！她无助地跌坐在石阶上，满脸泪水，全身冰冷。

修普诺斯被带到神王面前，所有的神祇都将目光投射过来。宙斯强忍着心中的悲痛下令关闭所有出入圣山的通道和山门。他看了一眼修普诺斯，下令给他松绑。

宙斯转身离开，修普诺斯抬起头看着他，他缓缓离开的背影有些蹒跚和无助，仿佛能看到他转身前滑落脸颊的一滴泪。他的身后扬起烈火燃烧后的灰烬。

神祇们都叹息着陆陆续续地离开了神坛，只有修普诺斯失魂落魄地坐在原地。林雨凡发现屏障消失了，她急忙跑出来。她跪在修普诺斯面前伸手抚摸他悲伤的脸。他哽咽着拥抱住她，凄然泪下："我不该带你来的！我不该带你来的……"他一直反反复复地说着这一句，直到每一个字都嵌入无尽的悔恨。

这天，林爸爸和林妈妈从公安局回来。他们每天寝食难安，每天都要去趟公安局那里看看有没有林雨凡的消息。警察反复劝慰他们在家里等，有消息就会第一时间通知他们，可他们在家根本坐不住，简直是度日如年。

可是三个月过去了，音信全无。

走到家门口，林妈妈像往常一样打开信箱，里面有一封信。她急忙拿出来，只见信封上几个字赫然映入眼里：爸爸妈妈收，雨凡。"是雨凡，她来信了。"林妈妈的声音因为激动而尖锐起来。林爸爸一惊，急忙夺过来慌张地撕开信封，展开信纸：

亲爱的爸爸妈妈：

对不起！让你们担心了。

我已经知道了你们隐瞒了二十一年的秘密，感谢你们让我全然不知地度过了二十一年幸福的日子。我好想继续幸福下去，继续做你们的女儿。

我现在需要一段时间去处理一些事情，暂时还不确定什么时候会回来。帮我和学校请个假。谢谢！代问嘉俊好！

我和修普诺斯在一起，一切都好，等我回来。

祝愿　平安健康！

女儿：林雨凡

林爸爸和林妈妈读完信，摸了摸脸上的泪水，紧紧地依偎在一起。林妈妈说："是雨凡的字迹，谢天谢地！她平安就好！她说她会回来的，是吧？"林爸爸点点头，说："是的。给她一些时间，她会回来的。"

梁晓乐下课回寝室，楼下的看门阿姨叫住她："梁晓乐，有你的信！"她心里纳闷，谁会寄信给她呢？接过信封，她瞪大了眼睛，是雨凡！等不及拿回寝室，她连忙撕开来看。

亲爱的晓乐：

对不起！让你担心了！

嘉俊可能已经告诉你我的事了，但我还是想自己亲自告诉你，我不是我爸妈的亲生女儿。不过，我已经想通了，也接受了这个现实，我对他们的感情不会有丝毫的改变。我还有一些事情要处理，等处理好我就会回来的。

另外，小心上次袭击你的混混，他也许会再来找你麻烦，出门小心，最好找人陪着。

我和修普诺斯在一起，一切都好，等我回来。

祝愿　平安健康！

林雨凡

梁晓乐擦了擦眼角的泪，脸上扬起轻松的笑容，自言自语道："这个家伙，还活着呢，回来就掐死你。"

修普诺斯听到赫尔墨斯在殿外叫他，他打开殿门走了出来，林雨凡也从后面默默地跟了出来。

"怎么了?"他问。他察觉他们的神色都不对劲。

修普诺斯用古希腊语说："他们为了得到更完整的关于战争的预言，通过她做了启示。"

"然后呢?"赫尔墨斯已经感觉到了事态的严峻。

修普诺斯的声音里混合着从心底涌出的苦涩的汁液："这将是最后一场圣战，要么彻底毁灭邪蛊魔一族，否则就是神族的覆灭，要取得胜利就必须，"他低下头滴下无声的泪，"献祭希望女神。"他泪眼蒙蒙的目光望向林雨凡。

赫尔墨斯淌着泪无言以对，他想起帕西提亚出生时预言女神就预言战争因她起，也因她止，意思居然就是她生命的终结。他又想起了命运女神的神谕，父王所做的安排也救不了她。他闭上了微微开启的嘴巴。

林雨凡无力地拉扯着修普诺斯的衣袖，说："你告诉我吧，把你告诉赫尔墨斯的事情用中文再说一遍!"

从神坛回来后，修普诺斯一直缄默无语。不管林雨凡怎么问他，他始终一个字也不愿说。可她知道一定是发生了可怕的事！她能感受到他的心里有东西在破碎，她能感受到他的痛楚。

林雨凡崩溃地尖叫起来："为什么不告诉我？你们想做什么?"她用力抓住赫尔墨斯的手臂，"你告诉我好不好!"

赫尔墨斯忍着眼泪，摸了摸她的头："没事的，我们再想想办法。"

听了他的安慰，林雨凡觉得身体放松了，睡意袭来，她昏昏沉沉地闭上了眼睛。原来是修普诺斯在她身后念了催眠咒语。他抱起她走进睡神殿,风中罂粟的气味四处飘散。

不一会儿,修普诺斯出来用神力锁住殿门。他走向赫尔墨斯,盯着他的眼睛,说:“你知道些什么,请都告诉我吧。你刚刚的眼神有话要说。”

赫尔墨斯眼中含泪,艰难地点点头,将这些刺痛的话一句句地说了出来:“命运女神阿特洛波斯曾经告诉我,之所以你能找到神女,带她回神界,是因为她出生后不久将命运缠绕在了你的命运之网上。神女本是无命运之网的孩子,你们将要争夺那唯一的生命之线,你们之中会有一个要消失。她还有一句提示给你,‘让希望永远沉睡’。”他看到修普诺斯愕然的眼神,然后接着说,“可是后来父王又安排你们的婚事,他应该是想将神女的命运与你的命运合二为一,共用一张命运网。可现在看来,这个办法并没有作用,还是救不了她。”

“原来她的灵珀在我的手上发亮是因为我们的命运缠绕在了一起。”他怔怔地看向忘川河上相互依偎的荷叶荷花,它们共享的根茎被埋在淤泥之下。

赫尔墨斯看到他脸上的绝望之色比先前稍微淡了一丝,猛然一惊,抓着他的手臂摇摇头说:“不可以!你不要动这个念头!”

修普诺斯甩掉他的手,他已经召唤来一片云,腾空而去。赫尔墨斯急忙追了过去。阿耳忒弥斯一直躲在睡神殿外的峭壁下,偷听他们的对话,见他们匆匆离去,也唤来一片云跟在后面。

修普诺斯冲进神王宙斯的神殿,他用神力将大门冰封挡住了赫尔墨斯,自己跑进大殿。宙斯正坐在宝座上,看到修普诺斯冲进来,他没有震怒,站了起来。

修普诺斯走到宙斯身边,竟然忘了行礼,他沙哑着声音说:“我可以救她,是不是?”他与神王的距离那么近,像极了当年在绝望之渊的悬崖边上的情景。“我已经知道了您将我推入绝望之渊背后的真相了。”

大殿外的走廊里，赫尔墨斯已经用神力融化了冰块悄然进去，接着阿耳忒弥斯也轻轻地跟了进来。他们贴在走廊巨型的神柱后面偷偷地放神使之耳飞进去偷听神王与修普诺斯的对话。

神王又苍老了很多，像一个安详的老者。他握了握修普诺斯的手："那天我看到几个在我的花园里嬉戏的小神，其中有赫尔墨斯、阿耳忒弥斯，还有你，我的心里无限悲凉，真希望我未来的那没有命运之网的可怜女儿也可以像你们一样无忧无虑地在我的眼前玩耍呀。"他侧过身望着殿里的石壁，目光像是能穿透厚厚的白石看到花园一般。

他停顿了一下，侧过脸看着修普诺斯，说："没有想到，之后在绝望之渊边上看到的会是你，当时我已经察明你是为了保护阿耳忒弥斯才被赫拉利用，虽然有罪但我会酌情惩罚你。但是我想起了预言女神的预言就残酷地将你推了下去。后来你真的在塔尔拉罗斯里遇上了她，把她带进了你的生命里。"很久他都没有继续讲话，只是摇了摇头，无奈地叹气。

"我很自私，为了我的女儿。可是，她的命运竟然一出生就牵连着战争，远比我预想的复杂。"宙斯的声音浑厚却带着一丝无奈的苍凉。

"我曾经想到用婚姻将你们绑在一起，让藤蔓绕上大树，让你们彼此的命运互相交叠。赫拉的条件是不能承认她是我的女儿，只给她一个海中仙女的神位。我答应了。可是我亲眼看着赫拉在你的婚笺上写，却怎么也写不了她的名字，一点痕迹也没有，她仿佛是不存在的神祇。也许只有你自愿与她共享你的命运之网，才能将她的名字写下来。"

修普诺斯一直默默地听着，身体仿佛变成了殿内的神柱一般一动不动。

"后来我看到你向她求婚，我感到很意外，我让天后赫拉拿来婚盟卷宗查看，她果然已经成为你的妻子。我原以为她的命运从此不会再四处游离，可是，预言女神得到的启示却是……”他微张着嘴，心痛地说不下去了。

“怎样才可以把我的命运之网让给她？告诉我吧。”修普诺斯说，他的瞳孔中忽闪着密密的乱星。

大殿外的赫尔墨斯和阿耳忒弥斯听得都屏住了呼吸。

神王的眼角跳动了一下，他按捺住心中升腾的情绪，问：“你知道一旦你没有了命运之网会怎么样吗？”

修普诺斯点点头，一脸坚毅的神情。

神王略略迟疑后摇摇头，凄然地说：“你做得已经很多了，为了我的自私，为了给她希望，已经遭受了太多痛苦了。这是她的命运，也是她身为神祇的责任，你不要强求。”他的声音听起来绷得紧紧的，像是一不小心就会崩断似的，袖子下的拳头使劲握紧，连指甲都嵌了进去。

赫尔墨斯靠在石壁上，心脏剧烈地跳动着，修普诺斯果然想交出自己的命运之网，而父王竟然没有答应他的请求。他稍稍松了口气，紧接着心情又沉重起来，那就意味着帕西提亚要走上祭台。我们为了神族的存活居然要献祭一个年轻的女神，可是如果神族覆灭，那人间也必将被邪蛊魔占领，成为炼狱。

突然，他发现身旁的阿耳忒弥斯已经不见了。

修普诺斯离开后，宙斯渐渐松开了紧握的拳头，身体的力量像是被抽空了一般，他坐回宝座上闭上了眼睛。

当他看到修普诺斯向帕西提亚求婚时，才知道他们是那么相爱。他的心像是被闪电击中了。

他对女儿的爱让他自私到了邪恶的地步。如果说当初推修普诺斯入绝望之渊时他是殷切地期盼他能救下帕西提亚，可是当他让命运女神做出神谕，知道了缠绕的命运之网这件事后，就已经在计划替女儿夺下他的命运之网。他让赫拉安排他们的婚姻为的是让女儿更牢固地攀住那张命运之网。如果还是改变不了她的命运,为了那唯一的生命之线就只能毁灭修普诺斯。可修普诺斯却深爱着他的女儿,为了她宁愿让出自己的生命。

他已经说不出口那个唯一拯救他女儿的办法了。

“是我的邪恶的念想太深才吸引了邪蛊魔。”他叹了口气。“取消计划,从现在起,命运女神不要与修普诺斯会面。”

“是。神王。”神柱后的命运女神回答。

4

修普诺斯拖着摇摇欲坠的身体走在宙斯神殿外长长的走廊上,地上呈现着黑白交错的光影,萧索的影子走过一道道神柱投下的阴暗。连神王都叫他放弃了,可是他不想放弃。他在心里说:我一定要找到改变她命运的方法。

赫尔墨斯站在长廊的尽头等他,眉眼之间满是深深的不安。修普诺斯走到他面前抓住他的手臂说:“命运女神是不是说‘让希望永远沉睡’?”

赫尔墨斯的心里惶恐不安,他开始害怕会失去修普诺斯这个好朋友:“当时我们都以为帕西提亚会在父王的保护下生存下来,命运女神怜悯你才送了你这句话。”

修普诺斯在脑海中思索着:命运女神原以为我会自救,如果是救她呢?他像是想通了什么似的,嘴里喃喃自语:“原来将命运之网让给她是这么简单。”他心里为林雨凡而喜,也为他们的缘分而悲。命运将我和她安排在了对立的位置,可是,我怎么会和她争夺存活下去的机会呢?

“你去哪?”赫尔墨斯焦急地跟在他身后。

“我去找命运女神确认一件事。”

他们来到守护峰,山上白雪皑皑,命运女神居住的石屋在大风雪中消失了踪影。"命运女神!"修普诺斯喊着,只有风声在回应。"为什么命运女神要躲着我?"他苦涩地自问。"那我的心就更加坚定了。"他突然坦然地笑了,清脆的笑声在守护峰上回荡。风声已止,只有雪沙沙地下着,打落在枝头。

"赫尔墨斯,答应我一件事。"修普诺斯的眼里含着泪,捕捉着赫尔墨斯闪躲的目光。

"我不答应。"赫尔墨斯转过身去潸然泪下。

"她是你的妹妹呀,赫尔墨斯。她从一出生就被抛弃,流落在人间,是我把她带回来的!是我带她回来替我们这些神祇送死的!"修普诺斯死死地抓着赫尔墨斯的肩膀,"我不能眼睁睁地看着她灰飞烟灭,我会被心痛折磨而死。这该死的启示,为什么要选她!我是在圣山上长大的神祇,就算献祭也应该拿我的灵珀去献祭!"

"我也是圣山上的神祇!就算献祭也轮不到你!可是邪蛊魔就是因为她找到了覆灭我们的机会!该死的是邪蛊魔!"赫尔墨斯咬牙切齿地说。他低下头捂着脸。

"答应我,封住她对我的记忆,让她忘了我。"

赫尔墨斯点头不语,心如刀割。他颤抖着上前拥抱修普诺斯:"我……知道是劝不回你的。我……"他已经泣不成声。

修普诺斯用力拍拍他的背。夕阳的血红色凝滞在天边,被积雪覆盖的洁白无瑕的守护峰上,两位年轻的神祇在做最后的道别。

修普诺斯飘在云端,眼前一个身影一晃扑在他背上。阿耳忒弥斯像小时候一样挂在他身后揪他的耳朵。修普诺斯头也没回就说:"阿耳忒弥斯,快下来。"

突然他的后背流进一股月光寒气,修普诺斯惊得睁大了眼睛,他僵在那里动弹不得。

阿耳忒弥斯还在继续输入她的神力，直到输完最后一丝，她倒在云上喘气。修普诺斯转过身扶起她，突然她身体往下坠，没有神力的支撑她已经不能飘浮在云上了。修普诺斯急忙飞身接住她，缓缓地降落在地面上。

“你这是做什么？”修普诺斯不解。

“没事的，我的神力过段时间就能恢复。我在你的神体外附上神力保护你，任何在我之下的力量都伤害不了你，包括你自己的。修普诺斯，你对赫尔墨斯还有父王说的话我都听到了。”她勉强地站起来，盯着他说，“我最后悔的事就是畏惧父王的旨意没有救你，如果和你一起被打落在绝望之渊，也许你就不会遇上她。”她咬着嘴唇，想忍住眼泪，可泪水还是像断了线一般滑落，“你也就不会想去替她死了。”

修普诺斯的心里既感动又不忍，他伸出手拭去她的泪，就像小时候他受了委屈或是想念他的母亲黑夜女神时，阿耳忒弥斯都会用她的小手轻轻地擦掉他脸上的泪，唱歌给他听。“真怀念小时候。”他说，望着她的眼神也变得天真。

阿耳忒弥斯抱住他，说：“你为什么总是牺牲你自己？上次为了我，这次又为了帕里提亚。所以现在换成我保护你，我不允许你伤害自己！”

“你的神力在保护我，你可以放心了。”他说。可阿耳忒弥斯听了还是隐隐地感到不安。

“我送你回去吧。”他招来一片云抱起她飞往月亮女神神殿。

“你当初为了我答应天后的要求，那真的不是爱情吗？”阿耳忒弥斯抬头看他，蓝色的眼睛泪水汪汪。

她感受到他的胸腔内深深地吸进一口气，他摇摇头，望着前方叹息道：“我们从小一起长大的情谊难道还不值得我保护你吗？”

阿耳忒弥斯明知道会是这个答案，但她还是想亲耳听他说出来，这样，她就能死心了，也能重新回到好朋友的位置上。

修普诺斯将阿耳忒弥斯送回了住处。这最后的路程因为友情的拉扯而变得步步艰难。

太阳已经落到山谷中了,周围的景色被涂上一层灰暗。他靠在睡神殿外调整好情绪后,勉强扯出微笑,解除了门上的神力,走了进去。

他发现林雨凡还没有醒,一定是自己一时心急下手太重了,他闻到未散的罂粟花味。他看着她安静的脸庞,情不自禁地伸出手将她脸上的一缕头发拨到耳后。林雨凡睁开了眼睛,睡眼惺忪地坐了起来,痴痴地说:"修普诺斯,我梦到我们回家了。"

修普诺斯没有应答,起身点亮了几盏灯。他呆呆地望着她。

"他们是不是要杀了我?"林雨凡像是不清醒地说着梦话。

他笑着推了推她的头,说:"怎么可能。"他坐下来将她揽在怀中,"都解决了,没事的,别担心。"

他握着她冰冷的手:"你是神祇,永生不灭。"

林雨凡抱着修普诺斯,心也安定下来,他说没事就一定没事了。

"陪我躺一躺吧,我今天好累。"修普诺斯说着躺倒在床上。

"那你休息吧,我不吵你了。"林雨凡起身,发现修普诺斯拉住她的手。

"陪我说说话吧。"

他的语气莫名地充满着孤独,林雨凡心里一阵难过,她在他身旁躺下来。

"好,我陪你说话。"

修普诺斯侧过身,冲着她浅浅一笑:"林雨凡,你在凡间的时候,有什么愿望吗?"

林雨凡眨了眨眼,笑着腼腆地说:"结婚。"

修普诺斯被逗得笑出声:"还有呢?"

林雨凡的眼珠子转了转,捂着嘴笑,说:"想扯一下你的翅膀。"她淘气地说。

然后看着修普诺斯一脸呆住的样子，忍不住又笑了起来，笑得眼泪都从眼角溢出。

修普诺斯转过身去，展开翅膀，柔软地扇过她的脸庞。

林雨凡靠在他的背后，将脸贴着他的翅膀："我好几次都差点忍不住从后面偷偷地抱住你，又怕你的翅膀会将我弹开。"

修普诺斯背对着她擦掉眼里的泪，转过身抱着她："我知道。"

林雨凡接着说："修普诺斯，我是不是在做梦，梦到你爱我。"

修普诺斯的下巴轻轻地抵着她的头，眼泪淌进她的头发："这不是梦，林雨凡，你是我心爱的妻子。"

林雨凡将脸埋进他的胸膛。修普诺斯闻着她身上香香的幸福的味道。

他们有一搭没一搭地说着话。夜已深，星云暗沉无光，奥林匹斯圣山被笼罩在死寂之下。睡神殿外漆黑一片，罂粟花寂静地等待着拂晓，又仿佛再也等不到了。

"哦，对了，今天为你求情的女神是谁？"

"谁？"修普诺斯想了想，说，"你是说阿耳忒弥斯？她是月亮女神。"

"她很漂亮。"林雨凡小声说。

"她和赫尔墨斯一样，都是我的朋友。"修普诺斯温柔地摸了摸她的头。

"干吗这样盯着我？"她看到他的眼中充满无限的眷恋与不舍。

"多看你几眼，梦到你时便更清晰。"修普诺斯低声说。

林雨凡微笑着，靠在他温暖的怀中，耳边是他的柔声细语。今夜他的话特别多，她闭着眼睛轻声应和着。

"多希望能和你长相厮守下去。我爱你！"他低头看她，发现她已经睡着了。这静谧的夜里，雨一样的滴滴咸味从脸庞滑进嘴角。

"你要把我忘了，你要永生不灭。"他轻轻地吻她。灯火逐个被熄灭。

5

宙斯神殿里,大殿上灯火通明,照得众神的银色盔甲明光闪烁。海神波塞冬、天后赫拉、智慧女神雅典娜、火神赫淮斯托斯、神使赫耳墨斯、光明之神阿波罗、月亮及狩猎女神阿耳忒弥斯、战神阿瑞斯都伫立在宙斯殿内,今晚将是一个不眠之夜。

大祭司的脸上满是惊恐的神色,慌张地进入神殿,向宙斯禀告:"邪蛊魔已经得到了希望女神的神液,它们恐怕已经提炼出了遏制神族力量的绝望诅咒了。"

宙斯的眼神疲劳而空洞:"是的,若不是它们占了先机,我们也不至于得到献祭希望女神才能破了它们的'绝望诅咒'的启示。"

他传唤来预言女神和命运女神。

命运女神和预言女神缓缓地走了进来。命运女神忧色满面:"神王,修普诺斯来找过我,我遵照你的旨意没有见他。可是,这孩子似乎已经悟出来改变希望女神命运的方法了。"

"你们为明日的战争做新的启示吧。"宙斯的眼神黯淡无光,心情像今晚无星无辰的夜色一样暗沉。

宙斯殿外,预言女神站在神坛中央,命运女神和大祭司守护在周围。预言女神手上的占卜星辰随着喃喃神咒逐渐升腾起来,在半空中飞速转圈,弥漫出萤烛幽火,聚集成零星的几个古希腊字符:Φῶς τόἐλπίς"希望之光。"宙斯低头沉吟,揣摩着启示的含义。突然,他叹出一口气,"睡神终究还是把希望留给了她。这也是我们最后的希望了。"

神祇们的脸上都透着悲悯,赫尔墨斯和阿耳忒弥斯更是怆然泪下。邪蛊魔终于又来宣战了,明天就是神族与魔族千万年来圣战的决战时刻。

林雨凡慵懒地伸了伸手臂,一个粉拳打在修普诺斯脸上,她吓了一跳转过脸去看他。还好,没有惊醒他。她慢慢地收回手臂把脸贴在他的胸前,听着他低沉的呼吸,闻着他怀中的清香,沉浸在无边无际的幸福中。

她觉得身体中有一股力量在萌动着。她推了推修普诺斯,他依然沉睡着。

林雨凡坐起身来,她挥动了一下衣袖,顿时室内灯火逐个亮了起来。她脸上出现按捺不住的惊喜之色,心想,难道我也能使用神力了?

她俯下身凝视着睡梦中的修普诺斯,觉得不对劲。她低声呼唤他,却久久没有动静。她的声音渐渐急促起来,惊慌地盯着他的脸,用力地摇了摇他:"修普诺斯,不要开玩笑啦,我知道你醒了。"可是他连眼皮也没有动一下,一脸平和寂静。

恐怖的气息低低地压着她喘不过气。林雨凡颤抖着翻出修普诺斯身上的神使之笛,放在嘴边的同时惶恐的眼泪也跟着滑进了嘴里。

赫尔墨斯神色哀伤地出现在她眼前,林雨凡闪着泪光问他:"赫尔墨斯,我叫不醒他,你看看他是怎么了?"

赫尔墨斯眼中湿润,身体僵硬地走过去看修普诺斯,发现他的身上有一层月亮荧光,想必是阿耳忒弥斯的神力。林雨凡看着赫尔墨斯的神情,她的心慌乱地跳个不停,像是被尖针冷不防地扎着。这一瞬的等待漫长难熬,直到赫尔墨斯说:"他已经将自己陷入永恒的睡眠,"他一度哽咽地说不出话,"永远不会醒了。"

林雨凡全身剧烈一颤:"你说什么?什么叫永远不会醒了?"她怔怔地望着赫尔墨斯,眼泪失控地落下来。

赫尔墨斯没有回答,垂着哀伤的泪。林雨凡将视线转向石壁,身体的温度从指缝间流走,她突然觉得刺骨的寒冷在她身上蔓延开来,她哆嗦着坐下来抱起修普诺斯，将他的脸裹在自己怀里。他的身体依旧温暖，林雨凡拼命地抱紧他："为什么？他为什么要这么做?!"她的泪簌簌落下来打在修普诺斯的脸上，像一场离别的秋雨。

林雨凡开始耳鸣，赫尔墨斯的声音在她听来若隐若现："命运注定了你们的相遇，可是，却将你们安排在了此消彼长的对立位置上。所以他将自己的力量减到最弱以这种濒临死亡的状态把命运之网上唯一的生命之线让给了你。"他凄然地看着修普诺斯沉睡中的脸，"虽然阿耳忒弥斯用自己的神力防止他故意伤害自己，可神力也阻止不了他与生俱来的催眠幻术，他太执着，不肯放弃救你的希望。他希望你活下去。"

林雨凡的耳鸣越来越严重，她用力地摇着头想把耳中尖锐的噪音屏蔽，可那声音越来越响，渐渐地变成她听不懂的诅咒。她拒绝这些让她恸痛的语言，突兀地像一把横空而出的利剑，刺穿她的心、她的魂。

"有没有办法让他醒过来？宙斯的神力最强大，他可以用神力救他对不对?!"林雨凡哽咽着问赫尔墨斯。

赫尔墨斯摇了摇头："这不是神力可以改变的。"

她只觉得天旋地转般一阵眩晕，垂下头将脸贴着她怀中的那张白净安详的脸，那是她心中唯一的温暖。她凄惨地一声声地呼唤他的名字："修普诺斯，修普诺斯，醒一醒呀，不要睡懒觉了！修普诺斯，你昨天还好好的，说了那么多话！"

他终究没能回应她，静静地躺在她怀里，眉宇间隐藏着忧伤，任黑发柔和地铺满她的白袍，任她的哭泣变成凄厉的哀号，也不看她一眼，也不按一按她的嘴唇让她小声些。

林雨凡痛哭不止，赫尔墨斯想着修普诺斯对他最后的嘱托，慢慢地转到她身后，伸出手。他的心叹息着，嘴中念着封印记忆的咒语，手微颤着靠近林雨凡。

"你答应过我，不会对我下封印的。"

赫尔墨斯的手倏地静止在她脑后,她回过头,目光透过泪水凛然地盯着他。赫尔墨斯心中骇然,林雨凡,不,她是帕西提亚!

“你还记得吗?”林雨凡的眼眸中蕴藏着神秘的力量,让赫尔墨斯感到震惊。

他回过神,点点头,他记得当时在凡间,林雨凡说:“这可能是我平淡的人生里发生过的最神奇的事情了。我真的不想忘记。”后面一句虽然她当时没有说出来,可他和修普诺斯都听到了,她在心里说:哪怕只剩下回忆。

赫尔墨斯转过身仰面而泣。对不起!修普诺斯。答应你的事恐怕做不到了,她的神力已经在我之上。

林雨凡抱着修普诺斯哀哀地说:“他为了救我?是谁要害我?”她的声音低沉嘶哑。

赫尔墨斯转过身,心里对邪蛊魔的仇恨让他死死地紧握着拳头:“是因为你的出生才引发的战争。这次是邪蛊魔一族与我们神族的最后一战,预言女神在你升为神祇后从你身上得到的启示是必须献祭你才能彻底消灭邪蛊魔,否则就是神族的覆灭。他不愿你死在祭台上,用他自己为你挡下命运中的劫难。”

她终于明白了昨天他的恐惧、他的哀号、他的不忍和他的不舍。她明白了他的爱竟然如此深沉。洁白的睡神殿外狂风四起,罂粟花的花瓣四处飘散。

他们听到战争的警钟被敲响,震得地动山摇。奥林匹斯圣山上从没有响起过这么紧迫的钟声,声声振聋发聩。

赫尔墨斯惊得瞪大了眼睛,他恨恨地说:“是邪蛊魔!保护结界已经被突破了!我去看看。”他说着消失在林雨凡面前。

林雨凡心里震惊,它们终于来了!这从她出生就跟随着她的厄运!

她能感觉到无头蜈蚣在寻找她,她似乎听到了神祇们的痛苦呻吟,她看到了只有躯干、全身上下都黏附着黑色液体的邪蛊魔在用她的神液祭祀，升起黑色的瘴气。

“修普诺斯！”她呼喊他。

当厄运朝我伸出尖利的魔爪，我知道它在吞噬我之前，先会夺走我最心爱的，让我听给我看我最害怕的，它想令我心生绝望。

林雨凡无助地抱着修普诺斯，脸上是一双积雪初融般的眼睛，心里的寒冷将她的泪也变凉：“你如果不在，我就像迷航的孤帆。你是我如黑海的命运中照亮我的灯塔，我命中的守护神。”

一直都是你在保护我，用尽了你的所有。

她轻轻地吻了吻他的脸颊，她的心钝钝地被割痛，眼里的泪无声地滚落，无名指上的黑夜罂粟指环默默地透着一丝霜冷。她环抱着修普诺斯，嘴中喃喃自语：“你说过要和我永无止境地两相厮守，你怎么可以一睡不醒呢？”

她身体里灵珀的神秘力量渐渐向外膨胀着，雪白的肌肤下透出微亮的光，乌黑的眼眸中掠过一道华彩。

她听到命运在问她：希望女神的神力已经形成，接受力量的同时也要接受使命，你愿意接受吗？

“我愿意接受。”她知道，只有希望女神的力量才能挽救一切，才能挽救他。

“我要用希望编织自己的命运。爱就是希望。”她闭上眼，让灵珀释放出所有的神力。眼泪滑落，像清晨荷花花蕊上凝结了一夜的露珠，晶莹剔透，落在修普诺斯的脸上。

她放下怀中的修普诺斯，轻抚他的脸庞低声说：“我不能让你无声无息地离去。”她将食指放在他的眉心，用神力下了一道封印。“如果我回来，我会亲自解开你的封印；如果我回不来了，不要记起我，我希望你快乐。”她吻了吻他温暖鲜艳的唇，“即使我成了小小的尘埃，也想飘进你的眉梢。我爱你！”

睡神神殿的大门缓缓开启，帕西提亚神色坚定地走了出来，雪白的长袍随风轻扬。她的眼里闪耀着光辉，感知她的使命在召唤，这是她此生要完成的。

她招来一片云腾空飞起。望着云层下的睡神殿离她越来越远，她的眼泪已经流干，剩下的只有坚强的信念。

圣山被笼罩在黑色的瘴气中，圣泉潭水漂浮着污浊的蚀骨油。一路上她看到很多神祇直直地倒在地上，手脚仿佛被邪恶的魔力束缚，无法挣脱。帕西提亚飞进宙斯神殿，看到宙斯也倒在地上动弹不得。

宙斯看到她，颤抖着声音说："孩子，它们在找你，想得到你身上更多的神液使它们获得绝望诅咒。山门已经打开了，你快离开，去东方神界。"他呼吸急促，满脸痛苦之色，"就怕东方神界也抵挡不住了。"他看着她，眼底布满阴影。

帕西提亚蹲下身握住他的手，轻轻叫了一声："父王。"她看见宙斯眼里闪着泪光，她停顿了一下，听到了嘶嘶声，有东西爬进来了。她回头，成千上万只无头加拉帕格斯蜈蚣立着躯干，张着血盆大口向她逼近。

她手一挥，布起一道防护结界，将这些恶心的东西阻隔在外。

她将宙斯扶起来坐在他的宝座上。宙斯的手脚被强大的魔力束缚着，无法动弹。

"我知道自己的使命了。"她神色自若地看着宙斯。

宙斯心痛地流下泪来，他望着殿外燃起的战火，一座座山峰被魔力推倒。

帕西提亚的眼底也一闪而过深深的悲伤，她没有时间了。

她腾空一跃，跳上召唤而来的行云呼啸离去，邪蛊魔看到她就蜂拥而至，它们要灭绝神族最后的希望，它们要用她所有的神液得到更强大的绝望诅咒，那是足够毁了整个宇宙的力量。帕西提亚向身后挥出一个个"希望光波"拖延着它们。

她乘着行云来到曾经供奉她灵珀的圣山顶峰，站在悬崖边，俯瞰已遭邪蛊魔侵占的神界,到处都弥漫着乌黑的瘴气。山脚下邪蛊魔扭动着躯干往上爬,密密麻麻地留下一条条黑臭的蚀骨油。

她闭上眼睛,心里默念:修普诺斯。

她的信念使她不知畏惧。她能感受到他在她的身后,他高大的如同山峰,他的白袍遮蔽天际,他的袖子扶起狂风。他坚毅的目光带给她无穷的力量,她轻喊:“修普诺斯! 抓住我!”

帕西提亚纵身一跃,圣山上回荡着她的声音:“我是帕西提亚,希望女神。愿圣山恢复圣洁,愿邪魔就地灭绝,愿沉睡者苏醒,愿离去者归来。”

她看到像是从时空中剪出来的修普诺斯的背影,安安静静,在和煦的晨光中白衣飘飘。听到她来,他回头,暖暖一笑。

她的身体在云层中化成五彩希望之光,柔和地照彻圣山。

第十章

1

帕西提亚化身为希望之光，解除了神祇们身上的绝望诅咒。奥林匹斯山上的圣战持续了一天一夜，直到神族彻底消灭了魔族。

赫尔墨斯和阿耳忒弥斯一直守在修普诺斯身边。

他眼皮微动着醒了过来，看到他们两个围着他好像吓了一跳，他急忙坐起来，笑着说："什么时候来的，我又睡过头了，抱歉让你们久等了。"

赫尔墨斯目光微微一闪，谨慎地问："你昨天做了什么？"

修普诺斯边起身整理好长袍，边不假思索地说："我们昨天不是陪阿耳忒弥斯去深山里狩猎了吗？"

赫尔墨斯瞪大了双眼与阿耳忒弥斯目光相碰。阿耳忒弥斯脸上透着一丝荫翳，她朝着赫尔墨斯微微摇头。

修普诺斯眨了眨眼，看着他们："怎么了？"

阿耳忒弥斯急忙说："没什么。"

他们一起走出睡神殿。修普诺斯望着忘川河中连绵的荷花碧叶，吃惊地回过头问赫尔墨斯："河上怎么长荷花了？不会被冲走吗？"转念一想，脸上扬起一抹笑意，"是你们用神力固定的吧？为什么在我的忘川河上养荷花？"

明媚的阳光中，尘埃不降，飞扬在光线中，落在修普诺斯英挺的眉梢。"圣山洁净，怎么会有尘埃呢？"他不解地问。

赫尔墨斯和阿耳忒弥斯都沉默无语，泪光盈盈。这不是尘埃，是希望女神灵珀的粉末。

林妈妈在天快亮时做了个噩梦被吓醒了，她把林爸爸推醒，说：“我梦到雨凡了，她被风吹化了。你说雨凡是不是已经……”林妈妈说着就呜咽起来。林爸爸坐起来开了床头灯，安慰她说：“梦都是反的。雨凡一定会好好的。”林妈妈擦了擦眼角的泪重新躺了下来，从枕边拿出女儿的照片看着发呆。

突然，她听到几声敲门声。“这么一大早，是谁呢？”林妈妈披上睡衣，出来开了门。天色朦胧，林妈妈的老花眼越来越严重了，门口站着一个女孩，一身白衣。“你找谁？”林妈妈眯了眯眼想看清女孩的容貌。

“妈！”女孩扑进妈妈的怀里，“妈，你不认识我了吗？我是雨凡呀！”

“雨凡？”林妈妈如置梦境，可这声音错不了，就是她的女儿。

一记响亮的耳光，林雨凡顿时觉得脸上火辣辣的。

“你走了两年多也不给家里打个电话报个平安！你真是狠心呀！你知道爸妈这两年是怎么熬过来的吗？！”林妈妈尖锐的声音划破清晨的宁静。只听见里面慌乱的脚步声响起，林爸爸和林嘉俊都匆匆地跑了出来。

林雨凡瘦弱的身影倚在门边，泣不成声：“爸、妈、嘉俊，我好想你们！”

林妈妈号啕大哭，上前将女儿拥在怀里抚摸着她的头：“妈也想死你了，以为你再也不回这个家里了。打痛你了吗？我看看。”林妈妈心疼地摸着林雨凡的脸。“回来就好，回来就好。”林爸爸擦拭着脸上的泪。“姐。”林嘉俊红着眼眶看着她。“快进来，怎么都站在门口呢。”在林爸爸的提醒下，林妈妈才回过神，忙拉着林雨凡到客厅坐下。

林雨凡看着爸妈，心想自己才离开家两天，可凡间的时光已经流过了两年这么久了，爸妈看上去老了许多。她的心里一阵刺痛，又落下泪来。

林妈妈握着林雨凡的手，说："你在外面过得好不好？怎么瘦了这么多。"

"妈，我之前不是已经瘦下来了吗？"林雨凡也紧紧地握着林妈妈的手。

林妈妈拍着自己的脑门，破涕为笑："我印象中的你一直还是胖胖的呢。"

林雨凡擦着泪也笑了。

"姐，我怎么觉得你和离开时一点都没变呢？"林嘉俊看着林雨凡微微地出神。

林雨凡一时语塞，不知道怎么解释一别经年，而自己身上却毫无变化。

"你这两年是不是去找你的……"林爸爸欲言又止。他们从来没有对林雨凡提起过她的身世，也不知道她是怎么知道的。

林雨凡垂下眼帘，说："找到了。"

林爸爸心中五味杂陈地点点头："双亲都还好吧？"

林雨凡的眼圈微微泛红，点点头却不愿意多说。

"爸、妈，我还可以住在这里吗？"林雨凡微红着脸问道。

"当然可以啊！"林爸爸和林妈妈同时说出来，"你个傻孩子说什么傻话呢？这里就是你的家呀。"林爸爸的脸上洋溢着喜悦的神情。

"姐，你的男朋友没和你一起回来吗？"林嘉俊突然冒出这句话。林雨凡陡然心中一痛："他在一个很远的地方，不回来了。"她怔怔地，不自觉地摸着手上的黑夜罂粟，没发觉自己已经泪流满面。

家人都吓了一跳，林妈妈拿来茶几上的纸巾擦拭林雨凡的眼泪，柔声问："怎么了？"林雨凡摇摇头："我可能太累了，我想去休息下。"

林爸爸向林妈妈递了个眼色，说："先去休息休息吧，来日方长，有话我们以后慢慢说。爸爸去买菜，你很久没吃爸爸做的饭了。”林爸爸高兴地笑着。林妈妈也说：“是呀，你脸色不好，肚子饿吗？要不要先吃点什么？”林雨凡摇摇头，说：“不用了，我不饿。”林妈妈又说：“那先睡一觉吧。”说着拉着林雨凡上楼去了。

林妈妈等林雨凡睡下就轻轻地关上门出去了。林雨凡重新坐了起来，环视自己的房间，房间里干干净净的，妈妈一定是经常打扫。她起来走到窗边，透过玻璃看楼下的香樟树，它还是老样子，在冬天也不落叶。

“修普诺斯，你醒了吗？”林雨凡痴痴地望着香樟树，流下温热的泪来。

突然，一只颤抖的手搭在她的肩上，林雨凡回过头，只见赫尔墨斯站在她身后。

“妹妹。太好了，你回来了。”赫尔墨斯喜极而泣，“父王让我在这里等你，我已经在凡间待了两个多月了，期盼着你回来。”

“赫尔墨斯，哥哥。”林雨凡笑着，望着赫尔墨斯，“圣山怎么样了？”

赫尔墨斯叹息着按着她的肩：“你奉献了自己的灵珀和神体才保住了圣山上的神族，我们已经将邪蛊魔彻底消灭了。”他的眼神逐渐沉下去，“修普诺斯醒了，可他不记得你了，也不记得曾经被流放在天界深处。”

“是我下的封印。”林雨凡说，“他醒了就好，其他的都不重要了。”

赫尔墨斯叹气，说：“你下的封印只有你能解。”

“可是，我现在已经是凡人了。”林雨凡苍白的脸上留下两道凝干的泪痕。

赫尔墨斯静默无语地看着她，半晌才说：“我先回去告诉父王你回来了，虽然变回凡人，”他怜惜地说，“总比烟消云散要好。活着就有希望。”他轻轻地拥抱她，感觉她的身体柔弱地像是清晨的薄雾。

赫尔墨斯走后，林雨凡望着窗外灰色的天空自言自语：“怕的是，千年万年之后你忽然在某个时刻记起了我，而我却早已淹没在岁月的长河中了。那时的你，会有多寂寞。”

夕阳下，修普诺斯坐在忘川河边，对着荷花发呆。是什么在脑海挥之不去，想追寻却如浮光掠影般地消失了？

阿耳忒弥斯出现在他身后，悄悄地过来捂住他的眼睛。笑容凝滞在她的脸上，她感觉到手上沾满了泪。

“修普诺斯？”她心里一惊。

修普诺斯回过头，眼里透着迷惑的哀伤：“阿耳忒弥斯，我的记忆是断层的。”

阿耳忒弥斯轻抚他的长发，哼着婉转的歌谣，她身上的月亮银光轻柔地洒在修普诺斯的身上，雪白的长袍上荧光点点。

“我这里仿佛有雨水在流动。”他指着自己的心口，“咸咸的，又或者是谁的眼泪流进了我的心里。”

阿耳忒弥斯的歌调忽然变得清冷惆怅，她的眼里泛起一层迷雾。

“究竟是谁？为了什么尘封了我的记忆？”他缓缓地起身，凝视着她的眼睛。

歌声消散在微凉的空气中，阿耳忒弥斯轻咬着嘴唇，垂下眼帘。

“算了，你和赫尔墨斯都不说，应该有你们的道理，连我沉睡峰上所有的植物都下了封口的咒语，我就老老实实做个无知无觉的傻子好了。”他语气平和地说着，嘴角却扬起一丝悲凉的笑意，转身踏着最后一缕烟霞缓缓地离去，随风轻扬的发梢拂过落寞的背影。

阿耳忒弥斯在他身后掩面哭泣。修普诺斯，让我怎么忍心告诉你，你忘却的是你曾经用生命保护着的，可是你却再也不会记起了。

2

林雨凡听到有人敲她的房门。开了门，是梁晓乐。

梁晓乐看到突然消失、两年多不见的好朋友，眼泪巴巴地直掉。林雨凡拉着她进来房间床边坐下，房间里光线明亮，她愕然发现梁晓乐的脸上有一道浅显的疤痕，虽然淡淡的，可在林雨凡眼里却触目惊心。

梁晓乐却一点也不难过的样子，轻松自如地讲起了两年前的一件事："当时刚收到你的信不久，你在信中提到叫我小心那个混混，我也有种不好的预感，所以出门都找人陪着。一天那个叫陈辉的混混带着一群人来找我，把我们堵在学校附近的巷子里。当时陪着我的是一个追了我很久的男生，他被他们的阵势吓得跑得比兔子还快。"她说到这轻蔑地一笑，接着说，"我们学生会的一个同学正好在学校附近经过，看到这么多人，就挤进来想帮我。其实我那时跟他不是很熟，只是在学生会一起组织过一些活动而已。"她笑了笑，依旧明媚动人，"太意外了，他们先打了他几下，还恐吓他，他也不走，突然拉起我就想冲出去。然后他们十几个人打他一个，我也不知哪里来的勇气，捡起地上的枯树枝抵在脸上，我说，'辉哥，我把脸毁了，你就当不认识我吧。'然后我一划，把他们都震住了，血一滴滴地溅落在地上，他们可能也觉得没意思，就都走了。"

林雨凡一想到梁晓乐曾经处在这样的情境下就不寒而栗："后来呢？"

"后来我就恋爱啦。"梁晓乐的笑容舒展开来，带着热恋中的女孩独有的甜蜜。

"和那个冲进来救你的人吗？"林雨凡问。

梁晓乐点点头："等脸上有疤痕再谈恋爱也挺好。"

"那他是爱你朝圣者的灵魂喽？"林雨凡想起了梁晓乐读的那首

诗，抿着嘴笑。

“他说我有女侠一样的气质。”梁晓乐捂着嘴哈哈大笑。忽然，她目光流盼，感叹地说，“我并不是有这样的气魄，只是有人奋不顾身地为我，在我眼里是很珍贵的，他给了我勇气，那一瞬间只想保护我所珍惜的。”

林雨凡叹着气，怜惜的目光划过那道淡淡的伤疤。梁晓乐看在眼里，像是安慰林雨凡似的，说：“医生说擦擦药膏会越来越淡的。”

“一定会淡得看不出来。”林雨凡握了握梁晓乐的手。

梁晓乐微笑着平静地说：“都没关系，你知道我在乎的从来不是这些。”

林雨凡轻轻地拥抱梁晓乐，低声地在她耳畔说：“恭喜你终于找到一个你喜欢的人了。”

梁晓乐轻抚她的背：“好了，说了那么久我的事，说说你吧。”梁晓乐的眼里充满了关心和担忧。

林雨凡勉强地笑了笑：“说来话长，以后再说吧。”

“都发生什么事了？”梁晓乐不安地握住她的手，那样冰冷。

林雨凡轻轻靠在她的肩上，眼泪滚滚地落了下来：“我回来了，他的记忆里却再也没有我了。”

“你说什么？！”梁晓乐心里一惊，“究竟发生了什么事？”

林雨凡静静地靠着她淌着眼泪：“晓乐，这是我最后一次流泪了。我应该过得快乐，因为，我是他竭尽所有换来的。”

窗外的阳光灿烂耀眼，梁晓乐不自觉地眯上眼睛。

林雨凡擦了擦眼泪，背着光微笑着，带着一丝不易被察觉的凄迷，眼底是一片模糊不清的阴影。阳光跳跃在她的头顶，落在她的背后，仿佛就此止步，再也来不到她的面前了。

梁晓乐心里叹息着，虽然她不太清楚在她身上发生了什么事，可是眼前已经不是当年纯粹简单、带着稍许木讷的林雨凡了，她的心里仿佛装着一座巨大的、寂静的空城。她不敢敲开她的心扉，怕里面轰然倒塌，从此成了一片废墟。

梁晓乐搓着她的手，一脸担忧地看着她。

几天后，她陪着林雨凡去学校办理申请明年复学的手续。

3

带着手上的鲜花和一颗悼念的心，林雨凡回到小时候住过的职工宿舍楼。走进小时候每天都出来玩耍的小院子，它似乎比印象中要小很多。

就是在这个院子里，神鸟忍着剧痛将她轻轻地放在地上，在她身旁灰飞烟散。那个雷雨天，等待她的不是自生自灭和颠沛流离，却是充满爱的温暖。她将鲜花放在院子的一角，闭上眼双手合十喃喃道："长平公主，妈妈，你用生命换来的女儿来祭奠你了。父王说你希望我安乐成长，如你所愿，我很快乐，很幸福。因为我得到了这凡世中最珍贵的真情。"

回去的路上，武汉的天空下起雪来，林雨凡仰起脸看着雪花落下，如梨花花瓣铺洒纷扬，晶莹剔透，弥漫在天地之间。林嘉俊为她撑起伞："姐，回家吧。爸妈做好饭等着我们了。"林雨凡微笑着点点头。

开学了，林雨凡又回到了学校，生活像是恢复到了从前的样子。晓乐已经毕业了，正式在原来实习的报社上班了。

林雨凡混在大三的学生中也没人发现她其实比他们年长了两岁。她的人缘也比之前好了很多，交了一些朋友，身边也出现了一些追求者，只是她总是婉拒人于千里之外，摇摇头付之一笑罢了。

没有课时，她喜欢坐在图书馆里埋头看书，这些书曾经在他的手中一本一本、一页一页地被翻阅着，仿佛还带着他手掌的温度。休息时，她会偶尔出神地看向窗外，回想当时他低头看书的认真模样：细碎的刘海垂在额前,纤长的手指快速地翻着书页。“你看过的书,我也想把它们都看完。”她自言自语,嘴角扬起一抹微笑。窗外春光明媚,静静的时光仿佛都是他的陪伴。

转眼就到了夏天,林雨凡流连忘返徘徊在公园里看盛开的荷花。

七夕的傍晚,她像往常一样来到公园里。她想起了那天,忘川河上的一片荷花碧叶,他俩紧紧地互相依偎。他的脸上带着紧张又期盼的神情,将戒指戴在她的手上,承诺她无尽的相厮相守。多少年后,每当她想起修普诺斯,记忆总会为她勾勒出清晰的轮廓:她在他的怀抱中,在他清澈的目光下。宇宙仿佛退去,只留下青空和白云。

她看了一眼无名指上的黑夜罂粟,幽幽地想,那个清晨是我一生中最幸福的时光了。

夏日里的阵雨总是在傍晚时分突降而来。忽然,大雨骤至,一时间,公园中的游人都慌忙跑去亭子里躲雨去了。

林雨凡站在石桥上发愣,任雨水打在她身上,她却只是出神地看着湖面。狂风暴雨中,荷叶像是护着荷花,侧身包裹着它。在一片碧绿的遮蔽下,大雨滂沱过后,荷花立在水中仙袂飘飘。

雨后,夜色如水,空气清净,天上渐渐地出现了颗颗星辰。林雨凡抬头看,望眼欲穿:“盈盈一水间,脉脉不得语。修普诺斯,你还好吗?”

淋了一场雨,吹了一晚风,林雨凡回到家就病倒了。林妈妈喂她吃了药睡下,朦胧间听到爸爸和妈妈的对话。妈妈心痛地说:“那两年里一定发生了什么事,这孩子心里苦也不愿意和我们说,也没见她和那边的爸妈联系。”林妈妈抹了抹眼泪继续说,“我问过晓乐她也只知道那个叫修普诺的孩子好像出了什么意外,你说他是不是已经……”林妈妈微张着嘴没往下说。林爸爸叹了一口气,说:“时间久了,会淡忘的。她不说,我们就别问了。”

林雨凡闭着眼睛,心里的苦涩如波涛翻滚。苦是因为我的心里始终都存着一丝希望,若它泯灭了,漆黑的路我不知道该怎么走下去。

在准备毕业论文时,林雨凡收到梁晓乐的喜讯。“雨凡,我要结婚了! 我快要有家了!”这是梁晓乐打电话邀请她参加婚礼做她伴娘时说的第一句话。

“雨凡,我想把伴郎介绍给你认识。是个很不错的人哦!”这是她说的第二句。

“你俗不俗啊? 新娘嫁新郎,伴娘就要配伴郎吗?”林雨凡拒绝了她的好意。

梁晓乐的婚礼在温暖的五月举行。林雨凡一家前去观礼。

“雨凡,我前些日子收到一份匿名的礼物。”梁晓乐一边由化妆师给她上妆一边说。

林雨凡正在化伴娘妆,她嘴角含笑迅速扫了她一眼:“是什么礼物呢?”

“蓝色宝石。”梁晓乐一脸惊异地说,“你说会是谁送的呢?”

林雨凡抿着嘴笑。还能有谁? 一定是赫尔墨斯。他曾经说过要给梁晓乐赔礼道歉的,从她口中得知梁晓乐的婚期,就要了梁晓乐的地址说要送份小礼贺喜。

“我怎么知道。”林雨凡接着化妆。

婚礼进行曲响起,新郎捧着花等在红地毯的一端,晓乐泪盈于睫,挽着老院长的手缓缓地走向新郎。

林雨凡作为伴娘和伴郎一起跟在新人的身后,看着他们互换戒指,立下永久的誓言。林雨凡看了一眼指上的黑色罂粟,脸上洋溢着微笑。

花开一年又一年。院落里秋海棠再次盛放时,林雨凡帮着妈妈一起打理花圃。

“妈,你知道秋海棠的花语是什么吗?”林雨凡一边修剪残花一边漫不经心地问。

“什么？花还有语言呢？”林妈妈慢慢地修剪着花枝。

“当然有了。”林雨凡剪完后，起身去拿水壶，将清冽的水灌入壶内。

“那它的花语是什么？”

林雨凡拿着水壶的手微微颤抖着。

——苦恋。

为什么这么美的花会有如此凄苦的含义呢？

她默默地叹了口气，仰起脸，让阳光覆在脸上。

“妈，如果我是植物多好，晒晒太阳，心情舒畅。”

林妈妈听了回过头看了她一眼，起身说道：“把心也拿出来晒晒，吸收些阳光。”

林雨凡盘坐在地上，望着晴空万里。

若不是手上的黑夜罂粟和赫尔墨斯每年的探望，林雨凡几乎觉得八年前的事情只是一个梦而已。

这天晚上他又出现在她房间里：“我每天第一件事就是来看你。”

林雨凡正坐在沙发上看书，她笑笑说：“你一天来一次，对我来说却是一年才能见到你一次，真是不公平。哥哥。”她放下手上的书，起身拥抱他。

“我每次都回去和父王说你很好。这一年你过得好吗？”

“我很好。你们呢？”“很好。”赫尔墨斯戳了下她的眼角，“妹妹笑起来有皱纹了哟。”“人的时间那么少，老得也快。”她轻抿双唇，“那他呢？他好吗？”

“他还是老样子，偶尔发会儿呆。”

赫尔墨斯叹了口气，意味深长地看着林雨凡，说：“别再想着他了，只会折磨你自己。”

林雨凡微笑不语。

赫尔墨斯忧心忡忡地看着她说：“妹妹，对他而言，你就是一个空白，你再多的等待也是空等。把手放开，让他走吧。”

赫尔墨斯的话犹如寒冬里的一盆冷水倾倒在她的心头，林雨凡深深地吸了一口气，极力忍着就要汹涌而出的泪水：“我答应过他，要永无止境地相厮相守。”

赫尔墨斯急了：“可他不在你身边，你守什么？”

“守着一枚戒指和一份回忆。”林雨凡目光炯炯地看着赫尔墨斯。

赫尔墨斯摇头叹气：“你们两个还真是绝配，不知道是执着还是痴狂。”

林雨凡低头苦笑。忽然，她抬头恳切地说：“哥，可以帮我带封信给他吗？”

赫尔墨斯仿佛有点顾虑：“可他看不懂中文的。”

林雨凡怅然若失：“是呀，你突然带给他一封凡间的信，他一定会问你原因的。算了，还是别给他添烦恼了。”

“你写吧，我不当面给他，放在忘川河的荷花上，看不看都随他吧。”赫尔墨斯说。她脸上凄凉的神情刺痛着他的心。

林雨凡愣了一下，她的心突突地跳着，找来一张白纸却怔怔地没有下笔。她想了想，写好交给赫尔墨斯。

目送赫尔墨斯消失在她眼前，林雨凡回过身去，打开了紧闭的窗户，冷风迎面吹散了些许愁绪。她凝望着夜空中的繁星点点。

毕业后，林雨凡去了一家杂志社做编辑。梁晓乐的女儿，已经快三岁了，长得和她妈妈一样漂亮。

自从林嘉俊带着女朋友回家见过家长后。林妈妈就把所有的心思都用在林雨凡相亲的事情上了，一年前就和她絮絮叨叨地提相亲的事情，林雨凡总是以工作忙为借口拖到现在。

一天林妈妈偷偷进了林雨凡的房间，把一个她千挑万选觉得很满意的相亲对象的照片放在她的梳妆台上，等她下班后能不经意地看上一眼。林妈妈心想照片中的人也算得上是眉清目秀，而且家里条件也好，工作单位也不错，这次说什么也得让女儿认真地去见一见。

她放下照片，看到林雨凡的日记本正摊在旁边。林妈妈稍微用余光掠了掠，还是忍不住低下头看了起来。雪白的纸页上林雨凡工整娟秀的字：

你不在的日子

我抬头看星，星看着我，就像你清亮的眸子

我俯身闻花，花间弥漫着你的味道，你在对我笑

我数着鱼吐的泡泡，它们在念你的名字，淹没在水中，你的名字是鱼儿的诗

我凝望着每一个陌生的背影，从早晨到黄昏，寻找你浮云般的回首

一天又一天

都是我想你的日子

林妈妈的心不安地跳动着："这么久了还在想着那个人呀。"

晚上，林雨凡回到家，林妈妈说："这个周六是中秋节，你有没有时间和亲戚们吃个饭？"

林雨凡边上楼边不假思索地说："好啊。"

林妈妈在楼下露出微笑，舒了一口气。

中秋节晚上，林雨凡一家到了饭店，由服务员领着走进了一个包厢。里面坐了几个不认识的人，林雨凡一看，想退出来，说："走错了。"可对方却都站了起来，其中的中年妇女对林妈妈说："来了呀。"林妈妈也笑着迎上去，说："不好意思来晚了，路上堵车。"林爸爸也上前和对方几个人握手寒暄了几句。他们一边说着一边坐了下来。

林雨凡坐下来一脸茫然地看了看林嘉俊，在他耳边嘀咕道："什么情况啊？"林嘉俊眨了眨眼，说："我也不知道。"

这时那位中年妇女说："这是我儿子。"林妈妈笑着看向林雨凡说："这是我女儿。"

林雨凡顿时明白了，这是骗她来相亲了。她简直如坐针毡，思索着怎样快点脱身，免得尴尬。她站起来对林妈妈说："妈，我去楼下买点东西。"

"你给我坐下！"林妈妈锐声道。在座的人都被惊到了，目光都望向林雨凡。林妈妈赶紧柔声地说，"你买什么叫嘉俊去买好了。"说着向林嘉俊递了个眼色。林嘉俊会意，拉了拉林雨凡让她坐了下来，轻声地在她耳边说："姐，今晚你是跑不了了，安心地吃顿饭吧，不然妈很没面子的。"

林雨凡无奈地叹了口气。席间，爸妈和他们谈笑风生，觥筹交错。林雨凡则像个木偶似的，别人问她什么，她就木讷地回上一两句，心思都飘向窗外的明月了。

往日情景随着回忆似皎洁的月光倾泻而下，她想起和修普诺斯相遇的那个夜晚也是中秋节，他一身白衣飘然而至，将凤凰羽翼下的她一把拉起。

他们被人追赶，他紧紧地拉着她的手拼命地跑，无处可逃时将她护在身后。

他焦急地划开自己的手臂，用温暖的神液冲洗她的伤口。

他将外套披在她肩上，他宽大的手握着她的手带她远离尴尬的舞台。

他深沉温润的声音说："所谓伊人，在水一方，溯洄从之，道阻且长。"

他落在她脸上无尽眷恋而又忧虑重重的眼神。

他的泪滑进她的领口，落在她的心里，他说："为了你的存在，都是值得的。"

他身上芬芳的气息，下巴轻轻地抵着她的头："林雨凡，你是我心爱的妻子。”

林雨凡怔怔地望着窗外的月亮。

“你明天晚上有空吗?”一个陌生男人的声音响起,林雨凡一惊,发现那个相亲对象不知什么时候已经坐到她身边了。林雨凡吓了一跳,她腾地站起来,撞上了来摆菜的服务员,泼了她一身的汤汁。

林雨凡听到大家都惊叫了起来,她失魂落魄地说:“没事,没事,我去洗一洗。”说着转身跌跌撞撞地夺门而逃。

她直接离开了饭店,出了大门,心里却没有目的地。该往哪里走?要走去哪里?她失去了方向。

凉风拂过,巨大的悲伤袭上她的心头,压抑了多年的眼泪再也抑制不住了,汹涌而出模糊了她的视线。她捂着嘴呜咽着,已经没有力气再迈开步子,蹲在繁华的街道中埋头痛哭。这一刻,世界是空荡荡的,日日夜夜汇集的思念将她吞没在人潮拥挤的街头。

“我好想你!好想你!”思念的情绪在体内强烈地悲鸣着,身上连绵不绝地飘出粉红色的情绪花瓣,袅袅升腾在城市的夜空。我们的距离是多少光年?神界的一瞬又是凡间的几天?你和我之间隔得究竟是一生还是一世?

可是今夜,我不在乎凡尘,我只想,想着你。

一双有力的手将她扶起,林雨凡急忙擦着眼泪说:“我没事,我没事。”说话间她已经被拥入一个宽大温暖的怀抱。“没事了,我来了。”是熟悉又久远的声音,林雨凡抬起头,泪水朦胧中仿佛看到修普诺斯正深情脉脉地望着她。

“修普诺斯,我一定是疯了!我居然看到你了。”

淡淡的花香萦绕着她,他的手轻轻地拭去她脸上的泪:“是我,不是幻觉,也不是梦。”

“这怎么可能,你已经不记得我了。”林雨凡哽咽着,手抚过他英挺的眉骨、白净柔和的脸庞。温热的泪落在她的指尖,她一怔仿佛不敢相信似的，“修普诺斯，真的是你吗？”视线渐渐清晰明朗起来，大街上喧闹的声音拥入耳畔，林雨凡清醒了。不只是她看到了修普诺斯，已经有路人拿着手机对着他们，人们对他们指指点点，修普诺斯一袭长袍，身后的透明翅膀款款扇动着。

忽然，他拉着她的手跑了起来，甩掉围观的人群，拐进一个黑暗的巷子，长袖回旋过她的头顶。林雨凡已经置身在一片宁静中，苍翠的树木被灯影笼罩着，青石小路蜿蜒向前，修普诺斯带她来到初遇她时的沙湖公园里。

林雨凡惊讶地腿发软，倒进修普诺斯的怀中。“林雨凡，你怎么忍心给我下封印！”修普诺斯热泪盈眶，生气地说，一边用力地抱着她，紧紧地，让她整个人都隐隐作痛。

“你不是也托赫尔墨斯给我下封印吗？”林雨凡低声地抽泣着，心里却是漫天漫地的喜悦挥洒下来。“为什么你能记起我呢？”她哽咽着，抬头痴痴地望着他。

他眼中含泪，握着她的双手：“是你流进我心里的泪水，希望女神的眼泪也是带着希望的能量。你封印了我的记忆，却阻止不了这颗心持续地爱着你。它引着希望之泪溶化了那道封印。让我记起了你。”

林雨凡的眼泪滚落下她欣喜的脸。

他露出狡黠的笑：“好在我当时多了一份月亮女神的神力护体。你又这么贪心，把我在天界深处流放千年的记忆也一并封住了，所以虽然你的神力强大而封印却很薄弱。”

林雨凡低声地叹道：“我不想你的记忆里有那么多的难过。”

修普诺斯将她的头抵在自己的心口：“我却让你难过了这么多年。”他的语气中纠结着不舍和心痛，“昨天我在忘川河上捡到一张凡间的信纸，上面是我看不懂的文字，可是心里却有一股暖意拥了上来，只觉得很熟悉，但脑子里却一片空白。今天早上我醒来，眼泪不自觉地滑落下来，突然如醍醐灌顶般，我找出那封信，竟然念出了信里的那十四个字:山有木兮木有枝,心悦君兮君不知。”

林雨凡在他怀里闭上眼,任眼泪滚落进他的衣襟。

“我知道,知道你的心,知道你还在等我。”他温润的声音安慰着她荒凉已久的心。他抚着她的头发,“就在那一刻,我想起了所有的事情。”

林雨凡抬起泪水迷离的双眸,温情脉脉地看着他:“所以,你就来找我了?”

修普诺斯的脸上绽放着温暖的笑容,他刚才追寻着黑夜罂粟的方位,来到街头,看到大街小巷洋洋洒洒的粉色花瓣。林雨凡小小的身影蹲在地上,她的周围,花开似海。

“是的,我向赫尔墨斯确认你已经回到凡间了,就急忙来找你了。我来找你,找到你,才不会辜负了你我最初的那一场相遇。”他的语气真挚,目光笃定地看着她。

林雨凡的心里感动地说不出话,边微笑边流泪。修普诺斯俯下头,他的唇轻轻地覆在她的唇上,吻着她的思念,吻去她的伤感,将巨大的幸福牵进她的心扉。

林雨凡沉浸在他温柔中,双手紧紧地搂着他的脖子。

突然身后传来声音,修普诺斯回头一看,只见南天门守护天王皱着眉头,一脸严肃地走来,“睡神修普诺斯,你竟敢私自闯南天门,令守护侍卫昏睡,私下凡间,速速跟我回天庭领罪。”

林雨凡吓得一脸苍白,一只手用力抓着修普诺斯的手臂,生怕他离开,再想见到他又不知是何年何月了。

修普诺斯一脸歉意地说:“抱歉抱歉,是我太心急了。”他这边手紧紧握着林雨凡的手,这边已经做好抵御的准备。他的心里充满了恐惧,怕再次被迫和她分离,那么,他只能拼死带她走了,茫茫宇宙总有可以容留他们的地方。他的眼神变得锐利,林雨凡感受到他的手越来越烫,将她的手握得更紧了。

伴随一阵顽劣的笑声，赫尔墨斯笑盈盈地从树丛中走了出来："哈哈哈，玩笑再开下去，他会跟你拼命的。"赫尔墨斯拍着守护天王的肩膀，守护天王顿时露出笑意。

修普诺斯和林雨凡愣在原地。

赫尔墨斯说："妹妹，我这妹夫记忆是恢复了，理智却还没恢复，竟然私闯东方神界。还好父王听说后便跟我一起来了，现在正在玉皇大帝那里商量结下永久修好的盟约。"他说着抚着林雨凡的肩膀，在她耳边低声说，"父王已经请求他们答应让修普诺斯留在凡间了。"

守护天王上前说："修普诺斯，你已经被允许留在凡间陪伴希望女神，只不过和以前一样要封住你的神力。"

修普诺斯眼神戒备地看向赫尔墨斯。赫尔墨斯微笑着向他点点头，他才松了一口气，让守护天王在他身上下了封印。

"修普诺斯，我把妹妹交给你了。"赫尔墨斯说完和守护天王刚要转身离去，只听见林雨凡叫住他："哥。"

赫尔墨斯回头。

"和父王说谢谢他。"林雨凡微笑着说。

赫尔墨斯笑着点点头，说："你能幸福是父王最大的心愿。"

守护天王对赫尔墨斯说："只羡鸳鸯不羡仙。"他们伴着笑声渐行渐远消失在树林间。

林雨凡忽然整个人被打横抱起。修普诺斯的脸上洋溢着轻松和欢快，抱着林雨凡原地转了个圈，衣袂扬起，清朗的笑声回旋在月光花香间。

夜色缠绕在林间，月光沉静，花不言语，栖鸟安静，只听见修普诺斯踏着青石小路的脚步声。

"你真的可以一直留在我身边吗？"林雨凡凝望着他带着微笑的侧脸，听着他沉稳的呼吸声，感受着他真实的存在。

"是的，林雨凡。"他肯定地回答。

“神祇一直生活在凡间会不会很不方便呀?”

“会。想和你在一起还真是不容易。”修普诺斯含着笑轻叹道。

突然,林雨凡一声惊呼:“我家人看到你容貌没变一定会奇怪的。”

“放心啦,我可以用幻术改变的。我倒是担心你爸妈会把我轰出去。”他故意忧愁地蹙眉。

这逗得林雨凡笑出声来:“我就和他们说你之前遇到意外失去记忆了,刚刚恢复。如果还是轰你出去,你还可以待在树上啊。”林雨凡捂着嘴笑,“你放我下来吧,这样抱着不累吗?”

“哪有第一次抱你时累。”

“第一次?”林雨凡回忆起当时的情景,脸上染上红晕,“当时你是抱着我回去的吗? 对了,”她像是想起什么要紧的事,目光明亮地看着修普诺斯,“你那时怎么知道我家住哪里的?”

修普诺斯一听,眼波微动,笑意里掺着一些孩子气,却没有回答。

“你是不是还有什么幻术是我不知道的?”林雨凡急了,挣扎着要下去。

“你别乱动啦,好啦好啦,我告诉你,我会树语。”修普诺斯狡黠地斜了一眼林雨凡,温柔的神情慢慢凝上眉梢,“我一路问树你来时的方向,一直问到你窗下的香樟树,它告诉我你住在楼上的亮灯的房间里。我抬头一看,橘黄的灯光是我向往的温暖。我低头看你,你正靠在我的怀里,香甜地沉睡着。”

“原来如此。”林雨凡微笑着,靠在他的胸前,像是漂泊的船,终于回到了港湾。

她在心里默念着:“今夕何夕,见此良人?”

“子兮子兮,如此良人何?” 他低头一笑,“我不愿是神祇,只愿做你的良人。”